河出文庫

# トム・ゴードンに恋した少女

スティーヴン・キング
池田真紀子 訳

河出書房新社

野球について、私が教えたよりも
ずっと多くを教えてくれるまでに
成長した息子オーウェンに

# トム・ゴードンに恋した少女

一九九八年六月

# 試合開始前

世界には歯があって、いつ何時嚙みつかれるかわからない。トリシア・マクファーランドは、九歳でそれを学んだ。六月初めのある朝十時、トリシアはレッドソックスの紺色の練習用シャツ（背中に〈36　ゴードン〉とあるやつ）を着て母親のダッジ・キャラバンのリアシートに座り、人形のモナと遊んでいた。十時三十分、森で迷子になった。十一時、怖がらないでと自分を励まし、**これって笑いごとじゃないよ、ほんと笑いごとじゃない**と思うまいとしていた。森で迷ったら大怪我をすることもあるという考えを払いのけようとしていた——ときには命を落とすことだってあるという考えを。

**おしっこしたかっただけなのに**……といっても、いまにも漏れそうというわけではなかったし、そのへんの木の陰でしてくるから待っててとママやピートに声をかければすんだことだ。でも、二人は口喧嘩の最中だった。そう、またしても口喧嘩をしていた。トリシアがわざと二人から少し遅れて無言で歩いていたのは、だからだ。ふいに遊歩道をはずれ、背の高い草むらに分け入ったのも。ほんの一瞬でも解放されたかった、それだけのことだった。二人の言い争いを延々と聞かされるのにうんざりしていた。ママに向かって、「好きにさせてあげればいいじゃない！　ピートはさ、モールデンに帰ってパパと暮らしたいんでしょ。だったら好きにさせてやればいいじゃん。車の運転ができる年齢（とし）だったら、あたしが送っていきたいくらいだよ。それで明日から平和に静かに暮らせるならね！」とわめきたい気持ちをぐっと押し隠し、朗らかで上機嫌なうわべをつくろうことにも疲れていた。もし本当にそうわめいたら、ママは何て言うだろう。どんな顔をするだろう。それにピート。ピートはトリシアよりお兄ちゃんだ。もうじき十四歳になる。頭だって悪くない。なのに、どうしてわからないのだろう。どうして黙っていられないのか。「ね、もうそのくらいにしておきなよ」――ピートに（というか、ママとピートの二人ともに）そう言ってやりたかった。いいかげんにしなよ、と。

ママとパパが離婚したのは一年前で、ママが兄妹二人の養育権を得た。ボストン郊外からメイン州南部に引っ越して、ピートは恨みがましく文句を並べ立てた。パパと一緒に暮らしたいというのは、どうやら口先だけではないようで、何かといえばその話を持ち出す（それが何より深くママを傷つけ、しかも反論を封じられる――ピートはそのことを直感で正しく理解していた）が、理由はそれだけでないことを、もっと大きな理由がもう一つ別にあることを、トリシアは知っている。ピートが逃げ帰りたい本当の理由は、サンフォード中学校がいやでたまらないからだ。

ボストン郊外の街モールデンの中学校は天国だった。コンピューター・クラブの部長を務めていたピートは、王様みたいにふるまっていた。友達だってたくさんいた——いわゆるオタクばかりだったが、群れていれば、いじめっ子たちからちょっかいを出されずにすんだ。ところが、転入先のサンフォード中学校にはそもそもコンピューター・クラブがなく、学校でできた友達はたった一人、エディ・レイバーンだけだった。そのエディもこの一月、やはり両親の離婚のとばっちりで転校していった。ピートは味方もなく、教室で孤立した。そのうえ、クラスメートは束になってピートを笑いものにした。新たに奉られたあだ名を、ピートは心底いやがっている——〈ピートのコンピュワールド〉。

モールデンでパパと過ごす週は別として、ママはほとんど毎週、トリシアとピートを〝週末の小旅行〟に連れ出した。ママは毎週の小旅行に並々ならぬ意気込みを抱いていて、トリシアとしては小旅行そのものをやめてもらえれば一番だが——ふだんに輪をかけて醜い口論が始まるのは、たいがい週末の小旅行のあいだだから——どうやらその願いは叶いそうにない。キラ・アンダーセン（ママは離婚後に旧姓に戻した。ピートがそれも嫌がっているのは見ればわかる）は、いったん正しいと信じたら、誰が何を言おうと頑として譲らない。いつだったかモールデンのパパの家に泊まったとき、パパがおじいちゃんと電話で話している声が聞こえた。「リトルビッグホーン川の戦いで騎兵隊を率いたのがキラだったら、きっと先住民に勝ってただろうな」パパがママのことをそんな風に言うのは聞きたくないが――裏切りめいているし、おとなげない気がする――これにかぎっては、パパの言い分にもいくぶんかの真実が含まれていることは否定できない。

ママとピートの関係が絶えず悪化の道をたどったこの半年のあいだに、ウィスカセットの自動車の博物館、グレイの〈旧シェーカー教徒村〉、ノースウィンダムの〈ニューイングランド・プラント・ア・トリウム植物園〉、ニューハンプシャー州ランドルフの〈シックス・ガン・シティ〉を訪ね、カヌーでサコ川下りをし、シュガーローフにスキー旅行に出かけた（スキー場でトリシアは足首をくじき、その怪我をめぐってパパとママがあとで猛喧嘩をした。いやはや、離婚とはなんと楽しいものであることか）。

行き先が本当に気に入ったときは、ピートの毒舌も休暇に入った。〈シックス・ガン・シティ〉は、ピートに言わせれば「幼児向けテーマパーク」で、ピートはビデオゲームのコーナーでその日の大半を過ごしたが、ママは叱らなかった。おかげで帰り道、ピートは上機嫌とはいかないが、少なくともおとなしくしていた。逆に、ママが選んだ目的地が気に入らないと（これまでで一番ピートにきらわれたのは〈プラント・ア・トリウム植物園〉で、サンフォードに帰る車中、ピートの憎まれ口はいつにもまして冴え渡った)、本心を惜しみなくぶちまけた。要するに〝和を保つために調子を合わせる〟ことができない性分なのだ。その点ではたぶんママも似た者同士だった。トリシア自身は、それこそ最高に価値ある人生哲学だと思っているし、人はみなトリシアに会うなりパパ似だねと言う。反発したくなることがないわけではないが、基本的にはそう言われるとうれしくなる。

土曜の小旅行の行き先がどこであろうとトリシアはかまわなかった。遊園地やミニゴルフ場なら毎週でも歓迎だった。ママとピートの聞くに堪えない口論が最小限ですむからだ。しかしママは小旅行に教育的な意義も持たせようとし、その結果が〈プラント・ア・トリウム〉や〈旧シェーカー教徒村〉だった。ピートは、ただでさえほかにも悩みが多いというのに、できることなら自室のマックの前に根を生やして『サニタリウム』や『リヴン』といったゲームをプレイしていたい土曜日に、教養をむりやり口に押しこまれることに憤慨していた。一度か二度、率直な感想(「くだらないったらないよな!」言いえて妙とはこのことだ)を気前よくぶちまけたことがあって、ママはピートに、あなたは車に戻っていなさい、トリシアとママが行くまで頭を冷やしていなさいと言い渡した。

トリシアは、ピートを居残りさせなくちゃわからない幼稚園児みたいに扱うのは間違ってるとママに伝えたかった――駐車場に戻ってみたらバンはもぬけの殻で、ピートはそのころマサチューセッツ州のパパの家を目指してヒッチハイク中といった事態がいつか起きかねない――が、もちろん何も言わずにいた。土曜の小旅行それ自体が間違いなのに、ママは絶対にそれを認めないだろう。小旅行の帰り道、キラ・アンダーセンは家を出発したときに比べて少なくとも五歳は老けこんで見えることがある。口角から深い皺が伸び、頭痛でもするのか、片手はこめかみをひっきりなしにもんでいる……それでも、小旅行をやめようとは絶対に言い出さないだろう。ママがリトルビッグホーン川で騎兵隊を率いていたとしても先住民にやっぱり勝てなかったかもしれないが、先住民側の死者は大幅に増えていたに違いない。

今週の小旅行の目的地は、メイン州西部にある国有林だった。メイン州北部からジョージア州北部まで延べ三五〇〇キロを走るハイキングコース〈アパラチアン・トレイル〉は、曲がりくねりながらメイン州の国有林一帯を貫いて、ニューハンプシャー州に抜けている。前の夜、ママはキッチンテーブルに兄妹を座らせ、パンフレットを見せた。ハイカーが森の小道を楽しげに歩いていたり、眺望抜群の展望台で目の上に手をかざし、歳月に浸蝕されつつもいまなお畏敬の念をかき立てるホワイト山脈中部の緑深い大峡谷を見下ろしたりしている写真が並んでいた。

ピートはパンフレットを一瞥（いちべつ）したきり、退屈を絵に描いたような顔でじっと座っていた。ママはといえば、息子のこれ見よがしの無関心に気づかないふりをしていた。トリシアは、このところいつもするように、条件反射で目を輝かせてやたらに声を弾ませた。最近では、自分のはしゃぐ声を聞くたび、賞品の無水調理鍋（ウオーターレス・クックウエア）を前に、おしっこをちびらんばかりに興奮しているクイズ番組の出場者を連想する。それにいまのトリシアときたら、いったい何だ？　二つに割れた破片をつなぎ止めている糊みたいだ。それも、ずいぶんと頼りない糊だ。

キラはパンフレットを閉じて裏返した。地図が載っていた。蛇のようにくねる青い線を、ママは指でそっと叩いた。「これが六八号線。車はここ、この駐車場に置いていくのよ」そう言って小さな青い四角形を指さす。次に、今度は蛇のようにくねる赤い線を指一本でたどった。「これがアパラチアン・トレイル。六八号線から、ニューハンプシャー州ノースコンウェイの三〇二号線まで続いてるの。全部で一〇キロあるかないかのコースだし、難易度は〈中〉よ。そうね、正確には……この短い区間だけは、〈中から難〉に指定されてるけれど、本格的な登山具が必要というほどじゃない」

キラはまた別の青い四角形を軽く叩いた。ピートはテーブルに肘をついて掌（てのひら）に頬をのせ、そっぽを向いていた。親指の付け根が左の口角を引っ張り上げて、歪んだ笑みを作っていた。今年からにきびが出るようになって、ちょうど額に一つ、新しいのが顔を出しかけていた。トリシアはお兄ちゃんを愛しているが、それでもたまに——たとえば昨夜（ゆうべ）、キッチンテーブルでママのルート解説を聞いていたときなどは――いいかげんにしてよと思うことがある。パパがいつも言うみたいに、この意気地なしと言ってやりたかった。だって、要するにそういうことではないか。ピートなんて、思春期のちっぽけな尻尾（しっぽ）を巻いてモールデンに逃げ帰りたいだけの意気地なしなのだ。ママの気持ちも、トリシアの気持ちも、考えていない。パパと暮らすほうが長い目で見て自分のためになるのかどうかだって考えていない。ピートが気にしているのは、昼休み、体育館の観覧席に並んで座ってランチを食べる友達が一人もいないこと、それだけだ。ピートが気にしているのは、朝、始業のベルと同時に教室に入るなり、教室のどこかからかならず「よう、コンピュワールド！　調子はどうだよ、ホモボーイ？」とからかう声が聞こえる、そのことだけなのだ。

「で、最後にこの駐車場に出る」ママは言った。ピートが地図を見ていないことに気づいていないのか、気づかないふりをしているのか。「三時ごろバンが迎えに来る。そのバンに乗って、最初に車を停めた駐車場に戻るわけ。あとは二時間で家に帰れる。さほど疲れていなければ、そのあと映画に連れていってあげる。どう、楽しそうでしょ？」

　そのときはだんまりを貫いたくせに、一夜明けた今朝のピートは言い分に事欠かないらしく、車でサンフォードを出発すると同時に不平不満を並べ始めた。僕は行きたくない、馬鹿らしくてつきあっていられないよ、予報じゃ午後から天気は下り坂だし、一年でいちばん虫の多い最悪の季節なのに、せっかくの土曜日をなんでハイキングなんかでつぶさなきゃいけないんだよ、トリシアがツタウルシにかぶれたらどうする（どうせ心配なんかしていないくせに）。文句、文句、文句。ヤタータ・ヤタータ・ヤタータ。しまいには、家で期末試験の勉強をしていたかったとまでのたまった。トリシアが知るかぎり、ピートが土曜に勉強したことなどただの一度もない。ママも初めは聞き流していたものの、やがて堪忍袋の緒が切れた。あれを延々と聞かされていたら、誰の堪忍袋の緒だっていつかは切れる。六八号線沿いの砂利敷きの小さな駐車場にバンを乗り入れたとき、ハンドルを握り締めたママの指の関節は白く浮いていたし、話し方はとげとげしくなっていた。あの口調なら、トリシアもよく知っている。ママがイエローゾーンの上限を超え、いざレッドゾーンに突入しようとしている証拠だ。メイン州西部の森を抜ける一〇キロメートルは、どうやらひどく長い道のりになりそうだった。

出発してしばらくのあいだ、ママとピートの気をそらそうと、トリシアは車の窓から馬小屋や草を食む馬の群れや絵葉書のようにきれいな墓地を見つけては、〝うわあ見て、ウォーターレス・クックウェアよ〟式の歓声を上げたが、二人は無反応で、やがてトリシアはあきらめて人形のモナ（パパはいつもモナを〝モーニー・バローニャ〟と呼んだ）を膝に、小さなバックパックをリアシートの脇に置いて、二人の言い合いを黙って聞いていた。そのうち泣いてしまうだろうか、このままじゃ頭がおかしくなるだろうか。家族の口喧嘩を来る日も来る日も聞かされたあげく頭が変になったりなんてこと、ある？　ママがよくこめかみをもんでいるのは頭が痛いからではなく、脳味噌が火を噴いたり、圧力に耐えきれなくなって破裂したりするのを食い止めるためなのかもしれない。

二人から解放されたくて、トリシアはとっておきの空想の扉を開いた。レッドソックスの野球帽を脱いで、つばの部分に太字のフェルトペンで書かれた豪快なサインを見つめた。心が少し軽くなった。それはトム・ゴードンのサインだった。ピートはモー・ヴォーンのファンだし、ママのひいきはノマー・ガルシアパーラだが、トリシアとパパのお気に入りのレッドソックス選手は、なんといってもトム・〝フラッシュ〟・ゴードンだった。レッドソックスの抑えの切り札で、接戦の試合の終盤、ソックスが逃げきって勝てるかどうかというとき、八回か九回で、ゴードンがマウンドに登場する。パパ——ラリー・マクファーランド——はゴードンのクソ度胸に一目置いていて、よく「フラッシュの血管には氷水が流れてる」と言った。トリシアはパパのその台詞を真似し、自分がゴードンを好きなのは3ボールノーストライクの場面でカーブを投げる肝っ玉があるからだと続けたりした（その言い回しは、いつだったかパパが読み聞かせてくれた『ボストン・グローブ』紙のコラムの一節だ)。もう一つの理由を打ち明ける相手は、モーニー・バローニャと、同性の親友のペプシ・ロビショー(ただしペプシにはたった一度だけ)に限られている。ペプシには、トム・ゴードンは「すっごくハンサム」だと思うのよねと話した。モナが相手ならいっそう大胆になって、レッドソックスの背番号36は世界一のイケメンで、彼に手を握られたりしたらきっと気絶しちゃうと打ち明けた。ほっぺたにでもキスなんかされたら、あたし、きっと死んじゃう。

フロントシートでは母と兄が口喧嘩を続け——今日のハイキングのこと、サンフォード中学校のこと、前と変わってしまった日常のこと——リアシートのトリシアは、シーズン開幕直前の三月にパパが魔法みたいに手に入れてくれた、サイン入り野球帽を見つめて白昼夢にふけった。

ふだんと何も変わらないある日、あたしはサンフォード公園の運動場を突っ切ってペプシの家に行く途中なの。そうしたら、ホットドッグの屋台の前に男の人が立ってるじゃない? ジーンズと白いTシャツ、首もとにゴールドのチェーン——こっちに背中を向けてるけど、チェーンが陽射しをきらきら跳ね返してるのが見える。そのとき、男の人が振り返って……信じられない、でもほんとなんだ、本人なの、トム・ゴードンだよ。どうしてサンフォードにいるのか知らないけど、あたしの見間違いじゃない。それに、ほら見てよ、あの目。走者を背負った場面で、キャッチャーのサインをじっと見つめてるときと同じ目をしてる。彼はあたしににっこり笑って言うの。ちょっと道に迷ってしまってね、きみ、ノースバーウィックという町の行き方を知らないかな。ああ、どうしよう、あたし、震えてる。こんなんじゃ一言だって話せそうにない。口を開いても、きっとかすれた情けない声しか出ないよ。パパなら「ねずみの屁」って言うような声。なのにね、いざ口を開いてみたら、ちゃんとしゃべれたんだ。そしてこう答える……

あたしはこう言って、そうしたら彼がこう言って、次にあたしがこう言うと、彼はこう言ってね——そのあとのやりとりを夢想するうち、キャラバンのフロントシートで繰り広げられている口論は少しずつ遠ざかっていった(トリシアはときどき、沈黙こそ、生きていくうえで最大の恵みであると痛感する)。はるかかなたで車が駐車場に乗り入れたとき、トリシアもまだはるか遠くにいて(パパなら「トリッシュは自分の世界に浸ってる」と言うだろう)、ふだんと何も変わらない日常の陰に歯が隠されていることにも、まもなくその感触をじかに味わう運命にあることにも、気づいていなかった。TR-90地区ではなく、サンフォードにいた。アパラチアン・トレイルの入口ではなく、サンフォード公園にいた。背番号36のトム・ゴードンが一緒で、ノースバーウィックまでの道順を教えてくれたお礼にホットドッグをおごるよと誘われていた。

ああ、なんたる幸せ。

# 一回

ママとピートは一時休戦し、バンの荷台から三人分の荷物や、キラの枝編み細工の植物採集用バスケットを下ろした。ピートはなんと、トリシアが背負ったバックパックをまっすぐに直し、ストラップを締め直してくれたりまでした。トリシアの胸に、このまま平和が訪れるかもしれないなどと、愚かしくはかない希望が芽生えた。

「ポンチョは持った？」ママは空を見上げて子供たちに尋ねた。頭上にはまだ青いところがのぞいていたが、西のほうを見やると、空は厚い雲に覆われ始めていた。どうやら雨になりそうだが、降り始めるのはまだずいぶん先だろう。ずぶ濡れになっちまったじゃないかと、ピートの恨み言を聞かされる心配はせずにすみそうだ。

「ちゃんと持ったよ、ママ！」トリシアは、お得意の〝うわあ見て、ウォーターレス・クックウェアよ〟調でさえずった。

ピートは何ごとかうなった。「イエス」のつもりらしい。

「お弁当は？」

トリシアは持ったよと朗らかに答え、ピートはまた一つ低くうなった。

「それなら安心ね。ママは自分のを分けてあげるつもりはないから」キラはキャラバンのドアをロックし、先頭に立って、〈西行きコース入口〉という案内板の矢印に従って歩きだした。駐車場には十数台の車があって、どれも他州のナンバープレートをつけていた。

「虫よけスプレーは？」ハイキングコースへの導入路の手前でママが尋ねた。「トリシア？　持ったわね」

「持ったよ！」トリシアは甲高い声で答えた。本当に持っているかどうか不確かだったが、立ち止まってママのほうに背中を向け、バックパックをのぞいて探してもらうのは気が進まなかった。ピートがまた文句を言いだすきっかけになりかねない。一方で、このまま出発してしまえば、何かおもしろいもの、せめてピートの気をそらしてくれるものに遭遇するかもしれない。アライグマとか。シカとか。恐竜なら最高だ。

トリシアはひとり笑った。

「何がおかしいの？」ママが訊く。

「ないしょごと」トリシアは答えた。キラが顔をしかめた――〝ないしょごと〟というのは、ラリー・マクファーランド語の一つだった。ママの怖い顔なんて、気にしない気にしない。**好きなだけ怖い顔をさせておけばいいよ。あたしはそこの気難し屋と違って、ママと暮らすことに不満なんかない。パパはいまでもあたしのパパだし、あ**

**たしはいまでもパパを愛してるから。**

　トリシアはそれを証明するかのように、サイン入り野球帽のつばに軽く手をやった。

「よし、出発ね」キラが宣言した。「ちゃんと目を開けて景色を楽しむのよ」

「ああ、くっだらねえ」ピートがうめくように言った——車を降りて以来初めて、意味のある言葉を発した。トリシアは祈った。**お願い、神様。急いで何か遣わしてください。シカでも恐竜でもＵＦＯでも何でもいいです。何か見せてくれないと、また喧嘩が始まっちゃう。**

　神が遣わしたのは、数匹の蚊の偵察隊だった。偵察隊はまもなく本隊に戻り、新鮮な血が接近中と報告するだろう。少し先の〈ノースコンウェイ休憩所まで約9キロメートル〉の案内板にさしかかったころには、ママとピートは森を一顧だにせず、トリシアを完全に無視し、互いに相手しか見えないような顔で、早くも熾烈な舌戦を再開していた。ヤタータ・ヤタータ・ヤタータ。それは病んだ求愛の行為のようにトリシアには思えた。

　もったいないことでもある。お世辞抜きに素晴らしいものをことごとく見逃しているのだから。たとえば、マツの樹液の甘いにおい。手が届きそうなくらいすぐそこに浮かんでいる雲——雲というより、低くたなびく淡い灰色の煙のようだ。森の散策なんて退屈な行為を趣味と呼ぶのはおとなだけだと思っていたのに、こうして現にやってみると意外に楽しかった。アパラチアン・トレイル全線がこれほどきちんと保守管理されているかどうかはわからない——おそらく荒れている区間もあるだろう——が、仮に手入れが行き届いているのだとすれば、ほかにこれといった楽しみのない人たちが延べ何千キロメートルもあるハイキングコースを踏破したくなる気持ちもわかる気がする。たまたま森のなかを通っている、曲がりくねった幅広の大通りを散歩しているのと大した違いはなかった。もちろん舗装はされていないし、ずっと登り坂ではあるが、楽に歩ける程度の傾斜だ。揚水ポンプがなかに備わった小屋まで途中にあって、その前に案内板が立っていた。〈飲用に適した水です。次の方のために、ポンプ内を水で満たした状態にしておいてください。〉

　トリシアはバックパックにボトル入りのミネラルウォーターを持っている。本体を押せば中身が出るスクイーズトップがついた、大サイズのボトルだ。なのにこのときふいに、小屋のポンプで水を汲み上げ、錆の浮いた吐出口にじかに唇をつけて、ひんやり冷たい水を飲んでみたくなった。そうやって、霧ふり山脈を目指して旅をするビルボ・バギンズの気分を味わってみたい。

「ねえママ？」トリシアは後ろから声をかけた。「ちょっと止まって、そこの——」

「友達作りは仕事なのよ、ピート」ママはそう話していた。トリシアのほうを振り返りもしない。「ぼんやり待ってても、向こうから寄ってきてくれたりはしない」

「ママ？　ピート？　ねえ、ちょっとだけでいいから——」

「ママはわかってない」ピートが激した調子で言い返す。「何にもわかってない。ママが中学生だったときのことは知らないけどさ、いまはもう時代が違うんだよ」

「ピート？　ママ？　ねえ、ママってば。ほら、そこにポンプがあって——」すでに〝ポンプがあった〟だった。時制上、もはや過去形で言わなくてはならない。ポンプは背後に去り、こうしているあいだもじりじり遠ざかっているのだから。

「そんなことありません」ママはそっけなかった。その他人事じみた言い方を耳にして、トリシアは思った——ピートが怒る気持ちもわからないではないな。それからだんだん腹が立ってきた——あの二人、あたしがいることなんて忘れてない？　あたしは透明人間ってとこ？　こんなことならうちにいればよかったよ。蚊が一匹、甲高い羽音とともに耳をかすめていき、トリシアは腹立ちまぎれにそれをぴしゃりと叩いた。

　分かれ道に来た。左へ延びるメインのコース——もはや大通りと呼ぶほど幅広ではなくなっていたが、それでも楽に歩けそうだ——の入口には〈ノースコンウェイまでおよそ8キロメートル〉の案内板がある。もう一つの雑草に覆われた細いほうの道の案内板には、〈キーザーノッチまで16キロメートル〉と書かれていた。

「ねえ、あたしおしっこしたいんだけど」透明人間トリシアは言ったが、ママとピートは、もちろん、振り返りもしなかった。まるで恋人同士のように横に並び、恋人同士のように額を寄せ合い、恨みを積もらせた敵同士のように激しく言い争いながら、ノースコンウェイ方面のコースを歩いていく。**だったらわざわざ出かけてくることなかったじゃない。喧嘩ならうちでだってできるんだから。うちにいれば、本を読んでいられたのにな。『ホビット』を読み返すとか。森を歩くのが大好きな小さい人たちの物語をさ。**

「もう知らない。あたしはおしっこしてくるからね」トリシアは不機嫌にそうつぶやくと、キーザーノッチ方面の小道を少し先までたどった。大きいほうの道には控えめに場所を譲っていたマツの木も、こちらでは暗い藍色の枝を遠慮なく伸ばしている。その根元の藪も、分厚い壁のように深かった。トリシアはツタウルシをはじめとするウルシ属の植物の目印——つやつやした葉を気にして見回したが、どうやらここにはなさそうだ。神のささやかなはからいがありがたかった。人生がいまより幸せで単純だった二年前、ママはトリシアにウルシの葉の写真を示して見分け方を教えた。そのころはママとしょっちゅう森にハイキングに出かけていた（ピートが〈プラント・ア・トリウム植物園〉をけなしまくった理由の一つは、ママが行きたくて選んだ先だったことだ。そのまばゆいばかりに明らかな真実に目がくらんでいたのだろう、ピートは朝から晩まで文句を垂れ続けた自分の自己中ぶりには最後まで気づかなかった）。

そのころ出かけたハイキングの最中に、ママは女の子が森で用を足すテクニックもトリシアに伝授した。ママの講義はこんな風に始まった。「一番大事なのは――いえ、たった一つだけ大事なことかも――ツタウルシの藪の真ん中でしてはいけないってこと。お手本を見せるわ。ママのやるとおりにやってみて」

トリシアは前後を確かめた。人影はない。それでもやはり、道をはずれて藪に入ることにした。キーザーノッチ方面の道を行く人はあまりいないらしい――都会の大通りみたいな向こうの道に比べたら、こっちは路地に毛が生えた程度のものだ――が、道の真ん中でしゃがむのは気が引けた。あまりにも慎みに欠ける。

トリシアは道をそれ、ノースコンウェイ方面の道が延びている方角に少し歩いた。ママとピートが言い争う声がまだ聞こえている。このもう少しあと、完全に道に迷い、このまま森で死ぬかもしれないという考えを頭から追い払おうと躍起になっていたとき、トリシアは、道に迷う前に最後にはっきり耳に届いた言葉を思い起こすことになる。傷つき、立腹した兄の声――へまをしたのはママたちだよな、なのにどうして僕らがいやな思いをしなくちゃならないんだよ!

ピートの声が聞こえてくる方角に五歩くらい進んだ。穿いているのはジーンズで、ショートパンツではなかったが、念のためイバラの茂みを避けた。立ち止まって背後を確かめた。キーザーノッチ方面の小道はまだ見えている……つまり、通りすがりの人からもこっちが見えるということ――中身が半分詰まったバックパックを背負い、レッドソックスの野球帽をかぶり、しゃがんで用を足している姿を他人に見られるということだ。おケツ丸出し！　ペプシならそうからかうだろう（以前、キラ・アンダーセンは、辞書の〝下品〟の項目のすぐ横にペネロピー・〝ペプシ〟・ロビショーの写真を載せるべきねと言った）。

トリシアはゆるやかな斜面を下った。去年の落ち葉の絨毯を踏んで、スニーカーの底がすべった。斜面を下りきると、キーザーノッチ方面の小道は見えなくなった。よし。反対の方角を確かめる。木立の合間から男の話し声と若い女の笑い声が聞こえた。メインのコースを行くハイカーだろう。音の感じからすると、距離はそう遠くない。ジーンズのボタンを外しながら、トリシアはふと思った。ママとピートがトリシアの様子を気にしてあの意義深い口論を中断し、来た道を振り返ったら、そこを歩いているのはトリシアではなく、見知らぬ男女というわけだ。トリシアはどうしたかと、いまごろいぶかり始めているかもしれない。

**そうだよ！　たまにはほかのことを考えなよね。自分たち以外のことをさ。**

いまより幸せだった二年前のあの日、森のなかで、ママはトリシアにこう教えた。大事なのはね、外でしないことじゃなく――男の子にできることは全部、女の子にだってできるんだから――パンツを濡らさないですませることよ。

トリシアはいい感じに突き出したマツの枝につかまって腰を落とすと、もう一方の手を脚のあいだに伸ばし、ジーンズと下着を前に引いて射程からよけた。すぐには出なくて――それ自体は珍しくないが――トリシアは溜め息をついた。蚊が一匹、血に飢えた様子で左耳の周辺をうろうろしているが、叩こうにも両手がふさがっていた。

「うわあ見て、ウォーターレス・クックウェアよ！」怒りをぶつけるようにそう言ってみると、なんだかおかしくて――あんまり場違いでおかしくて、思わず噴き出した。笑ったら同時におしっこも出た。終わると、拭くのに使えるものがないかと一応あたりを見回し――またもや父親の口癖を真似て――欲張るとろくなことにならないよねとつぶやいた。そして(何の効果もありはしないだろうが)お尻を軽く上下させ、下着を引っ張り上げた。蚊がまた頬をかすめていき、今度は容赦なくはたいて、掌の真ん中にこびりついた小さな血の染みを満足げにながめた。「いま、弾は出尽くしただろうと思って油断したでしょ」

さっき下ってきた斜面のほうに歩き出そうとしたところで、トリシアの人生で最悪の思いつきが頭に浮かんで、進行方向を変えた。キーザーノッチ方面の小道に戻るのではなく、このまままっすぐ行けばいい。道はY字形に分岐していた。二つの道のあいだを突っ切れば、メインの大きな道に戻れるはず。楽勝だ。道に迷うわけがない。だってほら、ほかのハイカーたちの声がこんなにはっきり聞こえているのだから。たとえ迷おうとしたって迷いようがない。

# 二回

　トリシアがトイレ休憩をした小さな渓谷の西側の斜面は、下ってきた東側よりもずっと険しかった。数本の木を頼りにてっぺんまで登り、さっき人の声が聞こえたほうを目指して歩きだす。しかし、深い下生えに行く手を阻まれ、棘だらけの鬱蒼とした藪を迂回しながら進むしかなかった。藪を迂回するたび、メインのハイキングコースがある方角から視線をはずさないようにした。そうやって十分ほど歩いてから、トリシアはふと足を止めた。このとき初めて、胸とおなかのあいだにある感受性の鋭い部分、全身に配されたワイヤの末端が集まっているあたりで、不安が小魚のように身をくねらせた。これだけ歩けば、ノースコンウェイ方面のアパラチアン・トレイルにぶつかってもおかしくないのでは――というか、とうにぶつかっているはずだ。キーザーノッチ方面の小道をさほど遠くまでたどったわけではなかった。せいぜい五十歩程度だ（六十歩も歩いていないのは確かだ。譲りに譲っても、七十歩）。だとしたら、Y字の二本の腕の距離は、さほど離れていないはずではないか。

　トリシアはメインのハイキングコースの話し声がまた聞こえないかと耳を澄ました

が、森は静まり返っていた。いや、静まり返っているというのとは少し違った。ウェストカントリーマツの老木のあいだを抜ける風のざわめきは聞こえるし、カケスのけたたましい声や、遠くでキツツキが木のうろをつついてランチ前のおやつを探している音、新たにたかってきた数匹の蚊の羽音（今度は両耳のまわりを飛び回っている）も聞こえていたが、人間の声は一つも聞こえなかった。この広大な森にいるのはトリシア一人とでもいうかのようで、そんなはずがないとわかっていても、胸とおなかのあいだのうつろな空間で、小魚がまたしても身をくねらせた——さっきよりほんの少しだけ力強く。

トリシアはまた歩き出した。早くハイキングコースに戻りたくて、元の道に出て安堵の息をつきたくて、前より速度を上げた。大きな倒木が道をふさいでいた。乗り越えるには高すぎ、下をくぐるしかない。迂回するほうが賢いだろうが、それで方角がわからなくなったら？

**どうせもうわからなくなってるくせに。**頭のなかでささやき声がした。冷たくておそろしげな声。

「うるさいな。そんなことないんだから、黙っててよ」トリシアは小さな声で言い返し、地面に膝をついた。コケにびっしり覆われた倒木の下を探って地面との隙間があるところを見つけ、そこにもぐりこむ。たまった落ち葉は湿っていて、それに気づいたとき、シャツの前はすでにぐっしょり濡れていた。いまさら気にしてもしかたがない。さらに奥へと身をくねらせると、バックパックが木の幹にぶつかった——ごつん。「こんちくしょうめ」そうつぶやいて（「こんちくしょうめ」は、ペプシとトリシアのいちばん新しい流行語だ——なんとなく、イギリスの田舎紳士が愛用していそうな罵(ののし)り言葉に思える）いったんあとずさりした。膝立ちになってシャツにへばりついた濡れ落ち葉を払うと、手が震えていた。

「怖くなんかないってば」わざと大きな声で言った。自分のささやくような声を聞くと、背筋がぞくりとするからだ。「ちっとも怖くないんだから。大きいほうの道はすぐそこだし。あと五分もあれば戻れるよ。そうしたら走ってママたちを追いかけるんだ」トリシアはバックパックを下ろし、先に倒木の下に押しこんでおいて、自分もまたもぐりこんだ。

　半分ほど木をくぐったころ、体の下で何かが動く感触があった。見ると、黒い大きなヘビが落ち葉の層の下を這っていた。一瞬、頭が真っ白になった。それまで考えていたことがきれいに吹き飛び、代わりに嫌悪と恐怖が音もなく炸裂した。皮膚は氷に変わり、喉(のど)が詰まった。〝ヘビ〟という言葉さえ思い出せなくなった。存在するのは、温かな掌の下でうごめくひんやりとした手触りだけだった。悲鳴を上げ、まだ障害物をくぐりきっていないことをすっかり忘れて立ち上がろうとした。人の腕くらいもありそうな太い枝の折れた根元が腰にぶつかった。トリシアはまた地面に腹這いになり、必死に身をよじらせて倒木の向こうへ這い出した。その姿は、傍から見たら、ヘビに似ていなくもなかっただろう。

不吉な生物はいなくなっても、恐怖はすぐには消えなかった。ヘビがこの手のすぐ下にいたのだ。枯れ葉の下に隠れて。この手のすぐ下に。毒ヘビでなくて幸運だった。でもヘビがほかにもいたら？　次に遭遇したやつが毒を持っていたら？　この森はヘビだらけだったら？　そうだ、ヘビだらけでないわけがない——森は人間がきらいなものばかりとよく言うではないか。人が恐怖を感じ、本能的に憎むようなもの、おぞましい姿を見せつけて思考停止を誘うような生物がひしめく場所なのだ。いくらママの提案だからって、どうしてこんなハイキングに賛成してしまったのだろう。しかも、ただ賛成しただけでなく、大乗り気でうんと言った。

ストラップを片手でつかみ、バックパックが脚にぶつかって跳ね回るのもかまわず急ぎ足で歩き出した。何度も振り返り、倒木の周辺や立ち木のあいだに青々と茂った藪に警戒の視線を注ぐ。さっきのヘビがまた現れるのではと怖かった。ホラー映画のワンシーンみたいに、ヘビの大群が出てきて追いかけられたらと想像して、ますます怖くなった。パトリシア・マクファーランド主演『殺人ヘビの来襲』。森の奥で道に迷った女の子が絶体絶命の——

「あたし道に迷ってなんかいな——」トリシアはそう言いかけた。が、次の瞬間、肩越しに背後を気にしながら歩いていたせいで、落ち葉に厚く覆われた地面から突き出ていた石に足を取られ、よろめいた。バックパックを持っていないほうの腕を振り回してバランスを取り戻そうとしたが、結局は脇腹から地面に投げ出された。少し前に倒木の枝に突かれた腰から、焼けるような痛みが全身に広がった。

落ち葉（水気を含んではいるが、倒木の下側を埋めていたものみたいに、体に張りついてくるほど湿ってはいない）が厚く積もった地面に横たわったまま、浅い呼吸を繰り返した。眉間(みけん)が脈打っているのがわかる。正しい方角に進んでいるのかどうかさえわからなくなっていることを痛いほど意識した。後ろを振り返りながら歩いてきたせいで、自分がどちらを向いているのか、もう自信が持てない。

**だったら、さっきの木のところまで戻ればいいよ。あの倒れていた木のところまで戻ればいい。下をくぐって出てきたところに立って、まっすぐ前を向く。それが進むべき方角のはずだよね。メインのハイキングコースはそっちにあるはず。**

本当にそうだろうか。本当にそうなら、いまだ戻れないのはどういうわけだろう？　涙があふれかけた。まばたきを繰り返して、涙を押し戻す。もし泣いてしまったら、怖くなんかないと自分に言い聞かせられなくなる。ここで泣いてしまったら、きっと何でもありになってしまう。

用心しながら苔むした倒木のところに戻った。ほんの数秒のことであっても間違った方角に進みたくないし、ヘビ（毒を持っていようがなかろうが、とにかくヘビは大きらいだ）に遭遇した地点に戻るのもいやだったが、こうするしかない。ヘビを見た（しかも――ああ、うそだと言って！――触ってしまった）あたりの落ち葉はかき分けられ、トリシアの形と大きさに森の地肌が露になっていた。そこに早くも水がたまり始めている。それを見つめながら、シャツの前を――水で濡れ、泥がこびりついたシャツの前を片手で力なくなで下ろした。倒木の下をくぐったらシャツが濡れて泥だらけになった。その事実は、ここまでに起きた何よりも不安をかき立てるできごとに思えた。計画に変更が発生したと遠回しに告げるできごとだ。そして新しい計画には、倒木の下のじっとり湿った空間をくぐるという項目が含まれていたわけで、前向きな変更ではない。

そもそもどうして道をはずれたりしたのだろう。どうして道から目を離してしまったのだろう。おしっこがしたかったから？　そこまで差し迫っているわけでもなかったのに？　そうだとしたら、きっと頭がどうかしていたのだ。そのうえ、人跡未踏の森（このとき頭に浮かんだのはそんな表現だった）を無事に歩き通せるつもりでいたのだから、いよいよどうかしていた。まあ、よい教訓にはなった。それは確かだ。何があっても道から離れてはいけないことをしかと学んだ。どんな必要にどれほど迫られようと、どれだけヤタータ・ヤタータを聞かされようと、決まった道から離れないに越したことはない。道からはずれなければ、レッドソックスのシャツも清潔で乾いたまま保てる。道をたどっていれば、胸とおなかのあいだのうつろな空間で小魚が身をくねらせることもない。道をはずれなければ安全なのだ。

安全、か。

手で腰を探ると、シャツにぎざぎざの穴があいていた。折れた枝の根元が突き通ったのだろう。破れていませんようにと願ったのだが。手を前に持ってくると、指先に少し血がついていた。トリシアは溜め息ともすすり泣きともつかない声を漏らし、指をジーンズになすりつけた。

「平気だって。錆びた釘が刺さったわけじゃなし」そうつぶやいた。「不満を言う前に、自分がどれほど幸運に恵まれているか考えなさい」それはママの口癖の一つだが、大した励ましにならなかった。物心ついて以来、こんなについていないと思うのは初めてだ。

倒木の下を慎重に確かめた。スニーカーを履いた足で落ち葉を探ってもみたが、ヘビの気配はない。さっきのは人を咬む種類ではなかったのだろう。それでも身の毛のよだつ生き物であることに変わりない。足がなくて、くねくね這い回って、いやらしい舌をちろちろのぞかせる生き物。掌に伝わってきた、体温のない筋肉みたいなあの感触を思い出しただけで、逃げ出したくなる。

どうしてブーツを履いてこなかったんだろう。ローカットのリーボックを見下ろす。**どうしてスニーカーなんか履いてきたわけ？**　考えるまでもない。ハイキングコースを歩くにはスニーカーで充分だからだ……そして当初の計画では、ハイキングコースを歩くはずだったからだ。

トリシアはしばし目を閉じた。「でも大丈夫。落ち着いて、パニックを起こしたりしないでいれば、大丈夫だから。そろそろ人の声が聞こえるはずだし」

今回は自分の声にいくらか励まされ、気持ちが楽になった。向きを変え、さっき倒木の下をくぐったときにできたくぼみをまたいで立ち、コケの生えた倒木にお尻をぴたりとつけた。よし。まっすぐ前——あっちにハイキングコースがある。あるはず。**きっと合ってる。だけど、もしかしたら、ここでじっとしていたほうが無難かな。人の声が聞こえるまで。方角が確実にわかるまで。**

そう思っても、じっとしていられなかった。一刻も早くハイキングコースに戻りたい。この恐怖の十分間（十五分かもしれない）をさっさと終わらせたい。そこでバックパックを背負い直し——今回は、ストラップを調節してくれるお兄ちゃん、怒りでまわりが見えなくなってはいるけれど根は優しいお兄ちゃんはいない——ふたたび歩きだした。ユスリカやヌカカがトリシアを見つけて集まり始めていた。ものすごい数の羽虫が顔の周囲に群がり、トリシアの視野は踊る黒い点々で埋め尽くされた。手で払いはしても、叩くのは我慢した。小さな虫なら、叩くより払うほうがいいとママに教えられた……そう、あれはたぶん、女の子が野外でおしっこをする方法を教えてもらったのと同じ日のことだ。キラ・アンダーセン（そのころはまだキラ・マクファーランドだった）によれば、ユスリカやヌカカを叩くと、かえって大群を招き寄せることになるうえ、こちらもよけいにうっとうしく思えてくる。「森で虫に群がられたら、馬になったつもりで考えるといいわよ。お尻に尻尾が生えていて、それをぱたぱた振って虫を追い払ってるつもりになるの」ママはそんな風に言った。

倒木の前に立ち、虫を叩かずに手で追い払いながら、トリシアは四〇メートルほど先のマツの大木に視線を据えた。方向感覚がまだ狂っていないなら、北の方角に四〇メートル。その木を目指して歩いた。立ち止まり、樹液でべたべたする幹に手をかけておいて、倒木のほうを振り返った。まっすぐ来た？　どうやらまっすぐだ。

自信に背中を押されて、次は赤い実がなった茂みに狙いを定めた。以前、自然散策の折にママが同じ赤い実を指さしたことがあって、トリシアがあれはバードベリーで、毒があるから食べると死ぬ――ペプシ・ロビショーからそう教わった――と言うと、ママは笑った。「さすがのペプシにも知らないことはあるわけね。なんだか安心したわ。あれはチェッカーベリーよ、トリシア。毒なんてない。ティーベリー味のガム

――ほら、ピンク色のパッケージのガム――あれとそっくりな味がするの」ママはそう言い、赤い実を一つかみ口に放りこんだ。ママは卒倒したり、喉をつかんで痙攣（けいれん）したりしなかった。それを見て、トリシアも赤い実を食べてみた。ティーベリー味のガムというより、ぴりぴりと軽い刺激がある緑色のグミキャンディに似ている気がした。

茂みまで歩き、赤い実を二つ三つ食べたら元気が出るかと思いついたが、やめておいた。おなかは空いていないし、いまは何をしたって元気など出そうにない。光沢のある緑色の葉のぴりっとさわやかな香りを胸に吸いこみ（葉っぱも食べられるのよとママは言っていたが、ウッドチャックでもあるまいに、トリシアはいまだ食べてみたことがない）、振り返ってマツの大木を見た。今回もちゃんとまっすぐ来たようだと安心し、三つめの目標物を選んだ――古いモノクロ映画のなかで男の人たちがかぶっている帽子みたいな形に割れた岩。その次はカバノキを、さらにその次は斜面のなかほどに青々と茂ったシダを目標にして、慎重に歩く。

新しい目標物から目をそらさないことに集中するあまり（後ろを振り返ってばかりいるとろくなことにならないよ、お嬢さん）、自分が――ダジャレではないが――〝木を見て森を見ていなかった〟ことにようやく気づいたのは、シダの茂みまで来たときだった。目標物から目標物へと進むというのは優れた戦略だ。それに、いまのところ一直線に前進できている……ただ、その直線がそもそも見当はずれの方角を向いていたら——？　ほんのわずかなずれだとしても、そもそも進む方角を誤っているのは確実だろう。だって、ちゃんと合っているなら、いまごろはもうメインの道に戻っているはずなのだから。もうかなりの距離を歩いている……

「そうだよ」トリシアは言った。自分の声が変にうわずっているように聞こえて不安になった。「もう一・五キロは歩いてる。ううん、もっとかも」

羽虫に包囲されていた。ユスリカやヌカカが視野を横切っていき、しつこい蚊がヘリコプターみたいに耳のすぐそばをホバリングして耳障(みみざわ)りな羽音を立てている。一匹を狙って叩いたが逃げられ、耳鳴りだけが残った。また叩きたくなっても我慢しなくてはいけない。いったん叩き始めたら最後、昔のアニメのキャラクターみたいに、自分の頭を延々とひっぱたくことになるだけだ。

しゃがんで、バックパックのバックルをはずし、垂れ蓋(ぶた)を開けた。荷物を一つずつ取り出す——青いビニールのポンチョ、自分で用意したお昼ごはんの紙袋、愛用の〈ゲームボーイ〉と日焼け止め（これは必要なさそうだ。太陽はすっかり隠れてしまい、頭上のところどころに残っていた青空も雲に覆われかけている）、ミネラルウォーターと炭酸飲料〈サージ〉のボトル、甘い〈トゥインキーズ〉とポテトチップス一袋。しかし、虫よけスプレーはなかった。やっぱり忘れていたか。日焼け止めを虫よけ代わりに塗って——これでせめてユスリカは追い払えるかもしれない——持ち物をバックパックに戻した。一瞬、〈トゥインキーズ〉を見つめたものの、すぐにほかのものと一緒にバックパックに放りこんだ。ふだんから大好きなお菓子だが——甘いものを控えないと、いまのピートの年ごろまでに顔全体が大きなにきびみたいに真ん丸になっているだろう——いまはまったく食欲がない。

**そもそも、いまのピートの年齢になる日は永遠に来ないかもね。**あの不安をかき立てる声が心のどこかからささやいた。こんなに冷たくて怖い声が自分のなかに存在してるなんて、ありうる？ 反逆者みたいな声が自分の内側にあるなんて。**この森から永遠に出られないかもしれないわけだから。**

「うるさい、黙れ、黙れ！」トリシアは怒りに満ちた声で言い、震える指でバックパックの蓋のバックルを留めた。それから立ち上がろうとして……シダの茂みのかたわらで柔らかな地面に片膝をついたまま動きを止めた。初めて母ジカのそばを離れて周囲の探索に出て何かのにおいをとらえた子ジカのように、顔をやや上に向けた。といっても、においを確かめようとしたのではなかった。耳を澄ましていた。全神経を聴覚に集中した。

木々の枝を揺らす優しい風の音。（卑しくて不快な）蚊の群れのかすかな羽音。キツツキが木を叩く音。どこか遠くで鳴くカラスの声。そして、静寂と聴覚の境界線から聞こえている飛行機の低い音。ハイキングコースの話し声は聞こえない。一つとして聞こえてこない。ノースコンウェイ方面のハイキングコースの存在そのものがこの世から消されたかのようだった。やがて飛行機のエンジン音が遠ざかっていき、トリシアはついに事実を受け入れた。

立ち上がった。脚が重く、おなかも重い。なのに頭は妙に軽く感じる。鉛の重りにつながれたガス入りの風船のようだ。ふいに孤独感に溺(おぼ)れかけた。いまの状況に、疑う余地のない、胸にのしかかってくるような現実を痛感して、息ができなくなった。自分は群れとはぐれた生き物だ。いつしか未知の領域に迷いこんでいた。いつもの遊び場からさまよい出て、これまで慣れ親しんだルールがもはや通用しない世界に来てしまった。

「誰か！」トリシアは叫んだ。「ねえ、誰かいる？　聞こえる？　誰か聞こえる？　ねえ、誰か！」返事がありますようにと願ってしばし待ったが、一つとしてなく、トリシアはここまで封じてきた言葉をついに発した。「助けて！　迷っちゃった！　誰か助けて！　迷っちゃったよ！」目に涙があふれた。もう押し戻せなかった。自分一人でなんとかできると自分をだますこともうできない。声が震えた。トリシアの声はまず、幼い子供のためらいがちなそれになった。次に、ベビーカーに一人置き去りにされた赤ん坊の金切り声になった。この不運続きの朝、自分のその声が――この森の奥にたった一つ響いた人間の声、助けを求める涙まじりの声、道に迷って助けを求めるトリシア自身の声が——ほかに起きたどんなことよりトリシアを怯(おび)えさせた。

# 三回

十五分も叫び続けただろうか。丸めた両手を口の左右に当て、ハイキングコースがあるはずの方角に向けて呼びかけたりもしたが、それ以外はずっとシダの茂みのそばに立って言葉にならない叫びを上げただけだった。最後に一度、声をかぎりに——やはり言葉になっていない、怒りと恐怖が混じり合った鳥笛のように甲高い声で——叫ぶと喉が痛くなって、トリシアはバックパックの横に座りこむと、両手で顔を覆って泣いた。五分ほど、気がすむまで泣いて(本当に五分だったかどうか、正確にはわからない。腕時計は家のベッド脇のテーブルに置いてきてしまった。それもまた聡明なトリシアらしい先見性の証だ)、ようやく涙が止まると、気分が少し晴れやかになった……虫だけは勘弁してほしいところではあったが。どっちを向いても虫だらけだ。群れ、甲高い羽音を、あるいは低いうなりを響かせ、トリシアの血や汗をすすってやろうとしている。虫のせいで頭がどうかしてしまいそうだ。トリシアはふたたび立ち上がると、叩いちゃだめと自分に言い聞かせ、レッドソックスの野球帽で虫を払った。いますぐ事態が好転しなければ、きっと——もうじき——虫を叩き始めるに違いない。

きっと自分を抑えられなくなってしまうだろう。

歩く？　ここでじっとしている？　どちらが得策なのだろう。恐怖のせいで、冷静な思考力はもはや失われていた。頭に代わって足が決断を下した。怯えた視線を周囲にめぐらせ、泣き腫らした目もとを腕で拭うと、トリシアはまた歩きだした。二度めに腕を上げたとき一ダースもの蚊が食らいついていることに気づき、闇雲にはたいて三匹をつぶした。うち二匹は満腹だったようだ。ふだんなら自分の血を見ても平気だが、このときは急に膝の力が抜けて、トリシアは老木のあいだに敷かれたマツ葉の絨毯にへたりこむと、また泣いた。軽い頭痛と、おなかが下るような感覚があった。**だってついさっきまでうちのバンに乗ってたのに。**頭のなかで何度もそう繰り返した。**うちのバンに、うちのバンのリアシートに座って、あの二人の口喧嘩にうんざりしてたのに。**そのとき、兄の憤慨した声が木々のあいだから聞こえてきたような気がした。「へまをしたのはママたちだよな、なのにどうして僕らがいやな思いをしなくちゃならないんだよ！」それが最後に聞くお兄ちゃんの言葉になるのかもしれない。そう思うと、闇の奥に化け物の輪郭を見てしまったときのように体が震えた。

　今回は涙もすぐに乾いたし、さほど激しく泣きじゃくったりもしなかった。（なかば無意識のうちに野球帽で顔の周囲を払いながら）また立ち上がったとき、いつもの半分くらいの落ち着きを取り戻していた。ママやピートも、トリシアがいなくなったことにいいかげん気づいているだろう。ママはきっと、トリシアは喧嘩ばかりしている二人にうんざりして、駐車場のキャラバンにひとりで戻ったのだろうとまずは考えるだろう。トリシアの名前を呼びながら来た道を戻り、レッドソックスの野球帽をかぶった女の子を見かけませんでしたか（「九歳ですけど、年齢のわりに背が高くて、いくらかおとなびて見えます」と説明を加えるママの声が聞こえるようだった）と道行く人に尋ねるだろう。駐車場まで戻って車をのぞいてもトリシアの姿はなく、ママはようやく本当に心配になる。恐怖にとらわれるだろう。ママの怯えた顔を想像して、怖くなる一方で、後ろめたくも感じた。猟区管理人や農務省森林局の職員が捜索に駆り出されて、大騒ぎになるだろう。それもこれもトリシアのせい、道をはずれたトリシアのせいだ。

そうでなくても冷静さを失いかけていたところに新たな不安がのしかかって、トリシアは、騒ぎが大きくなる前に——ママが〝世間のさらし者〟と呼ぶようなものに自分がなってしまう前に、どうにかハイキングコースに戻ろうと足を速めた。さっきまでは目標物から目標物へと一直線に移動することに全神経を注いでいたのに、それさえも忘れた。進路はいつしか西寄りにずれ、アパラチアン・トレイルやそこから支流のように分かれる小道や散歩道から遠ざかっていった。トリシアの行く手に広がっているのは、生い茂った藪や複雑に入り組んだ小渓谷が連なる二次林、いよいよ人の立入を拒むような土地だった。ママとお兄ちゃんはこの時点でもまだ口論に夢中で、トリシアの姿が見えなくなっていることに気づいてさえいないと知ったら、トリシアは愕然(がくぜん)としただろう。

歩く速度は上がる一方だった。ユスリカの雲を手で払い、それまでのように低木の茂みをいちいち迂回せず、枝をかき分けてまっすぐ通り抜けた。聞き耳を立てては大声で呼ばわり、大声で呼ばわっては聞き耳を立てた。だが、トリシアの耳に周囲の音はもはやまともに届いていなかった。蚊の群れがバーのサービスタイムの酒客よろしくトリシアのうなじの生え際に整列し、血をがぶ飲みしていることにも気づかなかった。頬がまだ濡れていて、その涙の小川にヌカカが足を取られてもがいていることにも。

掌にヘビが触れたときとは違って、パニックはいやらしいほどゆっくりと広がっていき、トリシアの心はまもなく身を縮めて外界からの刺激を遮断した。トリシアは足もとをろくに確かめないままなおも歩を速めた。助けを求める自分の声さえ意識には届かず、たとえすぐそこの木の陰から返事があったとしても聞き逃しかねないような状態だった。やがていつのまにか走り出していた。**ちょっと、落ち着こうよ。**そう自分を叱ったが、スニーカーを履いた足は、あっというまにジョギングの速度を超えた。**ついさっきうちのバンに座ってたのに。**足は全力疾走を始めた。「へまをしたのはママたちだよな、なのにどうして僕らがいやな思いをしなくちゃならないんだよ！」目に刺さりそうな角度に突き出ていた枝を、とっさに頭を低くしてなんとかかわす。枝は顔に当たり、左頬に血の細い筋がにじんだ。

藪をかき分けて突っ走る。枝の折れる音ははるかかなたから聞こえているようで（棘がジーンズを引っかき、腕の皮膚に浅い傷を刻みつけたが、トリシアは気づかなかった）、頬に当たる微風はひんやりとして不思議と心地よかった。全速力で斜面を駆け上がった。ひしゃげた野球帽から垂れた髪をなびかせて——ポニーテールに結っていたゴムはとうになくなっている——ずいぶん昔の嵐で倒れたらしい痩せた木を次々とまたぎ、斜面のてっぺんまで来ると……突然、目の前に青みがかった灰色の谷が口を開けた。その向こう側、何キロメートルも先に、金属じみた色をした花崗岩の絶壁が屹立（きつりつ）していた。トリシアの足もとには、灰色を帯びてきらめく初夏の空気があるだけで、その虚空は、トリシアがママを呼び、ひらひらと回転しながらそこを落ちていき、谷底に叩きつけられて死ぬのを待ちかまえていた。

思考がまたも吹き飛んだ。恐怖で頭が真っ白になる。それでもトリシアの肉体は、いまさら急ブレーキをかけても転落は避けられないと冷静に判断した。転落を回避したいなら、手遅れになる前に進路を変えるしかない。トリシアは左に向きを変えた。右足が崖を踏み外しかけた。小石が小さな川になって風雨に削られた岩壁を流れ落ちていく軽やかな音が聞こえた。

マツ葉に覆われた森の地面と丸い岩がむき出しになった崖のあいだの境界を走り続けた。たったいま自分の身に降りかかりかけた災難が、支離滅裂なイメージとなって頭のなかをぐるぐる駆けめぐった。その合間に、いつか見たSF映画の、狂暴な恐竜が主人公の誘導にだまされて崖の縁から谷底に落ちて死ぬ場面が割りこんだ。

根元から五、六メートルを残して折れたトネリコの木が、船のへさきのように崖の縁から突き出していた。トリシアは両腕でそれに抱きついた。引っかき傷ができて血をにじませている頬がなめらかな木肌にぶつかった。息をするたび喉がひゅうと甲高い音を立て、怯えたすすり泣きに変わった。長いあいだそうしていた。全身を震わせ、木に抱きついて。やがてようやく目を開けた。顔は右に向いていて、よせばいいのに、トリシアは谷底をのぞきこんだ。

この断崖の高低差は一五メートルほどで、先の尖った石が敷き詰められた氷河を思わせる谷底には、ところどころ鮮やかな緑の低木が茂っていた。腐りかけた枯れ木や枝の山もある――ずっと前の嵐で吹き寄せられたものだろう。そのとき、トリシアの脳裏に映像が閃いた。寒気がするほど生々しく鮮明な映像だった。トリシアが悲鳴を上げ、腕を振り回しながら、木片の山の上に落ちていく映像。枯れた枝が下から顎を貫き、歯のあいだを突き通る。舌は画鋲で留めた赤いメモ用紙のように上顎に張りつく。枝は最後に脳に貫通して、とどめを刺す。

「いやだ！」トリシアは叫んだ。吐き気がこみ上げると同時に、その映像のもっとももらしさに背筋が凍りついた。息さえできない。

「大丈夫だってば」トリシアは小さな声で早口に言った。イバラの棘に引っかかれた腕やすり傷ができた頰がずきずき痛み、汗がしみてぴりぴりした。そういった小さな痛みは、いまようやくトリシアの意識に上ろうとしていた。「大丈夫。大丈夫だよ。ヤー、ベイビー」トネリコの幹を抱いていた腕を離した。そのとたんに体がふらりと揺れて恐怖がぶり返し、すぐにまた木にしがみついた。地面がかたむき、崖から投げ落とされるのでは――そんな馬鹿げた考えが頭に浮かぶ。

「大丈夫」トリシアは、やはり小さな声で早口に言った。上唇を舐める。湿った塩の味がした。「大丈夫、大丈夫だってば」何度もそう繰り返したが、トネリコの幹から両腕をほどく勇気がようやく湧いたのは、それから三分もたってからだった。おそるおそる腕を離し、崖っぷちから一歩後退した。野球帽をかぶり直し（無意識のうちにつばを回し、後ろ前に頭にのせた）、谷を見渡した。雨雲が垂れこめた空。ざっくり見積もって六兆本くらいありそうな木々。しかし、人の営みをうかがわせるものは何一つなかった。焚き火から立ち上る煙の一筋も見えない。

「だけど、大丈夫――大丈夫だから」崖からもう一歩下がった拍子に何かが

（ヘビが、ヘビが）

膝の後ろをかすめて、思わず小さな悲鳴が漏れた。もちろん、草がかすめただけだった。ここにもまたチェッカーベリーの茂みがあった。この森はチェッカーベリーだらけらしい。ああ、いやだいやだ。それに、虫の群れにもう見つかってしまった。トリシアの視野で何百もの黒い小さな点が踊り、隊形を組み直そうとしている。ただ今回の黒い点々の群れは前よりも大きくて、つぼみを開く黒い薔薇（ばら）のように迫ってこようとしていた。**気絶しちゃう。気絶するって、こういう感覚なんだ。**そう思った次の瞬間、トリシアは白目をむき、茂みにあおむけに倒れこんだ。血の気を失った小さな顔のすぐ上に、羽虫の群れがきらめく雲のように浮かぶ。まもなく、蚊の最初の数匹がトリシアのまぶたに舞い降りて宴を始めた。

# 四回表

ママが家具を動かしてる。意識が戻って最初に思い浮かんだのはそれだった。すぐに思い直した——違うな、パパに連れられてリンにある〈グッド・スケート場〉に来てるんだ、きっと。聞こえているのは、傾斜のついた古いスケートコースをすべる子供たちのローラーブレードの音だ。しかしそのとき、鼻筋に冷たい液体が跳ねて、トリシアは目を開いた。冷たいしずくがもう一つ、今度は額の真ん中に落ちた。空にまぶしい光が閃き、トリシアは眉間に皺を寄せて目を細めた。一呼吸置いて二度めの雷鳴が轟(とどろ)いた。トリシアはぎくりとし、寝転がったまま横を向いた。とっさに胎児のように体を丸め、かすれた情けない悲鳴を漏らした。ちょうどその瞬間、空の底が抜けたような雨が降り出した。

冷たい湖にいきなり放りこまれたかのように（まさにそんな心地がした）息をのみ、上半身を起こした。その拍子に頭から落ちた野球帽を拾い、かぶり直す。よろめきながら立ち上がった。雷鳴がまた一つ轟いて、稲妻が空に紫色のジグザグを刻みつける。鼻の先から雨のしずくを滴(したた)らせ、髪を頬に張りつかせたトリシアの目に、半分枯れたトウヒの大木がふいに破裂したかと思うと二つの炎の柱になって地面に倒れるのが映った。まもなく土砂降りになり、谷は灰色のガーゼをかぶった幽霊に姿を変えた。

　トリシアは後ろに下がり、木々の枝が作る傘の下に戻った。地面に膝をついてバックパックを開き、青いポンチョを取り出す。ポンチョを着て（「遅れても何もしないよりはまし」パパならそう言うだろう）、倒木に腰を下ろした。頭はまだぼんやりしているし、まぶたはぼってりと腫れていてかゆい。周囲の木々が雨をいくらか防いでくれてはいるが、万全ではない。雨の勢いはすさまじかった。トリシアはポンチョのフードをかぶり、フードを叩く雨音に聞き入った。車のルーフを雨が叩く音に似ている。しつこい羽虫の雲がまたも目の前で踊っているのに気づき、手を力なく振った。**まったく、何をしようと追い払えそうにない。いつだっておなかを空かせてて、あたしが気を失っているあいだもまぶたに食らいついてたわけだし、あたしが死体になったってやっぱり血を吸うんだろうな。**そう思うとまた涙が出た。今回は弱々しくさめざめと泣いた。そのあいだも虫の群れを追い払う手は止めず、頭上で雷鳴が轟くたびに身を縮こまらせた。

　腕時計も太陽もない。時間の感覚がまったくなくなっていた。一つ確かなのは、雷が東の方角へ――返り討ちに遭ってもなお負けを認めようとしないいじめっ子みたいにぶつぶつ文句を言いながら――遠ざかったあともまだ、トリシアは青いポンチョをかぶって倒木の上にちょこんと座っていたことだけだ。木々の枝から雨のしずくが滴った。蚊の群れは低い羽音を立てている。一匹がポンチョのフードとトリシアの頭の隙間に迷いこんだ。フードの外側から親指で突くと、羽音は唐突にやんだ。

「ざまあみろ、だ」トリシアは力ない声で言った。「つぶれてジャムみたいになったでしょ」立ち上がろうとすると、おなかが鳴った。さっきまで感じなかった空腹を感じた。道に迷ってから、おなかが空くほど長い時間がたったのだと思い、それはそれで怖くなる。この先あといくつおそろしいできごとが待っているのだろう。その答えを知らないこと、予想できないことがありがたい。もしかしたらもう何も起きないかもと自分を励ます。**お嬢ちゃん、元気出しなよ。いやなことはもう起きるだけ起きてしまったのかもしれないからさ。**

トリシアはポンチョを脱いだ。バックパックを開ける前に自分の状態を確かめて、気持ちが沈んだ。頭のてっぺんから爪先まで雨に濡れたうえ、（生まれて初めて）失神したときにくっついたマツ葉だらけになっている。そうだ、初めて失神したんだってペプシに話さなくちゃ。トリシアは、ペプシに二度と会えないかもしれないなどとは一瞬たりとも考えていなかった。

「考えちゃだめ」バックパックのバックルをはずし、垂れ蓋を開ける。持ってきた食べ物と飲み物を取り出し、一列に並べた。ランチの紙袋を目にしたとたん、おなかが元気よく鳴った。いま何時だろう。体の代謝と連動している時計が意識のどこか奥底から、たぶん午後三時ごろと告げた。キッチンの朝食カウンターで〈コーンフレーク〉をばりばり音を立てて食べてから八時間、愚かにも近道のつもりでこの果てしない道を歩きだしてから五時間。午後三時。ことによると四時。

ランチの袋には、殻つきの固ゆで卵、ツナのサンドイッチ、それにセロリスティックが数本入っていた。ほかにポテトチップス一袋（小）、ボトル入りミネラルウォーター（大）、炭酸飲料〈サージ〉（六〇〇ミリリットル入りの大ボトル。トリシアは〈サージ〉を愛している）、〈トゥインキーズ〉もある。

レモンライム味の炭酸飲料のボトルを見ていると、おなかが空いているというより喉が渇いているようだと……しかも体は糖分を欲しているようだとふいに悟った。キャップをひねって開封し、飲み口に唇をつけたが、そこで動きを止めた。いくら喉が渇いているといっても、いきなり半分もがぶ飲みするのは賢明ではない。まだしばらくこの森にいるかもしれないのだ。心の片隅から不満の声が上がる。その声は、何を馬鹿なと言い立てた。ずっとここにいるなんてありえない、馬鹿なことを言わないでくれ。だが、その意見に従うわけにはいかない。この森を無事に出た暁には、元どおり子供らしいふるまいをすればいい。しかしさしあたっては、できるかぎりおとなと同じように考えなくてはならない。

**さっき見たよね。ここにあるのは木しかない大きな谷だけ。道はないし、煙も見えなかった。賢く行動しなくちゃ。食べ物や飲み物は節約しないと。ママだって同じことを言うはずだし、パパだってそう。**

三口だけ飲んでボトルを唇からいったん離し、げっぷをして、さらに二口すばやく飲んだ。それからボトルのキャップを確実に閉めた。ほかには何をいま消費しようか。ゆで卵にしよう。殻をむき、卵が入っていたポリ袋にかけらを慎重に集め（このときも、もっとあとになってからも、ごみを、自分がそこにいたという証拠を残しておけば、そのおかげで命拾いするかもしれないとは一度も思いつかなかった）、塩をほんの一つまみ振った。そうやっていると、また少し涙が出た。前の晩、サンフォードの家のキッチンで、パラフィン紙に少量の塩を取り、ママに教わったとおりパラフィン紙の両端をひねったことを思い出したからだ。天井の明かりがフォーマイカのテーブルに落とす自分の頭や手の影。居間のテレビから聞こえるニュース番組の音声。二階でピートが歩き回って床がきしむ音。その記憶はあまりにも鮮明で、いま目の前で起きていることと勘違いしそうだった。水に落ちて溺れかけた人は、まだ船の上にいたときの、平和で気楽で、何も心配せず安心していられた時間をこんな風に思い出すのだろうか。

しかし、トリシアは九歳の子供だ。もうじき十歳になる九歳の、年齢（とし）のわりには背の高い子供。空腹は、記憶や恐怖よりも力を持っていた。すすり泣きながらもゆで卵に塩を振ってあっというまに食べた。おいしかった。もう一つ、いやあと二つだってぺろりと平らげられそうだった。ママは卵を〝コレステロール爆弾〟と呼ぶ。しかしここにママはいないし、森のなかで道に迷い、無数の引っかき傷を作り、蚊に刺されてまぶたが腫れて、（たとえば小麦粉ペーストがまつげにくっついているみたいに）何か重たいもので下に押されているように感じるいまは、コレステロールなど大した問題とは思えない。

トリシアは〈トゥインキーズ〉を物欲しげに見つめたあと、包み紙を破いてクリーム入りの小さなスポンジケーキを一つ食べた。「セェエクシー」――というのはペプシの一番のお気に入りの褒め言葉――とささやいた。水で口のなかのものを飲みくだした。それから、どちらかの手が裏切り者になってまた何か口に押しこもうとする前に、残りの食べ物をランチの紙袋に戻し（袋の口を巻くと、前よりもだいぶ下まで届いてしまった）、中味が四分の三ほどに減った〈サージ〉のボトルのキャップがきちんと閉まっていることを念入りに確かめ、全部をバックパックに戻した。指先がバックパックの側壁をかすめた瞬間――摂取したばかりのカロリーも起爆剤になって――高揚感が炸裂し、トリシアは目を輝かせた。

ウォークマンだ！　ウォークマンを持ってきていた！　ヤー、ベイビー！

内ポケットのジッパーを開け、聖体拝領の儀式を執り行なう司祭のようにうやうやしい手つきでウォークマンを取り出した。イヤフォンのコードはウォークマン本体に巻きつけてあり、ちっちゃなイヤフォン本体は黒いプラスチック製ボディの両サイドにきっちり留めてあった。トリシアとペプシの最新のお気に入りのテープ（チャンバワンバ『タブサンパー』）が入ったままだが、いまは音楽を聴く気分ではない。イヤフォンのコードを伸ばしてイヤフォンを耳に押しこみ、スイッチを〈テープ〉から〈ラジオ〉に切り替えて電源を入れた。

初めはかすかな雑音が聞こえただけだった。周波数をメイン州ポートランドのFM局〈WMGX〉に合わせたままだったからだ。周波数を数字の小さいほうに少し調節すると、ノーウェイの〈WOXO〉が入った。逆に大きいほうを試すと、アパラチアン・トレイルに来る途中に車で通ったキャッスルロックという町の小さなFM局〈WCAS〉の電波が届いた。ピートが新しく身につけたばかりの、思春期特有の皮肉が滴る声が聞こえた気がした――「WCAS！　今日の田舎町（ヒックスヴィル）、明日の世界！」実際、〈WCAS〉は田舎町らしい退屈な放送局だ。間違いない。マーク・チェスナットとかトレース・アドキンスあたりのめそめそしたカントリー音楽を流しているか、女性アナウンサーが視聴者からの電話――中古の洗濯機や乾燥機、ビュイックの車、狩猟用ライフルの買い手を求める電話――の相手をしているか、そのどちらかだ。それでも人の声、荒野で聞く人の声であることに変わりなく、トリシアは倒木に腰を下ろすと、忠実にあとをついてくる羽虫の群れをぼんやり手で払いながら、うっとりと聴き入った。最初に流れた時報は三時九分だった。

三時三十分、〈売ります買います〉コーナーはいったん中断し、女性アナウンサーが地元のニュースを読み上げた。金曜と土曜の夜にトップレスダンサーを出演させると発表したバーに対してキャッスルロック住民は反対を表明。老人ホームで火災が発生（負傷者なし）。観客席の改築のため営業を休止していたキャッスルロック・スピードウェイは、七月四日の独立記念日に新装オープンを記念して花火大会を開催すると発表。今日の午後は雨、夜には晴れ間が戻り、明日は晴れで、最高気温は摂氏三十度。それだけだった。少女が行方不明というニュースはなかった。喜ぶべきか、不安に思うべきか、わからない。

バッテリーを温存しようと電源を落としかけて、トリシアはふとその手を止めた。女性アナウンサーがこう付け加えたからだ。「今晩七時から、ボストン・レッドソックスと宿敵ニューヨーク・ヤンキースが対戦します。WCASでも生中継の予定です。スタッフ全員、ちゃんとソックスを履いてお伝えしますよ。それでは、このあとも引き続き――」

**――ある少女の人生最悪の一日をお楽しみください。**トリシアは頭のなかでそう引き取ってラジオを消し、プラスチックの薄型のボディにイヤフォンのコードを元どおり巻きつけた。それでも、いまいましい小魚がみぞおちのあたりで泳ぎ回るようになって以来初めて、なんとかなりそうな気がしてきた。おなかに食べ物を入れたことも理由の一つだろうが、それよりもラジオの力のほうが大きい気がする。声。聞き間違いようのない人間の声。しかも、すぐ隣で話しているみたいに聞こえた。

両ももに蚊がたかって、ジーンズの生地に穴を開けようとしていた。ショートパンツで来ていたら、いまごろは牛肩ロースのステーキ肉みたいに真っ赤になっていただろう。

手で蚊を叩いて追い払い、立ち上がった。さて、これからどうする？　森で迷ったとき使える知識なんて、一つでもあっただろうか。まあ、太陽が東から昇って西に沈むことは知っている。だが、それくらいだ。以前、コケは樹木の幹の北側だか南側だかに生えると誰かに教わったが、どちらだったか忘れてしまった。もしかしたら、このままここから動かず、どうにかしてシェルターを作って救助を待つのが最善の策なのかもしれない（雨宿りというより蚊を寄せつけないためのシェルターがほしい。ポンチョの内側にまたもや蚊が入りこんでいて、そろそろ我慢の限界だった）。マッチを持っていたら、火を熾せば――雨が降っているから、燃え広がるおそれはないだろう――誰かが煙に気づいてくれるかもしれない。もちろん、豚に翼があったらベーコンだって空を飛ぶというほどのありえない話ではある。そう、ベーコンうんぬんは、パパから聞いたことのある言い回しだ。

「でも、待って」トリシアは言った。「ちょっと待って」

水にまつわる何か。水を頼りにして森を脱出する方法。何だっけ——?

ああ、それだ。新たな高揚感が一気に胸に広がった。あまりに強烈で、めまいがしたほどだった。事実、ノリのよい音楽が聞こえてきたときみたいに、体が自然と左右に揺れた。

小川を探すのだ。それはママから教わったことではなく、ずっと前、七歳くらいのとき、『大きな森の小さな家』シリーズを読んで得た知識だった。小川を探し、それをたどっていけば、いつか森の外に出る。あるいは、もっと大きな川にぶつかる。大きな川にぶつかったら、またそれを追っていくと、森の外に出るか、いっそう大きな川にぶつかる。そうやって川の流れを追いかけていけば、遅かれ早かれ森の外に出られるはずだ。なぜなら、川の終着点はかならず海だから。海辺に森はない。あるのは砂浜と磯だけだ。たまに灯台もあるだろう。では、どうやって小川を探す? 考えるまでもない。崖沿いに歩けばいい。さっき走ってきて、まぬけにもあやうく自分から飛び下りかけた断崖。崖に沿って歩けば一つの方角にまっすぐ進むことになって、いつかは小川が見つかるだろう。よく言われるように、森は小川や沢だらけなのだから。

バックパックを背負い直し（今回はポンチョの上から）、足もとに気を配りながら、崖の際にあるトネリコの倒木に近づいた。森のなかを闇雲に突っ走ったことを思い出して、おとなが子供時代の馬鹿げた行為を振り返るように、微笑ましくも照れくさい気持ちになったが、崖の縁にぎりぎりまで近づく勇気はまだない。きっとめまいがするだろう。また失神するか……胃のなかのものを戻してしまうだろう。貴重な食料を一部でも吐くなんて、もったいなさすぎる。

左に向きを変え、崖の縁とその先の谷底から五、六メートル手前に入った木々のあいだを歩きだした。ときおり、いやいやながら右に進路を微調整して、いつのまにか崖から離れすぎたりしていないこと——見晴らしのよい絶壁がすぐそこにあることを確かめた。人の声が聞こえないか、耳を澄ます。といっても、期待はしていない。ハイキングコースがいったいどちらの方向にあるのか、もうまるでわからなくなっている。偶然に行き当たるとすれば、それは純粋に幸運の結果だ。いまトリシアの耳が探しているのは、水の流れる音だ。やがてついに水の音が聞こえた。

**腹の立つこの崖を流れ落ちる滝の音だったら、何の意味もないけど。**小川に近づくには、まず崖に近づいて高低差を確かめなくてはならない。それに、期待を裏切られるなら早いうちがいい。

このあたりの森は崖から少し引っこんだところで終わっていて、森の端と崖のあいだには、点々と低木が立っているだけだった。あと四週間か五週間もしたら、みずみずしいブルーベリーの果実が鈴なりになることだろう。しかしいまはどの実も緑色で小さく、食べられない。それでもチェッカーベリーは熟していた。ちょうど食べごろの季節なのだ。その事実は心に留めておいて損はないだろう――もしもの場合に備えて。

ブルーベリーの低木のあいだの地面は、岩の破片がうろこ状に敷き詰められたようになっていて歩きにくい。スニーカーの足で踏むと、割れた皿の上を歩いているような音がした。慎重に歩を進め、崖の縁まで三メートルほどのところまで来ると、トリシアは手と膝を地面につき、残りの距離を這った。**心配いらないよ。落ちたりなんかしない。だって、今度は崖があるってわかってるんだよ。心配いらない。**それでも心臓はやかましいほど激しく打っている。崖の縁にたどりついた瞬間、困惑まじりの小さな笑い声が漏れた。崖と呼ぶような高低差ではまったくなかったからだ。

谷はまだ向こうが見えないくらい幅があるが、それもこのあたりまでだろう。こちら側の崖は少しずつ低くなっていた――耳を澄ますことに集中し、考えごとに没頭していたせいで（考えごとといっても、冷静にね、もう無鉄砲なことはしちゃだめだよと自分に繰り返していただけだが）、それに気づかずにいた。トリシアはさらに崖に近づいて、視界を遮る最後の草むらを手でかき分けると、谷底をのぞきこんだ。

高低差は六メートルほどしかなかった。しかも、もう断崖絶壁ではなくなっている——垂直だった岸壁は、砂利の浮いた急斜面に変わっていた。その斜面の下に、雑木林とやはり実のついていないブルーベリーの低木、イバラの茂みが見えている。ほかに、ぎざぎざに割れた岩石の小山がところどころにできていた。土砂降りの雨は上がり、不機嫌なつぶやき声のような雷鳴がときおり聞こえる程度にはなっていたが、霧雨は続いていて、岩石の小山を鉱滓（こうさい）のようにぬらりと光らせている。

トリシアは縁から少し下がって立ち上がり、茂みのあいだを縫って水の流れる音がする方角へとまた歩きだした。そろそろ疲労がたまり、脚の筋肉が痛かったが、まだしばらくは行けると思った。もちろん不安ではある。しかし、さっきほどではなかった。かならず見つけてもらえるはずだ。森で行方不明者が出ても、かならず救助されている。飛行機やヘリコプターや、救助犬を連れた人たちが出て、行方不明者が見つかるまで捜索するのだ。

**それに、もしかしたら自力で脱出できるかも。森のどこかで狩猟小屋か何か見つかるかもしれない。入口に鍵がかかっていたら、窓を破って入ればいい。誰もいなかったら、電話を借りて……**

去年の狩猟の季節から一度も使われていない狩猟小屋にいる自分の姿を思い描く。色褪せたペイズリー柄の埃よけの布で覆われた家具、クマの毛皮が敷かれた板張りの床。埃のにおいやストーブにたまった灰のにおいを感じた。その白昼夢はひどく鮮明で、置きっぱなしの古いコーヒーのにおいまでかすかに漂ったような気がした。小屋は無人だが、電話は通じている。旧式な電話で、受話器は両手を使わなくては持ち上がらないくらい重たい。それでもちゃんと通じている。相手が出るのを待って、トリシアはこう言う——「もしもし、ママ？　トリシアだよ。ここがどこなのかよくわからないけど、とりあえず無事——」

空想の狩猟小屋と空想の電話のやりとりにすっかり気を取られていたせいで足をすべらせ、木々のあいだからあふれ出て砂利の斜面を滝のように流れ落ちている小川にあやうく転げ落ちるところだった。

とっさにハンノキの枝をつかみ、小川を見下ろす。思わず笑みが出た。ここまで不運続きの一日だった。どこまでも不運続きの一日だったが、ついに運が向いてきたようで、万歳と叫びたくなった。斜面のてっぺんに立った。小川は泡立ちながら勢いよく斜面を流れ落ち、ところどころで岩にぶつかって水煙を上げている。よく晴れた日の午後だったら、虹がかかっていただろう。小川の左右の斜面はすべりやすそうで危なっかしい。砂利だらけで、しかもしぶきを浴びて濡れている。それでも、ぽつりぽつりと低木の茂みがあった。仮に足をすべらせたとしても、ついさっきハンノキの枝をつかんで転落を免れたように、低木にしがみつけばいい。

「水は人に続いてる」トリシアはそうつぶやいて斜面を下り始めた。

　体を横向きにし、小さく跳ねるようにしながら、小川の右側の斜面を伝い下りる。てっぺんから見た印象より傾斜が急だったし、一歩踏み出すごとに砂利の上で足がすべったが、出だしは順調だった。ところが、このときまでほとんど存在を意識することがなかったバックパックが、ふいにおんぶ紐で背負われた赤ん坊、ちっともじっとしていてくれない大きな赤ん坊のように感じられた。バックパックが背中で動くたび、両腕を振り回してバランスを取らなくてはならない。それでもどうにか下りきれそうで一安心した。というのも、斜面のなかほどで、右足をつっかい棒のように踏ん張ったとき、その足が砂利の下にすっかり埋もれてしまい、もはや引き返して斜面を登るのは無理だと悟っていたからだ。どのみち谷底に下りる以外にない。

　また下り始めた。四分の三ほど下ったところで、虫が――ユスリカやふつうの蚊ではない、大きなやつが――顔にぶつかってきた。スズメバチだ。トリシアは悲鳴を上げ、手で払おうとした。その拍子にバックパックが斜面の下に向けて大きく動き、右足がすべって、ふいに体のバランスが崩れた。トリシアは転んだ。歯ががたつくほどの衝撃とともに岩だらけの地面に肩から叩きつけられ、そのまま斜面をすべり落ちた。

「やめてー！」トリシアはそう叫び、地面をつかもうとした。だが、つかめたのは浮いた砂利だけで、しかもそのなかにあった割れた水晶の切っ先が掌に突き刺さった。

トリシアは砂利と一緒に斜面をすべった。低木にすがろうとしたが、低木の根は浅く、根ごと地面からすっぽ抜けた。足が何かにぶつかり、右脚が無理な角度にねじれた。次の瞬間、ふいに体が宙に浮き、トリシアは想定外のとんぼ返りをし、世界がぐるりと回転した。

背中から地面に叩きつけられた。脚を大きく広げ、腕を振り回し、苦痛と恐怖と驚愕の悲鳴を引きずりながら、さらに斜面をすべり落ちた。ポンチョとシャツの裾がずり上がり、肩甲骨まで背中が露になった。岩の尖った先が肩甲骨のあいだの皮膚を削った。足を踏ん張ってブレーキをかけようとした。しかし、露出していた頁岩に左足が引っかかり、体が時計回りに回転した。それをきっかけに、トリシアは転がり始めた——うつぶせ、あおむけ、ふたたびうつぶせ。あおむけになるたびにバックパックが背中に食いこみ、うつぶせになるたびに引っ張られて体が浮いた。空が下に、割れた岩だらけの斜面が上になったかと思うと、上下が入れ代わって——はい、半回転してパートナーと背中合わせになって、はい、次は一人ずれてパートナーを交替。

最後の一〇メートル、トリシアは左脇を下にし、左腕を伸ばして顔を肘の内側に押しつけた姿勢ですべり落ちた。痣ができそうな勢いで脇腹から何かに激しくぶつかって……次の瞬間、腕でかばっていた顔を上げる間もなく、刺すような強烈な痛みが左の頬骨のすぐ上を貫いた。トリシアは甲高い悲鳴を上げ、とっさに膝立ちになって頬を手で叩いた。何かがつぶれる感触がした——今度もまたスズメバチに決まってる——が、同時にまた一刺しされた。しかも目を開けると、無数のハチに包囲されていた。重たくふくらんだみっともない猛毒の製造工場を尻にぶら下げた、黄と茶のハチの群れ。

最後に激突したのは、斜面のいちばん下、音を立てて流れる小川から一〇メートルと離れていない位置に立つ枯れ木だった。その枯れ木のいちばん低い叉の部分、九歳にしては背の高い少女のちょうど目の高さに、灰色の紙に似た素材で作られた巣があった。怒ったスズメバチが巣の周囲を飛び回っている。巣のてっぺんに空いた穴から、まだまだたくさんのハチがあふれ出てこようとしていた。

首の右側、後ろ前にかぶった野球帽のつばのすぐ下に、刺すような痛みを感じた。右腕の肘のすぐ上にも焼けるような痛み。パニックに陥り、トリシアは悲鳴を上げて駆けだした。何かがうなじを刺した。ジーンズのウエストバンドの上あたりも刺された。シャツの裾がめくれ上がったままで、ポンチョもずたずたに裂け、腰がむき出しになっていた。

何の考えも計画も目的もないまま、トリシアは川を目指して走った。川までの地面に障害物らしい障害物はなかった。低木の藪を迂回して走る。藪が鬱蒼としてきてもがむしゃらに突進した。やがて川のほとりで立ち止まった。肩で息をしながら、目に涙（と不安）を浮かべて背後を確かめた。スズメバチの群れはもう見えない。競走にはどうにか勝ったとはいえ、痛手は大きかった。最初の一匹に際を刺された左目は腫れ上がり、ほとんどふさがっていた。

**もしアナフィラキシーショックを起こしたら、あたし、ここで死ぬんだ。**そんな考えが脳裏をよぎったが、恐怖から立ち直りきれていないいま、気にしているゆとりはなかった。トリシアは災難の元凶となった小さな川のそばに腰を下ろすと、泣きじゃくり、洟（はな）をすすった。まもなく少し落ち着きを取り戻して、バックパックを下ろした。小刻みだが激しい震えに何度も襲われた。そのたびに全身がばねのように張り詰め、ハチに刺されたところから熱を持った鋭い痛みが広がった。両腕でバックパックを抱き締め、人形のようにそっと揺すりながら、いっそう激しく泣いた。そうやってバックパックを抱いていると、キャラバンのリアシートに横たわっているはずの人形のモナを連想した。青い大きな目をした、なつかしのモーニー・バローニャ。パパとママが話し合いを始め、やがて離婚が成立するまでのあいだ、モナだけが心の支えだった時期があった。ペプシにさえ理解してもらえなかった時期。いま振り返れば、両親の離婚くらい、豆粒みたいにちっぽけな問題に思える。世界には、うまくやっていけないおとなたちなどより、もっと大きな問題がある。たとえばスズメバチだ。どんな犠牲を払っても、もう一度モナに会いたい。

どうやらハチ毒アレルギーがもとで死ぬことはなさそうだ。いや、どうだろう、とうに死にかけているのかもしれない。ママとお向かいのミセス・トマスが、ハチ毒アレルギーの知り合いの話をしているのを小耳にはさんだことがあった。ミセス・トマスはこんな風に言っていた。「刺されて十秒もしないうちに、フランクったら気の毒に風船みたいにふくれ上がっちゃってね。いつもの注射キットを持ってなかったら、あのまま窒息して死んでたわよ、きっと」

息が苦しかったりはしなかったが、刺し傷が熱を持ってうずき、ミセス・トマスが言っていたとおり風船みたいにふくれている。刺された左目の際が腫れ上がり、熱をためこんだ小さな火山になっているのが見えた。指先でそっと触ってみると、強烈な痛みが脳天まで突き抜けて、情けない悲鳴が漏れた。すすり泣きはもう収まっているのに、左目からはとめどなく涙が流れている。

両手をゆっくり慎重に動かして、全身を確かめた。数えただけで六箇所刺されていた（腰の左側に二つ、ことによると三つ、刺し傷が集まっているらしく、ほかのどこよりそこが痛かった）。背中は一面すり傷だらけだし、最後の一〇メートルをすべり落ちたときの損害の大半を引き受けた左腕は、手首から肘まで血の色のネットをかぶせたみたいだった。朝、折れた枝に引っかかれてできた頬の傷からもまた血がにじんでいた。

**どうしてあたしがこんな目に？　どうして――**

ぞっとするような考えが浮かんだ……それは考えというより確信だった。ウォークマン。きっと壊れてしまったに違いない。バックパックの小さな内ポケットのなかで、きっと粉々に砕けている。そうに決まっている。さっきの滑落で無事だったとは思えない。

トリシアは血まみれになって震える指でバックパックのバックルを不器用に引っ張り、ようやくストラップをはずした。まずは〈ゲームボーイ〉を取り出す。やはり壊れていた。小さなドットを表示する小窓は割れてなくなり、黄色いガラスの破片がいくつか残っているだけだった。ポテトチップスの袋が破裂して、〈ゲームボーイ〉のひび割れた白い筐体は、脂っぽいかけらにまみれていた。

ミネラルウォーターと〈サージ〉が入ったプラスチックボトル二本は、へこんだだけで無事だった。ランチの紙袋は、路上で車に轢かれた動物みたいにぺちゃんこになっていた（これもポテトチップスのくずにまみれている）が、トリシアは袋のなかを確かめることさえしなかった。**あたしのウォークマン。**自分が泣いていることにも気づかないまま内ポケットのジッパーを開けた。**あたしのかわいそうな、かわいそうなウォークマン。**人の声がある世界から隔絶されるとしたら、それはほかの何より耐えがたい。

内ポケットに手を差し入れた。出てきたのは奇跡――無傷のウォークマンだった。小さな本体に几帳面に巻きつけておいたイヤフォンのコードはゆるみ、からまっていたが、被害はそれだけだった。ウォークマンを片手に載せ、傍らの地面に置いた〈ゲームボーイ〉と信じがたい思いで見比べた。片方は無事で、もう一方はめちゃくちゃに壊れるなんて。そんなこと、ありえる？

**あるわけないでしょ。**頭のどこかから、冷ややかで憎々しげな声が答えた。**見た目は無事でも、なかは壊れちゃってるんだよ。**

トリシアはコードを伸ばし、イヤフォンを耳に押しこんで、電源ボタンに指を置いた。ハチに刺されたこと、蚊に食われたこと。切り傷に引っかき傷。この瞬間は何もかも忘れた。重たく腫れたまぶたを閉じ、小さな暗闇を作る。「お願いします、神様」その暗闇に向けてささやく。「あたしのウォークマンが壊れていませんように」それから、電源ボタンを押した。

「ここでたったいま入りましたニュースをお伝えします」女性アナウンサーの声が聞こえた――トリシアの頭のなかから放送しているみたいに聞こえる。「子供二人を連れてキャッスル郡内のアパラチアン・トレイルをハイキングに訪れていたサンフォード在住の女性から、娘のパトリシア・マクファーランドさん九歳の行方がわからなくなったと通報がありました。パトリシアさんは、ＴＲ-90地区とモットンの町の西側に広がる森で迷子になっていると思われます」

トリシアは目を見開いた。そしてWCASが——悪習を絶てない人間のように——カントリーソングとNASCARレース結果速報という通常の放送に戻ったあとも、十分くらいそのまま放心状態で聴いていた。トリシアは森で迷子になった。それは正式な事実となったのだ。まもなく捜索が開始されるだろう。きっと即座に離陸できるヘリコプターと、即座ににおいを追跡できるブラッドハウンドを保有している誰かが、捜索を始めるはずだ。ママはいまごろ生きた心地がせずにいるだろう……そう想像したとたん、ひねくれた満足感がそっと頭をもたげた。

**あたしはほったらかしだった。**トリシアは思った——自分の落ち度は棚に上げて。**あたしはまだこんな子供なのに、誰も見守っていなかったんだよ。もしママに叱られたら、こう言い返せばいい。〝ママたちがいつまでも喧嘩してるからでしょ、あたしにだって我慢の限界ってものがあるんだからね〟。**ペプシが大喜びするだろう。V・C・アンドリュースの小説に出てくる女の子が言いそうな台詞だ。

やっとウォークマンの電源を切り、イヤフォンのコードを元どおりに巻きつけて、黒いプラスチックの筐体に誰はばかることなくキスをしてから、バックパックの内ポケットに大切にしまった。ぺちゃんこになったランチの紙袋を見つめたが、ツナのサンドイッチや〈トゥインキーズ〉の最後の一つのなれの果てを目の当たりにしたくない。きっと気が滅入ってしまう。ゆで卵がエッグサラダになる前に食べておいてよかった。そんなことを思って、ふだんなら含み笑いを漏らしたところだろうに、いまはそんな気になれなかった。ママには底なしと思われているトリシアのくすくす笑いの井戸は、一時的に干上がってしまったようだ。

　幅わずか一メートルほどの小川の岸に腰を下ろして、わびしくポテトチップスを食べた。まずは破裂した袋の分から、次にランチの紙袋にへばりついた分をつまみ、最後にバックパックの底にたまった粉のようなかけらをさらった。大きな虫がぶうんと鼻先をかすめていき、トリシアは悲鳴を上げて身を縮め、手で顔をかばおうとしたが、よく見るとただのアブだった。

　丸一日仕事に精を出した六十歳の女性のように疲れた手つきで（まさに丸一日仕事に精を出した六十歳の女性みたいに疲れきっていた）持ち物を全部――粉々に割れた〈ゲームボーイ〉も――バックパックに戻して立ち上がった。垂れ蓋のバックルを締める前に、ポンチョを脱いで広げた。斜面を転がり落ちたとき、薄っぺらなビニール地は身を守る盾になってくれなかっただけでなく、ぼろぼろに破れて風に弱々しくはためいている。こんな状況でなければ、笑うところだ――青いビニール地のフラダンスのパウスカートそっくりだったから。それでも、捨てずにおいたほうが得策だろう。虫よけの役割くらいは果たしてくれそうだ。ぶざまに腫れた顔の周囲に、早くも虫の群れが集まり始めている。蚊の雲はそれまで以上に分厚く大きかった。腕の出血に引き寄せられたのだろう。血のにおいを嗅ぎつけたのだ。

「やめてよ」鼻に皺を寄せ、野球帽を振って追い払う。「気持ち悪い」腕や頭の骨が折れたりせずにすんで運がよかったと自分に言い聞かせた。それに、ミセス・トマスの友達のフランクみたいにハチ毒のアレルギーではなかったのも。しかし、心底怯え、引っかき傷ができてあちこちが腫れ、全身が痣だらけのいま、幸運に感謝する心のゆとりはなかった。

ぼろぼろのポンチョをまた着ようとして——バックパックを背負うのはそのあとだ——小川のほうにふと視線をやったとき、川岸がひどくぬかるんでいることに気づいた。片方の膝をついて——ジーンズのウエストが腰のハチの刺し傷にこすれ、思わず顔をしかめた——ペースト状になった灰褐色の泥を指先ですくった。試してみる？やめておく？

「まあ、やってみて損はないよね」トリシアはそうつぶやいて小さな溜め息をつき、すくい取った泥を腰の腫れた部分に塗りつけた。ひんやりして気持ちいい。痛がゆさがたちまちやわらいだ。ぷっくりと膨れた目の際も含め、手が届くかぎりの刺し傷に慎重に泥を塗りつけた。両手をジーンズで拭い（六時間前と比べると、手もジーンズもだいぶ痛めつけられている）、破れたポンチョを着て、バックパックを肩にかけた。

幸運にも、バックパックは刺し傷のいずれにもこすれずにすんだ。小川に沿って歩きだし、五分後、ふたたび森に入った。

それから四時間ほど、川沿いを歩き続けた。耳に届くのは、嘲るような鳥の声とやむことのない単調な虫の羽音だけだった。霧雨はほとんどやむことなく降り続き、一時(いっとき)は雨足が少し強まって、見えるかぎり一番の大木の下で雨宿りをしたものの、またしてもずぶ濡れになった。今回は雷が鳴らなかったのがせめてもの救いだった。

恐怖に満ちた最低の一日がじりじりと終わりに近づき、空が光を失い始めるころ、自分は都会っ子なのだと痛感した。森には密度の濃淡があるらしい。背の高いマツの老木のあいだをしばらく歩いているときなどの森は、ディズニーアニメみたいに牧歌的だ。ところが、密度の高い塊にぶつかると、からみ合った枝に目や腕を引っかかれそうになりながら、鬱蒼とした低木の茂みや深い藪（後者にはたいがい棘があった）を必死にかき分けて進むしかない。そういった茂みや藪の唯一の存在意義は他人(ひと)の邪魔をすることらしく、疲れが蓄積して体力が限界にさしかかるころ、彼らにはぼろぼろの青いポンチョをまとった侵入者を察知する意地の悪い知性が備わっているのではと思えてきた。トリシアを引っかいてやろう——あわよくば目玉をえぐり出してやろう——というのは、実は彼らの二番めの目的であって、本当の狙いはトリシアを小川から——人里へと通じる道、生還の切符から——遠ざけることなのだとしか思えない。

木立や藪があまりにも密なところでは、川が見えなくなっても歩きやすい場所を選んで進んだが、水音が聞こえなくなるほどには離れなかった。かすかなせせらぎの音が遠ざかりかけると、藪に沿って移動しながら切れ目を探すのではなく、その場で手と膝をつき、鬱蒼とした枝の下をくぐって進んだ。ぬかるみを這うのは最悪だった（マツ林の地面は乾いていて、しかもうまい具合にマツ葉のカーペットが敷かれていた。ところが密生した藪の地面は、決まってぬかるんでいるように思えた）。もつれた枝や藪にバックパックが引っかかって、ときにはまったく動けなくなることもあった……しかもどれほど鬱蒼とした藪であろうとユスリカやヌカカの群れはものともせず、トリシアのすぐ前を飛び回り続けた。

なぜ何もかもがこれほどみじめで、無力感ばかりが募るのか、その理由はわかっているのに、言葉にはできない。これと名指しできないありとあらゆるものごとが関係している。ママに教わって知っているものもある――カバノキ、ブナ、ハンノキ、トウヒ、マツ。キツツキが木を叩くうつろな音、カラスの耳障りな声。夕闇が広がるとともに聞こえ始めた、ドアがきしむようなコオロギの鳴き声。だが、それ以外のものは？　ママから教わったとしてもいまはもう思い出せないし、たぶん、そもそも教えてもらっていない。ママにしたって、メイン州で何年か暮らしたことがあって、森の散策が趣味で、森歩きのガイドブックを何冊か読むくらいのことはしたかもしれないが、所詮、マサチューセッツ州出身の都会っ子だ。たとえば、光沢のある緑色の葉をつけたあの背の低い木は何なのか（お願い神様、ウルシではありませんように）。枯れかけているみたいに見える、くすんだ灰色の幹をした細い木は？　細い葉が垂れ下がるように茂った木は？　サンフォード周辺の森、ママがよく知っていて——ときにはトリシアを連れて、ときには一人で——散策に出かける森なんて、おままごとみたいなものだ。しかし、これはおままごとではない。

数百人規模の捜索隊がこちらに押し寄せてくる様を思い描いてみた。想像力は豊かなほうだ。最初は難なくその光景が頭に浮かんだ。行き先の表示窓に〈捜索隊ご一行様貸切〉と書かれた黄色い大型スクールバスが何台も到着し、メイン州西部のアパラチアン・トレイル沿いに点在する駐車場に乗り入れる。扉が開き、茶色い制服を着た男たちが吐き出される。なかには鎖につないだ犬を連れた捜索員も見える。全員がベルトに無線機をぶら下げていて、精鋭の数人は乾電池式の拡声器を携えている。初めに聞こえてくるのは拡声器で増幅された天の声だ——「パトリシア・マクファーランド、どこにいる？　聞こえていたら、この声のするほうに来なさい！」

森の闇が濃くなり、影と影が手をつなぎ始めたいま、聞こえているのは小川の水音——斜面を転げ落ちた地点から川幅は少しも変わっていない——と、トリシア自身の息遣いだけだ。想像のなかの茶色い制服を着た男たちは、少しずつぼやけていった。

**こんな森の奥で一晩過ごすなんて絶対に無理。誰も思わないよね、あたしがまさか森で一晩過ごすなんて——**

恐怖にまたからめとられそうになった——恐怖のせいで鼓動が速くなり、口のなかが乾いて、目の奥がずきずき痛んだ。森で迷子になった。名前も知らない木に包囲されている。都会っ子の語彙では太刀打ちできない場所にひとりぼっち。言葉は役に立たないから、識別できるもの、反応できる範囲はごく限られていて、頼れるのは本能だけだ。都会っ子と野生の少女を隔てる距離は、わずか一歩だった。

自分の部屋にいるときだって——通りの角の街灯の光が窓からほのかに射しこんでいても——暗闇が怖かった。朝までここで過ごすはめになったら、恐怖で死んでしまいそうだ。

心の片隅で、走りだしたい気持ちがうずいた。流れる水は集落に通じているなんて、嘘に決まっている。きっと『大きな森の小さな家』のでたらめだ。その証拠に、もう何キロメートルも川沿いを歩いているのに、虫が増えるばかりでどこにも行きつかない。こんな川、もう見捨ててしまいたい。方角などかまわない、いちばん楽に見えるほうへと駆けだしたい。ひたすら走って、空がすっかり暗くなる前に人のいるところを探そう。馬鹿げた考えなのに、どうしても振り払えなかった。それで目の奥のずきずきする痛み（いまはハチに刺されたところも脈打つように痛んだ）がやわらぐわけではなく、口のなかの銅みたいな恐怖の味が薄らぐわけでもないのに。

密集して互いにからみ合った木々のあいだをどうにかすり抜けて進んでいくと、小川がふいに鋭い弧を描いて曲がったところに来て、その弧の内側に三日月形の小さな野原があった。低木の茂みやみすぼらしい木立に四方を囲まれたそこは、エデンの園の一角のようにトリシアの目に映った。ベンチ代わりの倒木までちゃんと用意されている。

倒木に腰を下ろし、目を閉じて、無事に救助されますようにと祈ろうとした。さっきウォークマンが壊れていませんようにと祈ったときは、とっさのことだったから簡単だった。しかしいまは祈りの言葉が出てこない。パパやママはどちらも教会に通っておらず――ママは元カトリックだがもう信仰を捨てているし、パパはといえば、トリシアの知るかぎり、捨てるにも信仰を初めから持っていなかった。自分が祈りの語彙を持っていないことに気づき、トリシアは途方に暮れた。「天にまします我らの父よ」と主の祈りを始めてみたものの、感情のこもらない耳障りな声に聞こえた。ここで電気式の缶切りが役に立たないのと同じくらい役立たずだ。目を開き、小さな野原に視線をめぐらせた。空気はいよいよ深い灰色を帯びようとしていた。心細くなって、トリシアは傷だらけの両手をいっそう強く握り合わせた。

ママと宗教の話をした記憶はないが、パパには神様を信じるかと尋ねたことがある。

ほんの一カ月くらい前のことだ。モールデンにあるパパのささやかな家の裏庭に座り、鈴の音を鳴らして白いトラックでやってくる〈サニートリート〉の屋台で買ったアイスクリームコーンを食べているときのことだった（〈サニートリート〉のトラックを思い出すと、また涙が出そうになった）。ピートは幼なじみと〝公園に遊びに行って〟いた。それはモールデン特有の言い回しで、要するに〝ぶらぶら時間をつぶす〟ことだ。

「神か」パパは、初めて聞くアイスクリームのフレーバーの名前を繰り返すような調子で言った。チョコレートチップ（ジミー）ではなく、神をトッピングしたバニラアイスクリーム。「なんだってまたそんなことが知りたいんだ、シュガー？」

トリシアは首を振った。自分でもわからなかった。いま、どんより曇った虫だらけの六月の黄昏時（たそがれ）に倒木のベンチに座っているトリシアの頭に、ぞっとするような考えが浮かんだ――自分でも知らない予知能力が備わっていて、一月後にこうなるとわかっていてあんなことを訊いたのだとしたら。来る（きた）べき災難を乗り越えるには神の力を少しだけ借りなくてはならなくなると予感して、あらかじめ神に向けてＳＯＳを発したのだとしたら。

「神か」ラリー・マクファーランドはアイスクリームを舐めた。「神か、神……」そう繰り返しながらしばらく考えこんだ。トリシアはピクニックテーブルの向かい側に黙って座り、ちっぽけな裏庭（そろそろ芝を刈らないと）をながめ、パパの答えを根気強く待った。ようやくパパが答えた。「パパが何を信じてるか、話してやろう。パパが信じてるのは、サブオーディブルだよ」

「サブ……何？」トリシアはパパの顔を見つめた。冗談のつもりだろうか。でも、ふざけている顔には見えなかった。

「聞こえるか聞こえないかの環境音（サブオーディブル）のことだ。前にフォア・ストリートに住んでいたことがあったね」

フォア・ストリートの家のことなら、もちろん覚えている。いまパパが暮らしている家から三ブロック先、リンとの町境近くにあった。いまのパパの家よりも大きく、裏庭も広くて、パパはいつもきちんと芝を刈っていた。そのころサンフォードには、おじいちゃんとおばあちゃんの家があって、毎年夏休みに遊びに行く町にすぎず、ペプシ・ロビショーも夏休みだけの友達で、脇の下に手を入れておならみたいな音を出すのが世界でいちばんおもしろい遊びだった。もちろん本物のおならのほうがもっとおもしろかったが。フォア・ストリートの家のキッチンは、いまのパパの家のキッチンとは違って、気の抜けたビールのにおいが染みついていたりはしなかった。トリシアはパパにうなずいた。あのころを忘れるわけがない。

「あの家には電気式の巾木（はばき）ヒーターが設置されてた。そのヒーターから、いつも低い音がしてた。スイッチが入ってないときでも音がしてたろう？　夏のあいだもずっと」

トリシアは首を振った。パパは、その反応を予期していたかのようにうなずいた。

「それはおまえがその音に慣れきってたからだ。だが、嘘じゃないぞ、トリシア。あの音はずっと聞こえてた。それに、巾木ヒーターがない家でも、つねにいろんな音がしているものだよ。冷蔵庫のコンプレッサーが動いたり止まったりする音。水道管のかたんという音。床がきしむ音。前の通りを行く車の音。そういう音は絶え間なく聞こえているから、ふだんはとくに意識していない。それが……」パパは身ぶりでトリシアに先を促した。パパの膝に座って本を読むようになったころから見慣れたしぐさだった。なつかしいしぐさだ。

「サブオーディブル」トリシアは言った。その言葉の意味を本当に理解したからではない。パパの期待する答えであるのは明らかだったからだ。

「ごめーいとーう」パパはアイスクリームを持った手を大きく動かした。溶けたバニラアイスクリームがパパのカーキパンツにぽたりと垂れた。朝からもう何本ビールを空けたのだろうとトリシアは思った。「そのとーりだよ、シュガー。それがサブオーディブルだ。パパはな、神なんか信じていない。オーストラリアで鳥が残らず空から落ちようが、インドで虫が全滅しようが、神は何もかもご承知だとか、大きな金色の本に一人ひとりの罪をいちいち記録して、誰かが死ぬとそれをチェックして裁きを下すとか、そんなのはどれも眉唾だと思ってる。わざわざ悪人を造っておいて、その悪人を自分がこしらえた地獄に落としてローストにするような神がいるとも思いたくない。ただし、何か目に見えない力が働いてるのは確かだと思う」

パパは裏庭を見渡した。伸び放題に伸びてふぞろいになった芝生、息子と娘のためのぶらんことすべり台が組み合わさった遊具（ピートはとうに卒業していたし、トリシアも実はそうだったが、パパの家に遊びに来たときは、パパを喜ばせたくて、ぶらんこやすべり台で軽く遊んで見せることにしている）、ノームの置物二体（一つは豪快に伸びた春の雑草に埋もれてほとんど見えない）、ペンキが剝げた奥のフェンス。そのときのパパは、急に年を取って見えた。ちょっと困惑しているみたいな、怯えているみたいな表情。**森でちょっと迷ったみたいな、かも**──（倒木に座り、スニーカーのあいだにバックパックを置いたトリシアはそう付け加えた）。やがてパパはうなずき、トリシアに向き直った。

「そう、何かの力が働いている。五感ではとらえられない力が、人を守っている。〝五感ではとらえられない〟の意味はわかるね？」

トリシアはうなずいた。よくわからなかったが、話を中断してまで説明してもらいたくなかった。知識がほしいわけではなかった──とくにその日は。パパの考えを聞いて学びたいだけだった。

「卒業パーティや、初めて出かけた大規模なロックコンサートからの帰り道、酔っ払った若者が——酔っ払った若者のほとんど全員が車で事故を起こさず無事に家に帰ってくるのは、何らかの力に守られているからだとパパは思うんだ。なにか不具合があってもたいがいの飛行機が墜落しないのもその力のおかげだろう。全部がそうだとは言わないよ。たいがいはそうだと言っているだけだ。たとえば、そうだ、一九四五年を最後に、生きている人々に対して核兵器が一度たりとも使われていないのだって、何らかの力が人間の味方をしてる証拠だよ。いずれはどこかの勢力が使ってしまうんだろうが、ここ半世紀以上、誰も一度も使っていない……五十年だぞ、長い歳月だ」

パパはそこでいったん口を閉じ、間抜けで楽しげな顔をしたノームの置物をながめた。

「その何らかの力のおかげで、大半の人間が寝ているあいだに死んだりせずにすんでいる。その何かは、慈悲深くて何もかもお見通しで完全無欠の神じゃない。神が存在する証拠はないとパパは思う。だが、何らかの力が働いているのは確かだ」

「サブオーディブルだね」

「そう、そういうことだ」

理解はできたが、納得はいかなかった。手紙が届いて、きっと知っておくべき大事な用件だろうと思って封を切ったら、〈親愛なる居住者様〉に宛てたセールスの手紙だったみたいに。

「ほかにも信じてるものはある、パパ？」

「まあ、あとはお決まりのものだな。死、税金。それに、パパの娘は世界一の美人だってことくらいだ」

「やめてよ、パパ」トリシアは笑った。パパに抱き寄せられ、頭のてっぺんにキスをされて、身をよじらせた。パパの手の感触やキスは好きだが、ビール臭い息は勘弁してほしい。

パパはトリシアを放して立ち上がった。「もう一つ信じてることがある。そろそろビール・タイムだってことだ。アイスティーでも飲むか？」

「ううん、いらない」トリシアは答え、そして、やはり予知能力のようなものが働いたのだろう、立ち去りかけたパパにこう訊いた。「ねえ、ほかに信じてるもの、ほんとにないの？　ごまかさないで教えて」

パパの顔から笑みが消え、真剣な表情が浮かんだ。パパは立ち止まったまましばし考えこんだ（倒木に腰を下ろしたトリシアは、パパがトリシアのためにそこまで真剣に考えてくれてとてもうれしかったなと思い出した）。このころにはパパの手は溶けたアイスクリームでべたべたになりかけていた。やがてパパは目を上げてまた笑顔になった。「おまえのアイドル、トム・ゴードンが今シーズン、四〇セーブを記録すると信じてるかな。故障せず、ゴードンは現時点でメジャーリーグ最高のリリーフ投手だってことも信じてる。レッドソックスの打線も好調のままなら、今年の十月にはワールドシリーズのマウンドに立ててるだろう。どうだ、これで納得か？」

「うん！」トリシアは笑いながらそう叫んだ。さっきまでの真剣さは吹き飛んでいた……事実、トム・ゴードンはトリシアのアイドルだし、パパがそのことをちゃんと知っていてくれること、そしてそれを意地悪にからかったりするのではなく、娘の気持ちを大事にしてくれることがうれしかった。思わずパパに駆け寄り、アイスクリームがシャツにつくのもかまわず抱き締めた。パパは一番の親友なのだ。アイスクリームをシェアするのは当然のことだ。

いま、しだいに暗い灰色に染まっていく森の奥に座り、そこらじゅうで滴っている雨水の音を聞き、まもなくおそろしいものとしか見えなくなる木々の輪郭がにじんでいく様子を見つめ、拡声器で増幅された声（「この声のするほうに来なさい！」）や遠くで吠える犬の声を耳を澄まして探しながら、トリシアは考えた――まさかサブオーディブルに向けて祈るわけにもいかないし。そんなの馬鹿げてる。かといって、トム・ゴードンに祈るわけにもいかないだろう――滑稽にもほどがある――ああ、そうだ、ゴードンが登板する試合の中継を聴くくらいなら……しかも対戦相手はニューヨーク・ヤンキースだ。ＷＣＡＳのスタッフは〝ソックスを履いて〟いる。トリシアもここでソックスを応援しよう。電池を節約しなくてはならないのはわかっている。しかし、少しだけ聴くくらいなら大丈夫なはずだ。それに、先のことは誰にもわからない。試合が終わるより先に、拡声器の声や犬の吠え声が聞こえてこないともかぎらない。

バックパックを開け、うやうやしい手つきで内ポケットからウォークマンを取り出し、イヤフォンを耳に入れた。一瞬ためらった。ラジオは壊れてしまったに違いないと思った。斜面を転がり落ちたとき、なかの肝心なワイヤが振動でゆるんだに違いない、いまはもう電源ボタンを押してもうんともすんとも言わないだろう。そんな馬鹿なとは思うが、あまりにもたくさんのことが悪いほうにばかり転がった今日みたいな日には、おそろしいほどにありえる話だという気がした。

**押してみなよ。ほら、押してみなって、意気地なし！**

電源ボタンを押す。するとまるで奇跡のように、ジェリー・トルピアーノ、愛称トループの声が大きく聞こえ始めた……しかも、フェンウェイ・パークのざわめきまで伝わってきた。じわじわと闇にのまれていく森、雨に濡れた森で迷子になり、こうしてひとりぼっちで座っているトリシアの耳の奥で、三万人が歓声を上げている。まさしく奇跡だ。

「――投球のかまえに入りました」トループの実況が聞こえた。「振りかぶって……投げた……ストライクスリー。マルティネス、見逃しの三振を奪いました！　決め球はスライダーです。いや、みごとな投球でしたね！　インコースを突かれて、バーニー・ウィリアムズはバットを出せませんでした！　みごとな投球だ！　試合は二回の表まで終わって、2‐0で依然ヤンキースがリードしています」

コマーシャルソングが流れた。車が故障したらフリーダイヤル1‐800‐54‐GIANTにお電話をと歌っていたが、トリシアの耳には入っていなかった。二回の表が終わったところなら、午後八時ごろということになる。そんなはずはないととっさに思ったが、空の暗さを見ると、たしかにそれくらいかと思い直した。もう十時間もひとりきりで森にいるわけだ。永遠と思えるくらい長かった。しかし同時に、あっというまに過ぎたようにも思える。

トリシアは手で虫を追い払い（そのしぐさはもはや無意識のものになっていて、手が勝手に動く）、ランチの紙袋のなかのものを取り出した。ツナのサンドイッチは予想ほど悲惨な状態ではなかった。平らにつぶれ、ちぎれてしまってはいるが、かろうじてサンドイッチの体をなしている。ポリ袋に入っていたおかげでばらばらにはならずにすんだらしい。しかし一つ残しておいた〈トゥインキーズ〉は、ペプシ・ロビショーなら「べちゃべちゃ」と形容しそうな惨状だった。

試合の実況中継を聞きながら、ツナサンドイッチの半分をじっくり味わった。食欲が刺激されて、もう半分も一気に平らげられそうだったが、残りはポリ袋に戻し、代わりにべちゃべちゃの〈トゥインキーズ〉を食べることにして、しっとりとしたスポンジケーキと罪なほどおいしいクリーム（生クリームじゃなくて人工合成のクリームだから、〝クレム〟と呼ぶべきだよね）を指ですくって口に運んだ。すくえるだけすくうと、包み紙を裏返してきれいに舐めた。**これであたしも立派なスプラット夫人だね**（マザーグースから。「ジャック・スプラットは脂身嫌い、奥さんは赤身嫌い、二人で肉を分け合い、お皿は舐めたようにきれい」）。〈トゥインキーズ〉の包み紙を紙袋に戻す。それから〈サージ〉を三口だけ飲み、クリームでぬらついた指先でバックパックの底をなぞってポテトチップスのかけらを探しながら、レッドソックスとヤンキースの三回と四回の戦いぶりに耳をかたむけた。

五回表が終わった時点で4－1でヤンキースのリード、レッドソックスの投手はマルティネスからジム・コルシに交替していた。ラリー・マクファーランドはコルシに拭いがたい不信を抱いている。以前にトリシアと電話で野球の話をしたとき、こんな風に言っていた。「覚えておきなさい、シュガー——ジム・コルシはな、レッドソックスの味方じゃないぞ」トリシアはこらえきれずにくすくす笑った。パパの言い方がやけにもったいぶっていておかしかった。しばらくすると、パパも笑いだした。以来、そのフレーズは、パパとトリシアのあいだでだけ通じるジョーク、合い言葉になった。

いぞ」

「覚えておきなさい、シュガー――ジム・コルシはな、レッドソックスの味方じゃな

しかし六回表のコルシはちゃんと〝レッドソックスの味方〟をし、ヤンキース打線を三者凡退に抑えた。レッドソックスが3点のリードを許している試合でトム・ゴードンが登板するとは思えず、それならラジオを切って電池を節約すべきとわかっていても、フェンウェイ・パークと切り離されるのは耐えがたかった。実況のジェリー・トルピアーノと解説のジョー・カスティリオーネはそっちのけで、貝殻を耳に当てたような球場のざわめきに一心に聴き入った。この三万人は、球場にいるのだ。実際に球場にいるのだ。ホットドッグを頬張り、ビールを飲み、球団のロゴ入りグッズや〈ソフ・サーブ〉のソフトクリームや〈リーガル・シーフード〉のチャウダーを買う行列に並んでいるのだ。昼の輝きを少しずつ失っていく空の下、まぶしいナイター照明が作る自分の影を背後に従えてバッターボックスに立つダレン・ルイス――実況アナウンサーによっては〝ディールー〟というニックネームで呼ぶ――を目で追っているのだ。その三万人のざわめきの代わりに、蚊の群れの低い羽音（闇が濃くなるにつれ、蚊の数はますます増えていた）や葉の先から滴る雨水の音、コオロギのりいりいという錆びついた声……それに、そのほかの得体の知れない音を聞き続けるなんて、絶対にいやだ。

聞こえる音のうちで一番怖いのは、正体のわからない音だった。

暗闇から聞こえてくる、そのほかの音。

ディールーがライトにヒットを放って出塁し、次の打者で1アウトを取られたあと、スライドしそうでしないスライダーをモー・ヴォーンのバットがとらえた。「打球は伸びて、伸びて――」トループが連呼した。「――レッドソックスのブルペンに飛びこんだ！　ブルペンにいた誰かが――リッチ・ガルセスでしょうか――捕球したようですね。モー・ヴォーンのホームランが出ました！　今シーズンの第十二号。レッドソックス、得点差1まで迫りました」

倒木に座ったトリシアは歓声を上げて手を叩いた。それからトム・ゴードンのサイン入り野球帽をしっかりかぶり直した。森はもう真っ暗になっていた。

八回裏、ノマー・ガルシアパーラがレフトスタンドの巨大な壁、通称〈グリーン・モンスター〉を越える2ランホームランを放った。レッドソックスが5－4でリードして迎えた九回表、トム・ゴードンがマウンドに立った。

トリシアは倒木からすべり下りるようにして地面に座った。腰の刺し傷に樹皮がこすれたのに、痛みを感じなかった。シャツの裾やぼろぼろのポンチョがずり上がって露になった背中に、腹を空かせた蚊の群れがたちまちたかったのに、それにも気づかなかった。川面に映った最後の薄明かり――薄れゆく水銀の鈍い輝き――を見つめ、じっとりとした地面にお尻をつけて座り、指先を口の左右に押し当てる。いま大事なのは、トム・ゴードンが1点のリードを守りきること、シーズン開始直後にアナハイム・エンジェルスに二連敗して以来、ほぼ負け知らずの王者ヤンキースから勝利をもぎ取ること――ふいにそんな風に思えてきた。

「頼んだよ、トム」トリシアはささやいた。そのころキャッスルビュー・ホテルの一室では、トリシアの母親が不安で悶々としていた。父親はキラと息子に合流するため、ボストン発ポートランド行きデルタ航空機に乗っていた。〝パトリシア捜索司令部〟という看板を掲げたキャッスル郡州警察仮設捜査本部では、行方不明の少女本人の空想と大差ない人数の捜索隊が、初動の捜索から手ぶらで戻ったところだった。仮設捜査本部前には、ポートランドのテレビ局三つとポーツマスのテレビ局二つの中継車が集まっている。モットンやニューハンプシャー州北端に突き出た〝煙突〟地域周辺の非法人化地区TR‐90、TR‐100、TR‐110の森林地帯では、三十六名のベテラン森林ガイド（犬を連れている者も何人か）がいまも捜索を続けていた。パトリシア・マクファーランドは、モットンかTR‐90地区のどちらかにまだいるだろうというのが彼らの一致した見解だった。何しろ相手は小さな女の子なのだ。最後に目撃された地点からそう遠くには行っていないはずだ。実際には、捜索隊が最優先に捜索すべき範囲に指定した一帯からざっと一五キロメートルも西にいると知ったら、ベテラン森林ガイドに猟区管理人、森林局職員は、驚愕のあまり言葉も出なかっただろう。

「頼んだからね、トム」トリシアはささやいた。「絶対だよ、トム。三者凡退に抑えてね。いつもの調子で」

ところが今夜は様子が違った。ゴードンは九回表の最初の打者、温和そうな美男だが実は油断ならないヤンキースのショート、デレク・ジーターを一塁に歩かせた。トリシアはパパがいつか言っていたことを思い出した。「先頭打者を歩かせると、点を取られる可能性が七割上がる」

**ソックスが勝てば――もしトムがセーブできたら、あたしもきっと救助(セーブ)される。**どこからともなくそんな考えが浮かんだ――頭のなかで打ち上がった花火のように。

もちろん、こじつけもいいところだ。3ボール2ストライクの局面を迎えたとき、パパが手近の木製のものをこつこつ叩いて幸運を祈るのと大差ない（パパはいつもかならずこのおまじないをした）が、暗闇がいよいよ深くなり、川面に最後まで残っていた鈍い銀色の輝きもついに消えた森の奥では、2＋2が4であるのと同じように議論の余地がない明白な事実と思えた――トム・ゴードンがセーブすれば、トリシアもセーブされる。

ポール・オニールは凡フライに倒れた。1アウト。バーニー・ウィリアムズがバッターボックスに立つ。「要注意のバッターですよ」ジョー・カスティリオーネがそう言うと同時にウィリアムズはセンター前に打ち返し、ジーターを三塁に進めた。「勘弁してよ、なんでそういうこと言うわけ、ジョー?」トリシアはうめいた。「なんでそういうよけいなこと言うわけ?」

ランナー一塁三塁、まだたった1アウトだ。フェンウェイ・パークのスタンドから、期待のこもった歓声が沸き起こる。観客が一斉に身を乗り出すのが目に見えるようだった。

「頼むよ、トム。踏ん張りどころだよ、トム」トリシアはささやいた。ユスリカとヌカカの雲はまだ周囲を漂っているが、トリシアの意識からは消えていた。失望が心にじわりと忍びこむ。冷たくて強い失望——昼間、頭の真ん中で初めて聞こえた、あの底意地の悪い声に似ていた。今季のヤンキースは強すぎる。ヒット一本で同点に追いつかれる。ホームランが出れば、ソックスの逆転負けが濃厚になる。しかも次のバッターは、あの、あのティノ・マルティネスで、そのうえ最強の打者がそのあとに控えている——〝ストローマン〟は、いまごろネクストバッターズサークルで片膝をつくか、素振りをしながら経過を見守っているはずだ。

マルティネスを相手に、ゴードンは2ボール2ストライクに持ちこんだあと、得意のカーブを投げた。「空振り三振!」ジョー・カスティリオーネが叫んだ。まるで信じられないといった口調だ。「いやはや、いまのはみごとでしたね! マルティネスのバットはボールから三〇センチも離れたところを空振りしましたよ」

「五〇センチですね」トループが口を添えた。

「さあ、試合はいよいよ山場を迎えました」ジョーが言った。その声をかき消さんばかりのざわめきが伝わってきた――ファンの大歓声だ。手拍子が始まった。フェンウェイ・パークに集結した熱狂的なファンは、まるで賛美歌を歌うために立ち上がる会衆みたいに一斉に立ち上がろうとしている。〝2アウト一塁三塁、レッドソックスが1点のリード。マウンド上にはトム・ゴードン、対する打者は――〟

「言っちゃだめ」両手を口の両脇に押し当てたまま、トリシアはささやいた。「言わないで!」

だが、ジョーはやはり言った。「要注意バッター、ダリル・ストロベリー」

あーあ。これで負けだ。大魔王ジョー・カスティリオーネがよけいな一言でフラグを立ててしまった。〝ストローマン〟・ストロベリーの名前をただアナウンスするだけじゃどうしていけないの？　どうして〝要注意〟なんてよけいな前置きをいちいち添えるわけ？　そう言ったとたん、ほんとに要注意バッターになることくらい、どんなお馬鹿さんだって知ってるよね。

「さあみなさん、シートベルトを締めて」ジョーが言った。「ストロベリーがバットをかまえた。ジーターは大げさな身ぶりで三塁ベースを離れようとしています。牽制(けんせい)

球を投げさせようとしているのか。単にゴードンの注意を引こうとしているだけなのか。ゴードンは見向きもしません。ゴードン、キャッチャーを見た。ヴァリテックがサインを出して、ゴードンがセットポジションについた。ゴードン、投げた……ストロベリー、空振り。1ストライクです。ストロベリーはやられたというように首を振っています……」

「まあ、ストロベリーも気にすることはないですよ。いまのはいい球でしたからね」

トループがいい、虫だらけで真っ暗な世界の端っこにうずくまったトリシアは、黙っててよ、トループ、いいからちょっと黙ってて、と念じた。

「ストローマンはいったんバッターボックスをはずします……バットの先で土踏まずを叩いて……ボックスに戻りました。ゴードンが一塁のウィリアムズを確かめて、セットポジションに……投げた。アウトコース低め」

トリシアはうめき声を漏らした。指先が頬に食いこみ、口角が持ち上がって奇怪な笑みを作った。鼓動がやかましい。

「さあ、勝負の再開です」ジョーの声。〝ゴードン、かまえた。投げた。ストロベリーがバットを振る。打球はライト方向に高く伸びて……フェアならホームランの当たりです。しかし、流れて……流れて……流れて……〟

トリシアは息を殺して待った。

「ファウル」ようやくジョーがそう言い、トリシアは息をついた。「いまのはきわどかったですね。ストロベリーの放った球は3ランホームランになるところでした。ペスキー・ポールのファウル側、ほんの二メートルか三メートルのところをかすめました」

「いや一メートル強（4フィート）でしたよ」トループが口を添えた。

「あんたの足（フィート）のにおいは強烈そうだよね、トループ」トリシアはつぶやいた。「頼むよ、トム、頼んだからね」だが、この分ではだめだろう。トリシアはそう確信した。勝利は目の前だったのに、今夜はセーブできそうにない。

それでも、トリシアにはトム・ゴードンの姿が見えた。ランディ・ジョンソンみたいにひょろりと背が高いわけではなく、リッチ・ガルセスみたいにずんぐりむっくりでもない。背の高さはふつうくらいで、均整の取れた体つきに……整った顔立ちをしている。すごくハンサムだ。とくに野球帽をかぶっていて、目に影が落ちているとき……ただ、パパに言わせると、野球選手はほぼ例外なくイケメンだ。「遺伝だろうね」パパはそう言った。そしてこう付け加えた。「もちろん、おつむは空っぽって奴が多いことを思えば、まあ、バランスは取れてるんだろう」しかし、トム・ゴードンの魅力は外見ではない。トリシアに注目と敬愛の念をまず抱かせたのは、投げる直前のトムがまとっている静けさだった。マウンド周辺をうろうろしたり、かがんで靴をいじったり、ロージンバッグを拾い上げては放り出して白い粉の煙を広げたりする忙しい投手もいるが、ゴードンは違った。背番号36は、打者のほうがうろうろばたばたの儀式を終えてボックスに入るのを静かに待つ。打者の準備が整うのを待つあいだ、純白のユニフォームを着たトム・ゴードンは、微動だにせずにいる。それにもちろん、セーブを記録するたびに見せるあのポーズだって魅力だ。マウンドを下りる前にかならずすること。トリシアはトムのそのポーズが大好きだった。

「ゴードン、ワインドアップして、投げた……おっと、ワンバウンド！　ヴァリテックが体で止めて、本塁盗塁を防いだ。走られていれば同点になっていました」

「いや、危ないところでしたね！」トループが言った。

ジョーはそれ以上深掘りせずに先を続けた。「マウンド上のゴードンが一つ大きく息をつきました。さて、ストロベリーがボックスに戻ります。ゴードン、振りかぶって……投げた……おっと、高いか」

観客のブーイングが不吉な嵐のようにトリシアの耳に押し寄せた。

「スタンドを埋めた三万超の審判は、いまの判定に納得がいかないようですよ、ジョー」トループが言った。

「そのようですね。しかし最終決定権を持つのは主審のラリー・バーネットで、そのバーネットがボールと言っているわけですから。さて、これでフルカウントです。追いこまれました、ダリル・ストロベリー。3ボール2ストライクです」

　遠くで聞こえていた観客の手拍子が大きくなった。歓声が球場を満たし、トリシアの頭のなかを満たす。トリシアは無意識のうちに倒木をこつこつと叩いていた。「三万人が総立ちになっています」ジョー・カスティリオーネが言った。「三万の観衆が一人残らず立ち上がりました。今夜は試合終了前に帰ったお客さんは一人としていません」

「一人や二人は帰ったかもしれませんよ」トループが突っこむ。トリシアは聞き流した。ジョーも聞き流した。

「ゴードンがセットポジションにつきました」

　マウンド上のトムが目に見えるようだった。両手を合わせ、正面からではなく左肩越しにホームベースをじっと見つめている姿。

「振りかぶって――」

　これも見えた。右足を軸にして左足を引き上げ、両手が――片方はグラブを着け、もう一方はボールを握った両手が胸骨の高さに持ち上がる。一塁のバーニー・ウィリアムズの姿まで見えた。ピッチングに合わせて塁を離れ、全速力で走りだす。しかしトム・ゴードンが持ち前の静けさを揺るがすことはない。走者に気を取られず、ジェイソン・ヴァリテックがアウトサイド低めにかまえたミットに視線を据えたまま、なめらかな動作を続ける。

「ゴードンが投げる。フルカウントからの投球は──」

結果は観衆が教えてくれた。雷鳴のように鳴り渡る大きな歓声が。

「ストライク！」ジョーは絶叫調で言った。「これはみごとだ。3ボール2ストライクからカーブを投げて、ストロベリーを見逃しの三振に打ち取りました！　レッドソックスが5-4でヤンキースを下し、トム・ゴードン、今季十八個めのセーブです！」

ジョーは音量をほぼふだんどおりまで落として続けた。「ソックスの選手がマウンド上のゴードンに駆け寄っていきます。先頭はモー・ヴォーンですね。拳を天に突き上げています。しかしヴォーンがマウンドに達する前に、ああ、来たぞ、いつものゴードンのポーズが出ました。リリーフエースとしてソックスに移籍してまだまもないゴードンですが、あのポーズはファンにすっかりお馴染みになっています」

トリシアはわっと泣きだした。ウォークマンの電源を切り、背中から倒木にもたれ、脚を投げ出し、細く裂けてフラダンスのスカートみたいになった青いポンチョを脚のあいだに垂らして、濡れた地面に座ったまま泣いた。自分は迷子になったと初めて意識して以来いちばん激しく泣いたが、ただ、今回は安堵の涙だった。森で迷子になった。しかし、かならず救助される。その確信が芽生えた。トム・ゴードンは無事にセーブした。だからトリシアもセーブされる。

あいかわらず泣きながらポンチョを脱ぎ、倒木の下の地面に広げ、身をくねらせてできるかぎり奥まで入ると、左脇を下にして体を横たえた。そうするあいだもほとんど上の空だった。トリシアの心の大半はまだフェンウェイ・パークに行っていて、主審がストロベリーの三振をコールし、モー・ヴォーンが真っ先にグラウンドに飛び出してトム・ゴードンを祝福する場面を見ていた。ノマー・ガルシアパーラがショートのポジションから小走りにマウンドに向かい、三塁のジョン・ヴァレンティンや二塁のマーク・レムキも同じように駆け寄った。しかし、みながマウンドにそろう前に、ゴードンは、セーブに成功するたびに見せるポーズをする——天を指さすポーズを。指を立て、ほんの一瞬、天を指さすポーズ。

トリシアはウォークマンをバックパックにしまったあと、伸ばした腕に頭を預ける前に、ゴードンと同じように、一瞬だけ天を指さした。いいではないか。何かがトリシアを守ったおかげで、今日という最悪の一日を乗り切れた。天を指さすと、その何かは神かもしれないという気がしてくる。ただの幸運やサブオーディブルを指さすことはできないのだから。

そのポーズは、トリシアの心を軽くしたが、一方で沈ませもした。軽くなったのは、言葉で祈りを捧げるよりもよほど祈った気になれたからだ。心が沈んだのは、この日初めて、孤独を痛切に感じたからだ。トム・ゴードンと同じように天を指さした瞬間、それまで思いもよらなかった意味で孤独を実感した。ウォークマンのイヤフォンから流れ出てトリシアの頭を満たしたあの声が、夢のよう、幽霊の声だったように思える。そしてそう思ったとたん、体が震えた。こんな場所で幽霊のことなど考えたくない。よりによって、こんな森の奥で。真っ暗闇のなか、倒木の下で身を縮めているときに。ママに会いたい。それ以上に、パパに会いたかった。パパならきっと、手を引いてここから助け出してくれるだろう。疲れて歩けなくなったら、抱き上げて運んでくれるだろう。パパは力持ちだ。週末にピートとパパの家に泊まりがけで行ったとき、土曜の夜の寝る時間が来ると、パパはいまでもトリシアを抱き上げて小さな寝室のベッドまで運んでくれる。もう九歳だというのに（そして年齢のわりに背が高いのに）。モールデンで過ごすいちばんの楽しみはそれだ。

もう一つ別のことに気づいて、悲しんでいいのか、驚いていいのかわからなくなった——ごたごた不平不満ばかり並べている、面倒くさいばかりのお兄ちゃんにも会いたくてたまらなかった。

じめじめした風がときおり強く吹きつけるなか、トリシアは泣き、思い出したようにしゃくり上げながら眠りに落ちた。虫の群れはすぐそばの暗闇を旋回し、その輪をじわじわとせばめていた。やがてところどころ露になった肌に一匹、また一匹と取りつき、トリシアの血と汗をむさぼった。

木々の奥で一陣の風が舞って木々の葉を揺らし、まだ残っていた雨水を地面に払い落とした。ほどなく空気は動きを止めた。しかしまた次の瞬間、動き出した。雨だれの音だけが聞こえる静寂の奥で、小枝の折れる音が響いた。また一拍あって木々がふたたび揺れ、がさがさと耳障りな音が続いた。カラスが警報を発するように一声鳴いた。さらにまた少しの間を置いて、ふたたび音が聞こえ始めた。その音は、腕枕をして眠るトリシアのほうへとじりじりと近づいていった。

# 四回裏

　パパとトリシアは、モールデンの小さな家の裏庭にいる。だいぶ錆の浮いたローンチェアを並べて座り、だいぶ伸びすぎた芝生を見るともなく見ている。雑草がつくる小さな森の奥から、ノームの置き物が意味ありげで意地の悪い笑みを浮かべてこちらを凝視しているように思えた。トリシアは泣いている。パパが意地悪を言うからだ。そんなことは初めてだった。いつものパパなら、トリシアを抱き締め、頭のてっぺんにキスをし、愛情をこめて〝シュガー〟と呼ぶ。ところがこの日は、意地悪ばかり言った。キッチンの窓の下にある地下貯蔵庫の跳ね上げ戸を開けて階段を四段下り、ひんやり涼しい貯蔵庫にある買い置きの缶ビールを取ってくるなんていやだとトリシアが断ったせいだ。トリシアは悲しくてたまらない。そのせいか、顔がものすごくかゆかった。腕もだ。

「ねんねん、坊や、ねんねこよ、坊やの父さん山に行った」パパはトリシアのほうに体をかたむけて子守歌を口ずさんだ。息が臭い。パパにこれ以上ビールを飲ませちゃだめだ。とっくに酔っ払っているのだから。パパの息は、イーストと死んだネズミのにおいがした。「おまえはどうしてそう意気地なしなんだ？　おまえの血管には一滴たりとも氷水は流れていないらしいな」

泣きながら、それでもちゃんと血管に氷水が——ほんの少しかもしれないけど——流れていると証明したくて、トリシアは錆びたローンチェアから立ち上がり、もっと錆びついた跳ね上げ戸のほうに行った。ああもう、体じゅうがかゆいし、跳ね上げ戸を開けるのはいやだ。だって、地下室には何かおそろしいものがいるんだから。ノームだってそれを知っている。ノームの顔に浮かんだあの意味ありげな笑みを見れば、知っているとわかる。それでもトリシアは跳ね上げ戸に手を伸ばした。取っ手をつかんだ瞬間、パパがふだんのパパらしくない陰険な声で「さあ行け、行きなさい、ねんねんころり、可愛い坊や、行けよ、シュガー、開けろったら。ねえちゃん、思い切って開けてみな」と背後からはやし立てた。

トリシアは跳ね上げ戸を持ち上げた。が、地下室に下りる階段はなかった。階段があるはずの空間そのものが消えている。代わりに、巨大にふくれたスズメバチの巣があった。巣にあいた穴、びっくり顔で死んだ男の見ひらかれた目のような黒い穴から、数百匹のハチが、いや、数百匹どころか数千匹のハチ、不格好な猛毒の製造工場を尻にぶら下げたハチが、トリシアめがけて一直線に飛んできた。逃げるゆとりはなかった。なすすべもなく数千匹に一斉に刺されて死ぬのだ。数千匹のハチが肌を這い回り、トリシアの目に、口にもぐりこみ、舌がはち切れそうになるまで毒をたっぷりと注入し、さらには喉へと——

悲鳴を上げたつもりだった。しかし倒木の下側に頭をぶつけ、汗に濡れた髪に樹皮とコケの破片がシャワーのように降り注ぎ、驚いて目を開けたとき、聞こえていたのは、子猫のようにか弱い泣き声だった。ふさがりかけた喉が絞り出したせいいっぱいの悲鳴だ。

ここがどこなのか、とっさにわからなかった。ベッドはどうしてこんなに固いのだろう、いったい何に頭をぶつけたのだろう……寝ているあいだにベッドの下にもぐりこんでしまったとか？ 素肌を何かが這っているような感覚がある。たったいま見ていた悪夢から這って逃れようとしているみたいな。ああ、なんとおぞましい夢だったことか。

またもやごつんと頭をぶつけて、ようやく記憶が戻り始めた。いまいるここは、ベッドの上でもなければ下でもない。森だ。森で迷子になって、倒木の下で眠っていたのだ。肌はまだざわついている。怖くて鳥肌が立ったとかそういうことではなくて——

「どっか行ってよ！ やめて、どっか行って！」トリシアは怯えたか細い声で叫び、顔の前で両手をひらひら振った。ユスリカとヌカカのおおよそは飛び立って、見慣れた雲を作った。ざわついた感触は治まったが、ひどいかゆみは残った。スズメバチはいない。それでも虫に刺されたことには変わりなかった。トリシアが眠っているあいだに、通りすがりの虫が一匹残らず夜食をむさぼったらしい。体のどこもかしこもかゆかった。それに、おしっこもしたい。

トリシアは低い声を漏らし、顔をしかめながら倒木の下から這い出した。岩だらけの斜面を転げ落ちたせいだろう、体がこわばってうまく動かない。とくに首筋と左肩がひどく凝っていて、しかも左腕と左脚――寝ているあいだ下敷きになっていた側――は、まだ目を覚ましてさえいない。釘みたいにびくともしない、とママなら言うだろう。おとなは（少なくともトリシアの家族のなかのおとなは）どんなことにもお決まりの比喩を用意している。釘みたいにびくともしない、ヒバリみたいにご機嫌、コオロギみたいににぎやか、柱みたいに意地っ張り、牛の腹のなかみたいに真っ暗、死んだみたいに――

そこまで。最後の一つは考えたくない。いまはやめて。

立ち上がろうとしたものの、体が言うことを聞かず、しかたなく地面を這って三日月形の野原に出た。そうやって移動しているうちに、腕と脚の感覚がいくらか戻ってきた――痺（しび）れていたところに感覚が戻るときの、あのびりびりするいやな感じ。無数の針やピンで突かれているみたいな。

「こんちくしょうめ」トリシアはかすれた声でつぶやいた――静寂が耐えがたかったから、それだけの理由で。「ここって牛の腹のなかみたいに真っ暗だよ」

しかし、小川のほとりまで行ったところで、実際には少しも暗くなどないと気づいた。小さな野原に満ちた冷たく澄んだ月光がトリシアのすぐ隣に漆黒の影を落とし、小さな川の水面を青白くきらめかせている。空に浮かんだちょっと不格好な銀色の天体は、見上げると目が痛いくらいだ……それでもトリシアは月を見上げた。腫れてかゆい顔を空に向け、神聖なものを見るような目で、月を見た。今夜の月はまばゆいばかりで、それに負けずに空で輝いているのは、もっとも明るい星だけだった。そして月の何かが、あるいはここで月を見上げる行為の何かが、トリシアの孤独をいっそう深くした。トム・ゴードンが九回表に無事にスリーアウトを取ったのだから自分も救出されるはず――少し前まで抱いていた確信は一気にしぼんだ。木製のものを叩くとか、ひとつまみの塩を肩越しに投げるとか、ノマー・ガルシアパーラがいつもするようにバッターボックスに入る前に十字を切るとか、そういったおまじないと何も変わらない。ここにテレビカメラはなく、リプレイ映像をすぐに見られたりはせず、ファンの声援もない。冷たく美しい月の顔を見ていると、サブオーディブルのほうがよほど信じられそうだと思えてくる。自分が神であることを知らない神。森で迷った少女になど関心を払わず、それを言ったらどんなものごとにも関心らしい関心を持たない神。羽虫の雲のようにぐるぐる飛び回る心と、恍惚としたうつろな月の目を持つ、酔っ払って眠りこんだ神。

かがんで小川の水をすくい、熱を持って痛む顔を湿らそうとしたとき、川面に映った自分の姿が目に入って、トリシアはうめき声を漏らした。左の頬骨の上のハチの刺し傷はさらに大きく腫れ（きっと眠っているあいだにかきむしったか、どこかにぶつけたのだろう）、そこに塗りつけておいた泥はひび割れていた。まるで休眠前の噴火による溶岩層を打ち破って爆発した火山のようだ。左目は、腫れた傷に押されてゆがんでいた。こういう目をした人物――たいがいは危険人物だ――と通りですれ違ったら、誰でもとっさに目をそらすだろう。顔のほかの部分ときたら、左頬や目と同程度ならまだしも、下手（へた）をしたらもっとひどかった。ハチに刺されたところは腫れてでこぼこに、眠っているあいだに数百匹の蚊に食われたところはぷっくり腫れている。いまトリシアがうずくまっている地点の川の流れはわりあい穏やかで、水面に映った自分の顔を見ると、少なくとも一匹、蚊が止まっていた。右の目尻に止まったそいつは、肉に突き刺した吻（ふん）を抜き取ろうという気力さえないらしい。おとながよく使う慣用句がまた一つ頭に浮かんだ――〝おなかが重くてジャンプもできない〟。

トリシアはその蚊を平手で叩いた。蚊はつぶれたが、トリシアの自分の血が目に入ってしみた。悲鳴はこらえたものの、きつく結んだ唇から情けない嫌悪の声――むうううううん――が漏れた。手についた血を信じがたい思いで見つめた。たった一匹でこんなに飲んだわけ？　信じられない！

　両手を丸めてすくった川の水で顔を洗った。一滴も飲まなかった。森で見つけた水を飲むと具合が悪くなると誰かが言っていたことをぼんやり思い出したからだ。しかし、腫れて熱を持った肌を水が洗う感覚は最高に心地よかった。まるで冷たいサテン地のようだ。また水をすくい、首筋を湿らせ、両腕の肘まで濡らした。次に、泥を取って塗り始めた。今回は刺されたところだけでなく、顔全体に塗った。〈36　ゴードン〉のシャツの丸襟から、髪の生え際まで。そうするうちに、ケーブルテレビの〈ニコロデオン〉の夜の時間帯の再放送で見た一九五〇年代の人気ドラマ『アイ・ラブ・ルーシー』のエピソードを思い出した。ルーシーとエセルが美容院に行き、一九五八年ごろ大流行した泥パックをしてもらっている。そこに来たデジが二人を見比べて言う。「よう、ルーシー……あー、どっちがどっちだ？」それを聴いて観客は爆笑する。いまのトリシアは、まさに泥パック中みたいな顔になっているだろうが、気にしている場合ではない。森のなかに観客はおらず、録音された笑い声もない。だいたい、虫に刺されるのは金輪際ごめんだ。次に刺されたら頭がどうかしてしまうだろう。

　五分かけて泥を塗った。仕上げにまぶたに慎重に泥を載せてから、身を乗り出して川面に顔を映してみた。岸近くの比較的流れのゆるやかな水に映った顔は、月明かりの下、顔に泥を塗ったミンストレルショーの出演者のようだった。トリシアの顔は、遺跡から掘り出された花瓶の彫刻のように、青みがかった淡い灰色に見えた。その上の前髪は薄汚れた噴水みたいに直立している。目は白く、濡れて、怯えていた。泥パック中のルーシーやエセルのように、笑える顔ではない。まるで死人だ。腕の悪い葬儀屋に防腐処理を施された死体。

川面の自分に向かい、抑揚をつけて本の一節をつぶやいた。「そこでちびくろサンボは言いました。〝お願い、トラさんたち。僕の新しいきれいな服を取らないで〟」

これもちっともおかしくなかった。トリシアはでこぼこに腫れてかゆい両腕に泥を塗りつけたあと、手を水に浸して泥を洗い流そうとして気づいた。洗っちゃだめ。しつこい虫どもに手を刺されちゃう。

痺れた腕や脚を這い回っていたピンや針は、もうほとんどが消えていた。おかげで転んだりせずにしゃがんで用を足せた。立ち上がってふつうに歩くこともできたが、頭がちょっとでも右や左にかたむくたびに痛みが走って顔をしかめた。きっと鞭打ち症みたいになっているのだ。交差点で信号待ちをしていて見知らぬ年配男性の車に追突された、ご近所のミセス・チェットウィンドみたいに。追突したほうの男性はかすり傷一つ負わなかったのに、哀れなミセス・チェットウィンドはそれから六週間も頸椎カラーを着けていた。この森を出られたら、トリシアも頸椎カラーを着けるはめになるのかもしれない。映画『M＊A＊S＊H』に出てきたみたいな、側面に赤十字のマークをつけたヘリコプターで病院に搬送されたりして――

**心配無用だよ、トリシア。**あの気味の悪い冷たい声が聞こえた。**あんたが頸椎カラーを着けることなんかないから。ヘリコプターで搬送されたりもしない。**

「やめて」トリシアはつぶやいたが、冷たい声は黙ろうとしなかった。

**エンバーミング処理だってされないよ。だって、あんたは見つからないままになるんだからね。ここで死ぬんだよ。この森をさまよったあげくに死ぬんだ。森の動物が腐りかけた死体を食らう。そしていつか偶然通りかかったハンターがあんたの骨を見つけることになるんだよ。**

その結末はおそろしいほど説得力を持っていて――テレビのニュースで似たような事件が報じられているのを、一度ならず何度も見たことがあるような気がした――トリシアはまた泣いた。ハンターの姿が目に浮かぶ。鮮やかな赤いウールのジャケットに橙色の帽子をかぶり、無精ひげを生やしたハンター。身を隠してシカを待ち伏せするのに絶好の場所を、あるいは単に用を足す場所を探す。何か白いものが視野をかすめて、最初はただの石だろうと思うが、近づいてよく見ると、その石には眼窩がある。

「やめてってば」トリシアはそうつぶやき、皺だらけのポンチョの残骸を敷いた（そのポンチョを目にするのももういやになっていた。なぜか、それが昨日以来のいやなことすべての象徴と思えた）倒木に戻った。「お願いだからやめて」

冷たい声はやはり黙らなかった。もう一つ言いたいことがあるらしかった。少なくとも、もう一つ。

**もしかしたらただ死ぬだけじゃすまないかもね。そこにいる何かがあんたを殺して食うかもしれないよ。**

トリシアは倒木の手前で足を止め——片手を伸ばし、小さな枯れた枝の先をつかんでおいて——おそるおそる周囲に視線をめぐらせた。目が覚めたときからずっと、あちらこちらがかゆくてたまらないということしか考えている余裕がなかった。しかし泥を塗ったおかげで、かゆみやハチの傷のうずくような痛みの名残がいくらか治ったいま、自分が置かれた状況をふたたび痛切に意識した。森の奥。ひとりきり。真夜中。「でも、お月さまはいるわけだし」トリシアは倒木のそばから、三日月形の野原をおそるおそる観察した。野原は急に小さくなったように思えた。トリシアが眠っていたあいだに、樹木や下生えの茂みがじわりと輪をせばめたかのよう、下心を持ってにじり寄ってきたかのように。

月光にしたって、味方だと思ったら間違いだ。野原を明るく照らしているのは事実だが、その明るさこそが曲者（くせもの）で、あらゆるものを生々しいほどくっきりと浮かび上がらせる一方で、現実離れして見せてもいる。影はありえないほど黒くて、かすかな風が木々を揺らすたび、その影は不吉に形を変えた。

木々の奥で、何かが嘲笑うような音を立てた。喉を詰まらせたような音。ふたたび嘲るような音。そして静寂が戻った。

遠くでフクロウが鳴いた。

すぐ近くから、枝が折れる音がした。

いまのは何？　トリシアはぱきんという音が聞こえたほうに顔を向けた。それまで歩くような速度で鼓動していた心臓は小走りになり、まもなく走りだした。じきに全力疾走を始めるだろう。それをきっかけにトリシアまで新たなパニックに襲われて、山火事から逃げるシカのように全速力で駆けだしてしまいそうだった。

「何でもないよ。気にすることないって」トリシアは言った。その声は小さくて、早口で……自覚はなかったが、ママの声にそっくりだった。倒木のそばに立つトリシアが知らないことはもう一つあって、四十数キロメートル離れたモーテルでは、ママが浅い眠りから目を覚まし、覚醒したまま夢を見ているような意識のなか、迷子になった娘に何かおそろしいことが起きた、またはいままさに起きようとしていると確信していた。

**さっきの音の主だよ、トリシア。**冷たい声が言った。表面上は悲しげだが、実は愉快でたまらないといった風に聞こえた。**そいつはあんたを狙ってる。あんたのにおい**

を嗅ぎつけたんだ。

「そいつなんてものはないよ」トリシアはかすれた声で必死に言い返した。声がうわずって、そのたびに言葉が途切れた。「やめてよ、おどかさないで。そいつなんて存在しないんだから」

信用ならない月の光が木々の輪郭を変えていた。黒い目を持った骸骨の顔に変えていた。二本の枝がこすれる音が、化け物の湿ったうなり声になる。トリシアはその場でためらいがちに一回転し、泥を塗った顔をあちこちに向け、あらゆる方角を一度に視野に入れようとした。

そいつは特別なんだよ、トリシア。迷子が来るのをじっと待っている。すっかり怯えてしまうまでわざと森をさまよわせる。恐怖が味をよくするからね。肉が甘くなるから。そのころあいを見計らって、初めて襲ってくる。あんたもその姿を見ることになるだろう。いつなんどき木のあいだから姿を現してもおかしくない。いまこの瞬間にも飛び出してくる。そいつの顔を見たら、気が狂うだろう。あんたの声が誰かに聞こえたら、その誰かは悲鳴だと思うはずだ。でもね、実際は笑い声なんだよ。気が狂った人間は、死を悟ると笑うから……笑って……笑い続ける。

「やめて。森には何もいない。そいつなんてものはいない。だからやめて！」

トリシアは早口でそうささやいた。枯れた枝をつかんでいた手にいつしか力が入っていたのだろう、枝が折れて、徒競走の号砲みたいな大きな音が鳴った。トリシアはぎくりとして悲鳴を上げたが、同時に落ち着きを取り戻した。音の正体はわかっているのだから――枝が折れた音、それもトリシアが折った音だ。その気になればいくらでも枝を折れる。世界に対していまもその程度の影響力は及ぼせるのだ。音は音にすぎない。影だって、ただの影にすぎない。怯えたっていい。そうしたいなら、いまいましい裏切り者の声に耳を貸してもいい。でも、森には

(そいつ　特別な　そいつ)

なんか存在しない。もちろん野生の生物はいる。こうしているあいだにも、森のどこかではいつもどおり、弱肉強食の生存競争が繰り広げられているだろうが、だからといってそいつなんて生き物は――

**いる。**

そいつはいる。

いったんすべての思考を停止し、いつしか息まで殺して、トリシアは醒めた確信とともに悟った。たしかに、そいつはいる。何かがいる。その瞬間、頭のなかの声は消えていた。あるのは、自分でも理解できない部分――家や電話や電灯のある世界にいるときは眠っていて、森で迷って初めて起き出してくるような――ふだんは影の薄い特別な感性のアンテナだけだ。それは見る力を持たず、考えることもできないが、感

じることはできる。いま、そのアンテナが、木々のあいだに何かの存在を検知した。「ねえ、誰かいる?」トリシアは月明かりと骸骨でできた木々に向けて呼びかけた。「ねえ、誰かいるの?」

キャッスルビュー・ホテルの一室、キラに頼まれて同じ部屋に泊まることになったラリー・マクファーランドが、パジャマ姿でツインベッドの一方の端に座り、元妻の肩に腕を回していた。キラは透けるように薄いコットンのナイトガウン姿で、その下に何も着けていないのは確実だし、しかもラリーはもう一年以上も自分の左手以外の相手とはご無沙汰だというのに、欲求は（少なくともいますぐ行動を起こすほどの強い欲求は）まるで感じなかった。キラは全身を震わせている。背中の筋肉がみんな裏返ってしまったかのようだった。

「何でもないさ」ラリーは言った。「ただの夢だ。いやな夢の途中で目が覚めたから、現実のように感じるだけだよ」

「そんなんじゃない」キラは勢いよく首を振り、髪がラリーの頬を軽く叩いた。「あの子が危険なの。私にはわかるのよ。あの子におそろしい危険が迫ってる」そう言ってキラは泣きだした。

このとき、トリシアは泣かなかった。恐怖で涙の一滴も出ない。視線を感じる。何かがこちらを見ている。

「誰かいるの？」もう一度呼びかけた。返事はない……が、何かがそこにいて、そいつは移動している。野原の向こう側の木立のすぐ奥を、左から右へ。月明かりと直感だけを頼りに見えない何かを目で追っていると、ちょうどトリシアが見ている先から枝が折れる音が響いた。息を吐くかすかな音……いまのは空耳だろうか。風が吹いただけのことか。

**わかってるくせに。**冷たい声がささやく。言われるまでもなく、トリシアにはわかっていた。

「やめて、ほっといて」トリシアは言った。ついに涙があふれ出した。「正体はわからないけど、とにかく襲ってこないで。こっちも襲ったりしないから。だからお願い、やめて。あたし……あたしはまだほんの子供だし」

膝の力が抜けて、くずおれるというより地面にへたりこんだ。泣きじゃくり、恐怖に身を震わせ、戦うすべを持たない小動物のように——いまのトリシアはまさにそれだ——倒木の下に元どおりもぐりこむ。なかば無意識のうちに何度も懇願した。お願いだから襲ってこないで。バックパックをつかみ、顔の前に引き寄せて盾にした。痙攣のような激しい震えに襲われた。さっきより近くでまた枝が折れる音が響いて、トリシアは悲鳴を上げた。そいつはまだ野原に出てきてはいないが、もうすぐそこにいる。すぐそこまで来ている。

木の上にいるのだろうか。密にからまり合った枝から枝を伝って移動しているとか? それとも、コウモリみたいに翼がある生き物だとか?

バックパックの上に目だけを出し、防護壁代わりの倒木が描く弧の向こうをのぞく。月明かりの空を背景にして見えたのは、からみ合った木々の枝だけだった。枝の上には見えるかぎり何もいないし、森は水を打ったように静まり返っていた。鳥の声もせず、虫の低い声が草むらから聞こえたりもしない。

そいつはすぐそこにいる。正体はわからないが、すぐそこにいて、躊躇(ちゅうちょ)している。襲いかかってトリシアをずたずたに引き裂くか、いまはやめておくか。これはジョークではない。夢でもない。死と狂気が野原を取り巻く木立の陰に立って、あるいは身をかがめて、あるいは、そう、もしかしたら枝に止まって、迷っている。いま食うか……熟すまでもう少し待つか。

トリシアはバックパックを抱き締め、息を殺して待った。長い長い時間が過ぎたころ、また枝の折れる音がした。さっきより少し遠い。正体が何であれ、そいつは遠ざかっていこうとしている。

トリシアは目を閉じた。泥を厚塗りしたまぶたの下から涙があふれ、やはり泥を厚く塗った頬を伝った。口角が震えだす。一瞬、このまま死んでしまいたいと思った――こんな恐怖に耐えるくらいなら、死んだほうがよほどましだ。森で迷子になるくらいなら、死んだほうがいい。

遠くから、枝が折れる音がまた一つ響いた。風もないのに木々の葉がざわりと揺れた。その音は、さらに離れたところから聞こえた。そいつは退散しようとしている。それでも、トリシアがここに、この森にいることを知られてしまった。きっとまた来るだろう。なのに、トリシアの前には夜が果てしなく続いている。何千キロもの空っぽの道のように。

**眠るなんて無理。絶対に無理。**

寝つけないときは、空想をするといいとママは言った。「何か楽しいことを想像してごらん。眠りの精がなかなか来てくれないときは、それが一番よ、トリシア」

救出される空想でもしてみる？　だめだめ。かえって気が滅入ってしまうだろう……喉が渇いたとき、水が入った大きなグラスを思い浮かべるようなものだ。

それで気づいた。喉が渇いた……からからだ。最大の恐怖が立ち去ったあと感じるのはそれなのだろう——喉の渇きだ。やっとのことでバックパックの前面を手前に向け、バックルをはずした。座ってやれば簡単なことだろうに、今夜はもうこの倒木の下から出たくない。何があろうと、絶対に。

**そいつが戻ってきたら、話は変わるだろうね。**冷たい声が言った。**舞い戻ってきたそいつに引きずり出されたら。**

水のボトルを取り出し、何口か大きくあおり、キャップを閉めてバックパックに戻した。ウォークマンをしまったジッパーつきの内ポケットを切なく見つめる。ウォークマンを出してラジオを聴きたいところだったが、電池を節約したほうがいい。

誘惑に負ける前に蓋を下ろしてバックルを締め直し、バックパックをまた抱き寄せた。さて、喉の渇きは治まった。どんな空想をしたらいい？　次の瞬間、閃いた。トム・ゴードンがこの野原にいるところ、すぐそこの小川のほとりに立っているところを想像した。ホームユニフォーム姿のトム・ゴードン。純白のユニフォームが月光の下で青白く輝く。トリシアを守るためにそこにいるわけではない。ただの幻なのだから……それでも、守ってくれているようなものだ。そう思っていけないわけはない。だって、これはトリシアの空想なのだから。

**さっきそこの木立の奥にいたものは何？**　トリシアは尋ねた。

**さあね、何かな。**トムが答える。他人事のような口調だ。たしかに他人事だ。本物のトム・ゴードンは三〇〇キロメートル離れたボストンにいて、おそらくいまごろは鍵のかかったドアに守られて眠っている。

「ね、どうしてあんなことができるの？」トリシアは眠くなりかけていた。眠たくて眠たくて、自分が声に出してそう尋ねたことにも気づかなかった。「秘訣は何？」

**何の秘訣だい？**

「リリーフの秘訣」トリシアは言った。まぶたが落ちてきた。

神を信じることさと言われると思った。トムはいつも、一つセーブするたびに空を指さすのだから。あるいは、自分の力を信じることとか、つねに全力を尽くすこととか（トリシアのサッカーチームの監督のモットーはそれだ。「ベストを尽くせ、それ以外（レスト）は考えるな」）。ところが、小川のほとりに立った背番号36の答えは、そのどれでもなかった。

**最初の打者の機先を制することさ。**トムはそう答えた。**第一球から勝負を挑むんだよ。バットを出せないようなストライクを投げるんだ。バッターボックスに入る打者はこう考えている――こんなピッチャーより自分のほうが上だぞ、とね。その考えをぺしゃんこにしてやらなくちゃいけない。やるなら第一球で。早いに越したことはない。どっちが上か、最初に教えてやること。リリーフの秘訣はそれだよ。**

「第一球に……」どんな球を投げるのが好きなのと訊くつもりだったのに、その前にトリシアは眠りに落ちていた。キャッスルビューのホテルでは、両親もちょうど眠りにつこうとしていた。今回は、性急で、しかし満ち足りた、まるで予定外のセックスのあと、せまい一つのベッドで抱き合って。意識が遠ざかる前、キラが最後に思ったことは**もっと前に聞きたかった**だった。ラリーのほうは**いまだからやっと言えた**だった。

晩春のその日、一家四人のうち誰より寝苦しい夜を過ごしたのは、ピート・マクファーランドだった。両親の隣の一室で、低くうめき、何度も寝返りを打って毛布やシーツをくしゃくしゃにした。夢のなかで、ピートとママは口喧嘩をしていた。ハイキングコースを歩きながら口論をしていた。やがて言い争いに嫌気がさして（もしかしたら、泣きそうになっている顔をママに見られたくなかったからかもしれない）振り返ると、トリシアがいなくなっていた。夢はそこで立ち往生した。喉に刺さった小骨のように、同じ場面が心に刺さったまま先へ進まない。ピートはベッドの上でさかんに体をよじり、夢を振り払おうとした。遅れて昇った月が窓からのぞきこみ、ピートの額やこめかみに浮いた汗を青白く照らした。

振り返ると、トリシアがいなかった。振り返ると、トリシアがいなかった。振り返ると、トリシアがいなかった。誰もいないハイキングコースがあるだけだった。「やめろ」ピートは寝言をつぶやいた。頭を左右に振り、脳裏に張りついた夢を追い払おうとした。喉が詰まる前に、咳をして吐き出そうとした。しかし、できない。振り返ると、トリシアはいなかった。背後には、誰もいないハイキングコースがあるだけだった。

まるで、妹など初めからいなかったかのように。

# 五回

翌朝、目が覚めると、顔を横に向けられないほど首筋が凝っていたが、それで気分が落ちこんだりはしなかった。太陽が昇り、三日月形の野原は早朝の柔らかな陽光に満ちていた。それだけで気分が上がった。生まれ変わったみたいだった。夜中に目が覚めたときのことを思い出す。体じゅうがかゆくて、おしっこが漏れそうだった。這うように小川のほとりまで行き、月明かりを頼りに、ハチや蚊に刺された跡に泥を塗り直した。眠りにつくまでのあいだ、トム・ゴードンが見張りに立ち、リリーフの秘訣の一端を明かしてくれたことも覚えている。木立の奥にいた何かにひどく怯えたことも覚えているが、言うまでもなく、森にひそんでこちらをうかがっているものなど何もいなかったはずだ。あんなに怖かったのは、真っ暗な森にひとりきりでいたせいだ。それだけだ。

それは違うと言う声が心のどこか奥底から聞こえたが、トリシアは黙らせた。夜は明けたのだ。岩でごつごつした斜面を転げ落ち、ハチが巣を作った木にぶつかって止まるようなことを二度と繰り返したくないのと同じく、前夜のことは思い出したくない。空は明るい。いまごろはもう、大人数の捜索隊が出ているだろう。トリシアはまもなく救助される。絶対だ。たった一人、森の奥で夜を明かした褒美に救出されたっていいはずだ。

バックパックを先に押し出しておいて倒木の下から這い出し、立ち上がって野球帽をかぶり、足を引きずってまた小川のほとりに行く。顔と両手の泥を洗い流したときにはもう、ユスリカとヌカカが頭にたかってきていた。ねっとりした泥をしかたなく塗り直す。そうしながら、もっと小さかったころペプシと二人で美容院ごっこをしたのを思い出した。ペプシのママ、ミセス・ロビショーのメイク用品を勝手に使ってお化粧をした。ペプシのママに見つかって、二人ともいますぐ出ていきなさい、顔を洗ったり片づけたりしようなんて考えなくていい、とにかく出ていきなさい、さっさと行かないとこっぴどくひっぱたいてやるからね、と文字どおりの金切り声で叱られた。そこで二人は、パウダーや頰紅、アイライナー、緑色のアイシャドウ、それに〈パッションプラム〉色の口紅を塗りたくった世界最年少のストリッパーみたいな顔のままペプシの家を飛び出し、トリシアの家に避難した。二人を見たママは、まずあんぐりと口を開けた。次に、涙を流して笑いころげた。それから二人の手を引いて洗面所に行き、化粧落としのコールドクリームを渡した。

「いいこと、二人とも。上に向けてクリームを広げるのよ、そうっとね」いま、トリシアはそうつぶやいた。顔に泥を塗り終わると、小川の水で両手をすすぎ、残してあったツナのサンドイッチの残りとセロリスティックの半分を食べた。紙袋を丸めたとき、トリシアの胸に不安としか言いようのない感情が広がった。ゆで卵はもうない。ツナのサンドイッチもポテトチップスもない。〈トゥインキーズ〉もない。手持ちの食料は、ボトル半分の（実際には半分以下の）〈サージ〉、ボトル半分のミネラルウォーター、セロリスティック数本だけだ。

「大丈夫だって」トリシアは空になった紙袋とセロリスティックの残りをバックパックに片づけた。その上から破けて汚れたポンチョを押しこむ。「大丈夫、大丈夫。だって、森からあふれるくらいの大捜索隊が来るはずなんだよ。誰かが見つけてくれる。今日のお昼ごはんはどこかのダイナーで食べることになるだろうな。ハンバーガーにフライドポテト、チョコレートミルク、それにアイスクリームを添えたアップルパイ」考えただけでおなかが鳴った。

荷物を詰め終えてしまうと、両手にも泥を塗った。陽射しが野原に届いて――空はきれいに晴れて、どうやら暑い一日になりそうだ――体を動かしやすくなった。トリシアは伸びをし、その場で軽く足踏みをして血行を促し、首筋をほぐそうと首を左右に向けた。準備運動がすんでもすぐにはその場を動かず、人や犬の声、ひょっとしたらヘリコプターのブレードが回転するぶわん、ぶわん、ぶわんという不規則な音を探して耳を澄ました。しかし聞こえたのは、キツツキが朝ごはんを探して木の幹をつつく音だけだった。

**平気、時間ならたっぷりあるんだから。だっていまは六月だよ。一年でいちばん昼間が長い季節でしょ。小川に沿って歩いていこう。捜索隊がすぐには見つけてくれなかったとしても、川に沿って歩いていれば、いつか人が住んでるところに出られるんだから。**

しかし朝が過ぎて昼近くなってもまだ、小川の流れる先には森しかなく、その先にも森しかなかった。気温は上昇する一方だ。汗が噴き出し、泥パックの表面がひび割れた。〈36 ゴードン〉シャツの腋にできた円形の汗染みが大きく広がっていった。もう一つ、肩甲骨のあいだにも木の形の染みが広がった。泥で汚れ、もはや金色ではなく濃い茶色になった髪が顔に垂れてくる。トリシアの胸に灯っていた希望は霧散し、朝七時に野原を出発したときみなぎっていたエネルギーも、十時には底をついた。そして十一時ごろ、心をいっそう萎えさせるできごとが起きた。

斜面を登りきったところで——ありがたいことにこの斜面はだいぶゆるやかで、しかも落ち葉やマツ葉に覆われていた——ちょっと休憩しようと立ち止まったとき、例のいやな感覚、意識とは切り離された感覚が働いて、トリシアははっと身をこわばらせた。何かに見られている。そんなことはないと自分に言い聞かせても無駄だ。何かの視線を確かに感じた。

トリシアはその場でゆっくりと一回転した。何も見えない。だが、森がまたしても不自然に静まりかえったような気がする——木々の枝や草むらをごそごそかさかさと走り抜けるシマリスも、向こう岸のジリスも姿を消していたし、あれほどやかましかったカケスの声も聞こえなくなっている。キツツキはあいかわらず木の幹を叩いていて、遠くでカラスも鳴いているが、それを除けば、そこにいるのはトリシアと、低い羽音を立てる蚊の群れだけだ。

「誰なの？」トリシアは大きな声で言った。

むろん答えはなく、トリシアは小川に沿って斜面を下り始めた。地面はすべりやすく、手近な茂みをつかむ。**気のせいだってば**。そう思おうとしたが……きっと気のせいではないだろう。

川幅はしだいに細くなっていく。それが気のせいでないことは絶対に確かだ。マツ葉に覆われた斜面を小川に沿って下り、そこから落葉樹が密生する一角——下生えが濃く、しかも棘のある植物ばかりだった——を苦労して進むあいだも川はだんだんと細くなって、ついに幅五〇センチにも満たないちょろちょろとした流れになった。

その流れは灌木（かんぼく）が密生した茂みの奥に消えていた。トリシアはそこを迂回せず、強引に通り抜けることにした。川を見失うほうが怖い。心のどこかでは、見失ったところで大勢に影響はないと察していた。この川がどうやらトリシアの行きたい場所にはつながっていないのはほぼ確実だ。おそらくどこにもつながっていないのだろう。しかし、そんなことはもうどうでもよくなっていた。正直なところ、この小さな川に愛着を感じて――ママなら、運命の糸で結ばれたとでも言うだろうか――離れがたくなっていた。この川から離れたが最後、トリシアは何の方針もないまま深い森をさまよう子供にすぎなくなってしまう。そう考えると喉が詰まり、心臓の鼓動が速くなった。

茂みの反対側に抜けた。小さな流れもまた見えるようになった。そこからは下を向き、眉間に皺を寄せて流れを追いかけた――バスカヴィル家の犬の足跡をたどるシャーロック・ホームズのように。トリシアは灌木ばかりだった下生えがシダの茂みに変わったことに気づかず、小さな川の両側の木々の大半が枯れていることにも、足の下の地面が柔らかくなり始めたことにも気づかなかった。ひたすら小さな流ればかりに目を注いだ。その姿は、一点に集中する人を絵に描いたようだった。

小川の幅はふたたび広がり、この分なら自然消滅することはなさそうだと、十五分ほどのあいだ（時刻は正午ごろだった）は甘い期待を抱いた。しかししばらくして、水深が浅くなり始めたことに気づいた。水たまりが連なっているのと大して変わらなくなっている。しかも表面にアオミドロが浮き、虫が群がっていた。さらに十分ほど歩いたころ、ふいにスニーカーが泥にのまれた――しっかりした地面と見えたのに、実はスープ状の泥がたまった上にコケの薄皮が張っていただけのくぼみだったのだ。足首まで泥があふれて、トリシアは嫌悪の叫びを上げて足を持ち上げた。だが勢いがよすぎて、スニーカーが半分脱げてしまった。トリシアはまた悲鳴を漏らした。枯れ木の幹に手をかけて体を支え、近くの草をむしって足についた泥を拭ってから、スニーカーを元どおりに履いた。

それから周囲を見回した。いつのまにか幽霊の森（ゴーストウッズ）に来てしまったらしい。はるか以前に山火事に食い尽くされた一帯のようだ。行く手は（というか、周囲は）とっくに枯れた木々と穴でできた迷路のようになっている。そして迷路の地面は沼のようにぬかるんでいた。よどんだ水面のところどころに、草に覆われた亀甲状土（アースハンモック）がこんもりと盛り上がっている。あたりに蚊の羽音が低く響き、トンボが踊っていた。さかんに木を叩くキツツキの数も増えていた。音の感じからすると、何十羽もいそうだ。叩くべき枯れ木は多すぎ、叩く時間は少なすぎる。

トリシアの小川は、沼地に迷いこんで消えていた。

「これからどうしたらいい？」トリシアは疲れきった涙声でつぶやいた。「これからどうすればいいか、誰か教えてよ」

腰を下ろしてじっくり考えるのに向いた場所はいくらでもあった。干からびて色を失った樹皮に焦げ跡を烙印（らくいん）のようにつけた倒木がたくさんある。しかし最初に選んだ倒木は体重をかけたとたんに崩壊し、トリシアはぬかるんだ地面に投げ出された。ジーンズの尻に泥水が染み透り、トリシアは悲鳴を漏らし——いやだ、お尻が濡れるのってすごく気持ち悪い——あわてて立ち上がった。ぬかるみに浸かっていた部分の枯れ木が腐っていたようだ。たったいま割れた断面でダンゴムシがうごめいていた。おぞましい光景からすぐには目を離せなかった。それから別の倒木に近づいて、座る前に手で押して確かめた。これなら大丈夫そうだ。トリシアはおそるおそる腰を下ろし、ぼんやりと首筋をもみほぐしながら、折れた木が点々と浮かぶ沼地を見渡し、これからのことを思案した。

朝、目が覚めたときほど頭は冴えていないが——というより、まるで紗がかかったようだったが——二つしか選択肢がないのは確かだと思った。ここを動かず、捜索隊が見つけてくれることを祈るか。歩き続け、捜索隊とどこかで行き合うことを期待するか。たぶん、一つところから動かずにいるほうが賢いのだろう。体力も温存できる。それに、小川がなくなってしまったいま、何を目印に歩けというのだ？　確実なものが何一つないことは確実だった。いまだって、もしかしたら人里に近づいているのかもしれないし、遠ざかっているのかもしれない。それどころか、円を描いて歩いているということだってありえる。

反面（「どんなことにもかならず裏側があるんだよ、シュガー」といつかパパが言っていた)、ここでは食べるものは見つかりそうにないし、汚泥や腐った木やそのほかのわけのわからないもののいやなにおいが充満しているうえ、見た目まで汚らしくて、まるで肥だめだ。ここから動かないと決めたとして、日没までに捜索隊が来てくれなかったら、この肥だめみたいな場所でまた一夜を明かすことになる。それは最悪だ。ここに比べたら、ゆうべの三日月形の小さな野原はディズニーランドのようにお気楽だった。

立ち上がり、消えてしまう前の小川が流れているはずの方角を見つめた。灰色の枯れ木の迷路と乾燥した枝が作る格子の向こうに、何か緑色のものがちらりと見えたような気がした。こんもりと盛り上がった緑色の物体。丘だろうか。またチェッカーベリーがあるだろうか。きっとある。チェッカーベリーが鈴なりになった茂みをもう何度も見かけている。そのとき実を摘んでバックパックにためておけばよかったのに、小川をたどることにばかり気を取られて、そんなことは考えもしなかった。しかし小川が消えるなり、また空腹を感じ始めた。おなかが空いて死にそうというほどではないが(とりあえずいまのところは)、空腹なのは確かだ。

トリシアは二歩前に出て柔らかな地面を踏み、猜疑の目で様子を見守った。スニーカーの爪先に踏まれた土にたちまち水が染み出した。これでもまだあの緑の丘に行くつもり? 沼の向こう岸が見えたような気がするというだけで?

「流砂があるかも」トリシアはつぶやいた。

**そのとおり！** 冷たい声が即座に同意した。どこか愉快そうだった。**流砂！ ワニ！ おまけに『X－ファイル』で見たような灰色のちっちゃな宇宙人が、あんたの尻に探針を突っこんでやろうと待ちかまえてるかもしれない！**

トリシアは二歩進んだ分を戻り、また腰を下ろした。無意識に下唇を噛んでいた。目の前にたかっている虫の群れさえ見えていなかった。進む？ ここから動かずにいる？ 動かない？ 進む？

十分後、ついにトリシアを前進させたのは、根拠のない希望だった……それにもう一つ、木の実の誘惑だ。こうなったら、木の葉だろうと食べてみるつもりでいた。気持ちのよい緑の丘で鮮やかな赤い色をした木の実を摘んでいる、教科書の挿絵のような自分の姿を想像した（顔に泥を塗っていることも、泥で固まった髪が角のように立っていることも、すっかり忘れていた）。バックパックをチェッカーベリーで満杯にしながら丘のてっぺんを目指して……ついにてっぺんに立つと、斜面の向こうのふもとに……

**道が見える。未舗装の道が延びてて、両側には柵がある…………牧草を食む馬がいて、遠くに納屋が見える。壁は赤、窓枠やドア枠は白。**

そんなわけないでしょ！ どうかしてるよ！

どうかしてる? 本当に? 三十分も歩けば安全なところに行けるのに、泥の沼が怖いというだけで、ここでいつまでも迷ってるつもり?

「そうだよ」トリシアはつぶやき、また立ち上がると、おずおずとバックパックのストラップの位置を直した。「そうだよ、待ってろ、チェッカーベリー! ただし、気持ち悪くてもう進めないと思ったら、すぐに戻ることにしよう」最後にもう一度ストラップをぐいと引っ張ってから歩きだした。一歩ごとに足で地面を探り、骸骨のような立ち木やもつれ合った倒木を迂回しながら、ぬかるむ一方の沼地を進む。

やがて——再出発してから三十分後かもしれないし、四十五分後だったかもしれない——トリシアは、過去に数千の(もしかしたら数百万の)人々が悟ったのと同じ事実を悟った。〝もう進めないと思うころには、たいがい後戻りもできなくなっている〟。トリシアはぬかるんではいるがしっかりとした地面から足を持ち上げ、亀甲状土と見える場所に下ろした。が、そこは実は亀甲状土ではなかった。水にしては粘度が高く、泥にしては低すぎる、冷たくてどろどろしたものに足が埋まった。トリシアはバランスを崩し、すぐそこに突き出していた枯れ枝をつかんだが、つかんだとたんに枝は折れ、トリシアは恐怖と怒りの悲鳴を上げた。虫がたかった背の高い草むらに、前のめりに倒れこんだ。片膝を立て、足を引き抜こうとした。水を吸い上げるような大きな音——がぽん——がして、足は無事に抜けたが、スニーカーは泥水の下に取り残された。

「なんで！」トリシアは叫んだ。その声に驚いた白い大型の鳥が、長い脚を水面に引きずるようにしながら空に飛び立った。ここではないどこか、別のときだったら、トリシアはめったに見られない光景を固唾（かたず）をのんで見つめただろうが、いまは鳥などながめている余裕はない。向きを変え、両膝をついた。右脚は膝までぬらぬらした黒い泥にまみれ、ついさっき足を引き抜いた穴には水があふれかけている。そこに肘まで手を突っこんだ。

「返しなさいよ！」トリシアは怒りをこめて叫んだ。「その靴はあたしのなんだから……あんた……なんかに……渡さない！」

冷たい泥水の底を手探りした。細い根がからみ合った薄膜を突き破って奥へ。分厚くて破れないときは、根と根の隙間に指先を押しこんだ。何か動くものが掌をかすめたが、一瞬で消えた。まもなくスニーカーを見つけ、しっかりつかんで引き上げた。スニーカーをしげしげとながめる。全身泥だらけの少女――ペプシなら「子犬の糞まみれの」とでも形容するだろう――にまさしくお似合いの、真っ黒い泥靴。トリシアはまた泣き出した。スニーカーを持ち上げてかたむけると、汚い泥が小川のように流れ出た。それを見て、今度は笑った。それからしばらく、亀甲状土にあぐらをかいて座り、救い出したスニーカーを膝に置いて、泣き、笑った――歩哨（ほしょう）のようにじっと動かない枯れ木とコオロギの低い声に囲まれ、羽虫の群れが人工衛星のようにぐるぐる回り続ける宇宙の中心で。

やがて涙は落ち着き、笑いの発作も治まって、ときおり洟をすすり上げたり乾いたくすくす笑いを漏らしたりするだけになった。トリシアは亀甲状土に茂った草を一つかみむしり、スニーカーの外側をできるだけきれいに拭った。次にバックパックから空の紙袋を取り出してちぎり、それをペーパータオル代わりにして内側の泥も拭き取った。汚れた紙片を丸めて、無造作に背後に捨てた。この臭くて醜い場所にポイ捨てした罪で逮捕するというなら、どうぞどうぞ、逮捕してくれてかまわない。

取り返したスニーカーを手に持ったまま立ち上がり、行く手に目を凝らしてかすれた声でつぶやいた。「くそ(ファック)」

その言葉を実際に言ったのは生まれて初めてだった(ペプシはときどき言う。ペプシはそういう子だ)。さっき丘だと思った緑色のものが、そこからならはっきり見えた。亀甲状土だ。亀甲状土があいもかわらず連なっているだけのことだ。それぞれをよどんだ水と枯れ木が囲んでいる。木の大半は枯れているが、てっぺんに少しだけ緑の葉を残しているものもぽつぽつ見える。カエルの耳障りな合唱が聞こえていた。緑の丘はなかった。湿地から沼地へ。底からどん底へ変わっただけのことだ。

トリシアは振り返り、もと来たほうを見つめたが、この煉獄(れんごく)みたいな一帯にどこから入ってきたのか、もうわからなかった。何か鮮やかな色のものを目印に置いてきていたら――ぼろぼろで使いものにならないポンチョとか――戻れたのに。しかしそんなことは思いつかなかった。いまさらどうしようもない。

**でも、絶対に戻れないってことはないよね。だいたいの方向はわかってるんだから。**

そうかもしれない。しかし、そもそもこんなどつぼにはまったのは、まさにそういう甘い考えに従ったせいだ。同じ間違いを繰り返したくない。

トリシアは亀甲状土が連なっているほう、陽射しを鈍く跳ね返している薄汚い水のほうに向き直った。つかまるのに手ごろな木は豊富だ。それに、沼地だってどこかに終わりがあるはずだ。

**どうかしてるよ。またそんな甘いことを考えるなんて。**

かもね。けど、この状況がそもそもどうかしてるわけで。

しばらくそこに立ったまま考えた。トム・ゴードンがまとっているあの特別な静けさを思い出す――マウンドに立ち、レッドソックスのキャッチャー（ハッテバーグかヴァリテック）が閃かせるサインをじっとのぞきこむトム・ゴードン。不動の立ち姿（まさにいまトリシアも不動で立っている）。その深い静けさは、肩のあたりから流れ出して、全身を包みこんでいるように見える。そして次の瞬間、ゴードンはかまえて、投げる。

**血管に氷水が流れてる**とパパは言っていた。

ここから出たい。まずはこのへどが出そうな沼から、次にこのいまいましい森そのものから。人がいて、お店やショッピングモールや電話があって、道に迷ったら頼れるお巡りさんのいる世界に帰りたい。きっと帰れる。勇敢に立ち向かえば。血管にほんのちょっぴりでも氷水が流れているなら。

トム・ゴードンのような不動の姿勢を崩し、もう一方の〈リーボック〉も脱いで、靴紐同士を結んだ。それを鳩時計の振り子のように首からぶら下げ、ソックスも脱いでしまうか少し迷ったあと、妥協策としてそのまま履いていることにした（ヘドロから足を守るシールドになる、と言い訳した）。ジーンズの裾を膝までまくり上げ、深々と息を吸い、吐き出す。

「マクファーランド、振りかぶって……マクファーランド、投げた」そうつぶやき、ソックスのロゴ入り野球帽をかぶり直して（今回は後ろ前にかぶった。このほうが決まっているから）、いざ再出発だ。

亀甲状土を慎重に伝い、しじゅう視線を上げて前方を確認し、昨日と同じように目標物を定めてはそれに向かって進んだ。**でも、今日はパニックになって走りだしたりしないよ。今日のあたしの血管には氷水が流れてるんだから。**

一時間が過ぎ、二時間が過ぎた。地面は安定するどころか、いよいよぬかるみが深くなった。ついには亀甲状土だけを残して、地面と呼べる地面はどこにもなくなった。トリシアは木の枝や灌木につかまれるところではつかまり、だめなら綱渡りをするように大きく両腕を広げてバランスを取りながら、一つの亀甲状土から次へと飛び移った。だがついに、飛べる範囲には亀甲状土が一つもなくなった。トリシアは一瞬ためらってから覚悟を決めると、よどんで悪臭を放つ水に足を踏み入れた。驚いた水生の昆虫が一斉に飛び立ち、腐った泥炭のにおいが水面に上がってきた。水の深さは膝に届かない。塊だらけの冷たいゼリーのような感触の物体に足が沈んだ。かき乱された水底から黄色っぽい泡が立ち、何やら黒っぽいかけらがその渦に巻きこまれてぐるぐる回った。

「うげぇ」トリシアはうめき、一番近い亀甲状土を目指した。「気持ち悪い。うげぇうげぇうげぇ。吐きそう」

よろめきながらも大股に歩いていく。一歩ごとに足を泥から引き抜くのは一苦労だった。もし足が抜けなくなったら、底にたまったヘドロに足をつかまれて泥のなかに引きずりこまれそうになったらとは考えないようにした。

「うげぇうげぇうげぇ」それしか言うことがない。生温かい汗が額から流れて目に染みた。コオロギは甲高い音を延々と奏でることしか頭にないらしい——りーんりーんりーん。行く手を見ると、次の目標物に定めた亀甲状土の草むらから三匹のカエルが跳ねて水に飛びこんだ。ぽちゃん、ぽちゃん、ぽちゃん。

「バド、ワイ、ザー」トリシアはつぶやき、弱々しく微笑んだ（三匹のカエルが順に「バド」「ワイ」「ザー」と鳴くバドワイザー・ビールの有名なCMがある）。

まわりに広がる黄みがかった黒い水のなかで数千匹のオタマジャクシが泳いでいた。それをのぞきこんでいると、表面がねばついた固い物体に片方の足が、触れた。丸太だろうか。どうにか転ばずにその物体をまたぎ越えて亀甲状土にたどりついた。肩で息をしながらよじ登り、泥でぬるぬるした足を点検した。ヒルやもっとおそろしい生き物にたかられ、食いつかれているのではないかと怖かった。とくにおそろしげなものはくっついていなかったが（少なくとも目で見える範囲では）、膝から下はヘドロまみれになっていた。真っ黒になったソックスを脱ぐ。その下の皮膚は真っ白で、ソックスを脱いだいまのほうがよほどソックスを履いているみたいに見えた。トリシアはひとり大笑いした。体をのけぞらせて両肘を地面につき、空に向けて野太い笑い声を上げた。そんな風に笑うとまるで
（頭がおかしくなった）

みたいでいやだったが。しばらくは笑いが止まらなかった。ようやく一段落すると、ソックスの水気を絞り、また履いて、立ち上がった。目の上に手をかざして前方を見つめ、低いところにある、太い枝が折れて水面にぶら下がっている木を次の目標に定

めた。

「マクファーランド、振りかぶって……マクファーランド、投げた」疲れた声でつぶやき、ふたたび歩きだす。木の実のことはもう頭から消えていた。とにかく無事にここから脱出したい、それだけだった。

自分の知恵しか頼るもののなくなった人間は、どこかの時点で生きるのをやめ、ただ生き延びることだけを考え始める。新しいエネルギーの供給を断たれた肉体は、蓄えておいたカロリーを糧にする。思考は明晰さを失う。五感は鈍ると同時に、奇妙に研ぎ澄まされる。ものの輪郭はにじむ。トリシア・マクファーランドは、森で過ごす二日目の午後がゆっくりと終わりに近づいたころ、その〝生きる〟と〝生き延びる〟の境界線に近づいた。

いまは真西に向かって歩いている。それに疑問を抱くことはなかった。一定の方角に歩き続けるほうがいい、それが目下の最良の選択だと思った（この判断はおそらく正しい）。空腹ではあったが、それについてはあまり意識しなかった。一直線に歩くことにだけ集中していた。もし左や右に少しでもずれてしまったら、日が暮れ始めてもまだこのごみ溜めみたいな沼から抜け出せないかもしれない。そんなのは勘弁だ。一度、立ち止まってボトルの水で喉を潤した。午後四時ごろ、何の気なしに〈サージ〉の残りを飲み干した。

枯れ木は樹木らしさをしだいに失い、節くれ立った足をよどんだ黒い水に浸けて立つ、痩せ細った番兵に似てきた。**きっともうじき顔がついてるように見えるんだろうな。**水に下りて（半径一〇メートルに亀甲状土は一つもなかった）一本の枯れ木のそばを通りすぎようとしたとき、水に沈んだ木の根か枝につまずいて、トリシアはぶざまに手足を広げ、派手な水しぶきを上げて前のめりに倒れた。口に入った泥まじりの水を、悲鳴と一緒に吐き出す。黒い水のなかの自分の両手が見えた。黄ばんだ蠟でできているみたいに見えて、長いこと水に沈んでいた溺死体を連想した。両手を引いて水から上げた。

「大丈夫だって」トリシアは早口に言った。自分は決定的な境界線を越えたのだという気がした。言葉が通じず、奇妙な貨幣を使う異国に迷いこんだかのようだった。取り巻く世界が一気に変わろうとしている。しかし――

「大丈夫だって。ほんとほんと、大丈夫だって」それに、バックパックは水に浸からずにすんだ。肝心なのはそれだ。だって、ウォークマンが入っているのだから。ウォークマンはいまや外界との唯一のきずなだ。

全身が泥で汚れ、前面は水でびしょ濡れだ。それでもトリシアは前進を続けた。新しい目標物は、幹の上半分が二つに裂けた枯れ木だ。沈みゆく太陽を背負って黒いY字形に浮かび上がっている。その木を目指して進む。次の亀甲状土まで来たが、ちらりと目をやっただけで、水のなかを歩き続けた。いちいち上ることはない。水のなかを歩くほうが時間の節約になる。腐臭を放つ水底にたまった冷たいゼリー状のものの感触にも慣れた。人間、追いつめられればどんなものにも慣れられる。今日、トリシアはそのことを学んだ。

初めて水に落ちてからまもなく、トリシアはトム・ゴードンと会話を始めた。初めは不思議な——異様といってもいい——感じがしたが、長い夕方の時間が過ぎるにつれて照れくささは消えて、おしゃべりがはずんだ。次の目標物を宣言し、この沼は山火事のあとにできたのだろうと話し、沼が果てしなく続いているはずがないから、じきにここから出られるはずだと請け合った。今夜の試合でレッドソックスが20点くらい取ってくれたら、あなたもブルペンでのんびりできるねと言ったところで、トリシアはふいに口をつぐんだ。

「ね、いま何か聞こえなかった?」

トムにも聞こえたかどうかわからないが、トリシアの耳にははっきり聞こえた。ヘリコプターのブレードが刻む、ぶわん、ぶわんというリズム。音は遠かったが、間違いない。その音が聞こえたとき、トリシアは亀甲状土に腰を下ろして休憩していた。跳ねるように立ち上がり、陽射しに手をかざしてその場で一回転しながら地平線に目を凝らした。何も見えなかった。音はまもなく遠ざかって消えた。

「がっかり」トリシアは肩を落とした。それでも、救助隊が出ていることはわかった。うなじに止まった蚊をはたき、前進を再開した。

十分か十五分後、トリシアはなかば水に沈んだ木の根の上に、汚れてほころびのできたソックスを履いた足で立ち、当惑と不安のまなざしを行く手に向けた。折れた木がぽつりぽつり立つ沼は、少し先で、流れも波もない池に変わっていた。中央を突っ切るように亀甲状土が連なっているが、今度の亀甲状土は緑ではなく茶色をしていて、折れた小枝や節くれ立った大枝でできているみたいに見えた。いくつかのてっぺんに、大きな茶色い生き物が五、六頭いて、こちらをじっと見つめている。

その生き物の正体を悟って、トリシアの額に刻まれていた皺がゆっくりと消えた。沼にいることも、びしょ濡れで泥まみれで疲れきっていることも、迷子になっていることも忘れた。

「トム」トリシアは興奮した調子で言った。「ビーバーだよ！　ビーバーハウスだか、ビーバーテントだか、正式な名前は知らないけど、とにかくビーバーの巣の上にいる。ね、あれ、ビーバーだよね？」

木の幹に手をかけて爪先立ちになり、ビーバーを見つめた。心が浮き立った。木の枝で作った我が家の上でくつろぐビーバーたち……トリシアを見ているのだろうか。そうらしい。とくに真ん中の一頭。ほかの個体より体の大きいその一頭は、黒い瞳を一度もそらすことなくトリシアの顔を見つめているようだった。頬にひげがあり、ふさふさした焦げ茶色の毛皮は丸っこい臀部にかけてやや赤みがかっている。トリシアの頭に、ケネス・グレアムの『たのしい川べ』の挿絵が浮かんだ。

長いことそうやってながめていてから、トリシアは木の根から下りてふたたび歩き始めた。背後にトリシアの影が長く伸びた。トリシアが歩きだすなり、ビーバー隊長（トリシアの頭のなかでの呼び名）が立ち上がり、尻が水に浸かるところまで後ろに下がると、尾で水面を強く叩いた。ぱーんという鋭い音が鳴り、無風の熱い空気を震わせながら驚くほど大きく響き渡った。次の瞬間、全ビーバーが一斉に小枝の家から水に飛びこんだ。アクアダイビングのチームのようだ。トリシアは胸に両手を当て、顔からはみ出しそうな大きな笑みを浮かべてビーバーたちを見送った。これほど美しい光景を見たことがあっただろうか。ビーバー隊長が思慮深いベテラン校長先生のように見えたことも、そう見えた理由も、他人に言葉で伝えることはどうしたってできそうにない。

「トム、見て！」トリシアは笑って彼らを指さした。「ほら、そこの水面！　泳いでいくよ！　ヤー、ベイビー！」

濁った水面に船首波のようなV字が半ダース浮かび、小枝の家から遠ざかっていった。一行が見えなくなってしまうと、トリシアも再出発した。今度の目標物は、濃い緑色のシダが誰かのぼさぼさ頭みたいに茂った特大サイズの亀甲状土だ。一直線にではなく、ゆるやかな弧を描きながらそこを目指す。ビーバーを目撃できるなんて、最高――ペプシ流に言えば「サイのコー」――だが、水中にいるビーバーには遭遇したくない。ビーバーの写真ならたくさん見たことがあって、どんなに小さなビーバーでも大きな牙を持っていることは知っている。それからしばらくのあいだ、水に沈んだ草や水草が足をかすめるたび、ビーバー隊長（またはその子分）が侵入者を追い払いに来たのだと思って悲鳴を上げた。

ビーバー専用コンドミニアムをつねに右手に見ながら、特大サイズの亀甲状土を目指した。近づくにつれ、胸のなかで期待が大きくふくらんだ。あの濃い緑色のシダは、ただのシダではなさそうだ。ここ三年、春が来るたびママやおばあちゃんと一緒にゼンマイ狩りに出かけていた。あの亀甲状土のシダは、きっとゼンマイだ。サンフォード周辺ではもうゼンマイは見つけられない――遅くとも一カ月前に季節が終わっている。しかし内陸部のゼンマイの旬はかなり遅く、とくに湿地帯では七月ごろだとママから聞いていた。この悪臭ふんぷんの土地に食べられるものが育つとは信じがたいが、それでも近づくにつれ、トリシアの確信は強まった。しかもゼンマイはただおいしいだけではない。超絶おいしいのだ。好きな野菜というものにめぐり合ったためしのない（レンジでチンした〈バーズアイ〉の冷凍グリーンピースだけは例外）あのピートでさえ、ゼンマイは喜んで食べる。

　あまり期待をふくらませてはいけないと自分に言い聞かせはしたものの、初めてその可能性に目を留めてから五分ほどしたころ、期待は確信に変わった。あれは単なる亀甲状土ではない。ゼンマイ島だ！　いや――トリシアは亀甲状土が間近に迫ったところで考え直した――ムシ（バグ）島という名前のほうがお似合いか。この沼地一帯に死ぬほどたくさんの虫がいるが、こまめに泥パックを塗り直していたこともあって、虫のことはほとんど忘れていた。しかしゼンマイ島の上空で揺らめいているものは、間違いなく虫の大群だ。それもユスリカやヌカカだけではない。ものすごい数のハエも群がっている。いよいよ近づくにつれて、眠気を誘うような、そしてなぜか酔っ払いを連想させるような羽音がはっきり聞こえてきた。

　水底にたまった泥のような腐植土に足がずぶずぶ埋まっていくのもかまわず、おいしそうなゼンマイの最初の茂みまで五、六歩を残して立ち止まる。茂みの手前側のゼンマイはむしられ、ずたずたにされている。黒い水面に、根ごと抜かれて水浸しになったゼンマイの束がぽつりぽつりと浮いていた。目を上げてもう少し先を見ると、緑色のゼンマイの上に鮮やかな赤いしずくが見えた。

「なんかいやな予感」トリシアはつぶやいた。それから、まっすぐではなく左に進路を変えて進んだ。ゼンマイそのものは無事のようだが、死んだか、瀕死の重傷を負った動物が奥に転がっているようだ。ビーバーが異性をめぐって果たし合いでもしたのだろうか。深手を負ったビーバーに出くわす危険を冒してまで早めの夕食を摘みたいほどおなかは空いていなかった。そんなことをすれば手や目を失いかねない。ゼンマイ島を半分まで迂回したところで、トリシアはまたも立ち止まった。見たくはなかったが、すぐには目をそらせなかった。「ねえ、トム」トリシアはか細い震え声で言った。「見て。ひどい」

小さなシカの頭部だけがあった。斜面を転がり落ちてきたのだろう、草むらに血の跡があり、その道筋のゼンマイは血で汚れている。シカの首は、水際に上下さかさで止まっていた。目にウジが湧き、首のぎざぎざの断面には無数のハエがたかって小型のモーターみたいな羽音を響かせている。

「舌が見えてる」トリシアはそうつぶやいた。その声は、音が反響する廊下のはるか先から聞こえたかのようだった。水面に反射する金色の陽射しがふいにまぶしく思え、頭がふらついて、気が遠くなりかけた。

「いやだ」トリシアはかすれた声で言った。「いやだってば。こんなところで。絶対にいやだ」

その声はさっきよりも小さかったが、もっと近くから、ちゃんと実体を持って聞こえた。水面の照り返しも元どおり、ふつうに見えた。よかった――腰の高さまであるよどんだ不潔な水のなかに立っていて気絶するなんて最悪だ。ゼンマイは食べられないが、失神はせずにすんだ。プラマイゼロだ。

水をかき分けて猛然と進む。前よりも速度を上げて、体重をかける前に足場を確かめるのもおざなりにして。体を大げさに左右に揺らし、腰を大きく回転させ、半円を描いて腕を振る。レオタードを着ていたら、『ウェンディのワークアウト』の本日のゲストみたいだろう。さあみなさん、今日は新しいエクササイズをご紹介しましょう。〈ちぎれたシカの首から全速で逃げるエクササイズ〉です。はい、腰を回して、お尻に力を入れて、肩を大きく動かして！

トリシアはまっすぐ前に視線を据えていたが、どこか自己陶酔しているようなハエの重たげな羽音はどうしても耳に入ってくる。あんなことをした犯人は何だろう。ビーバーではない。それは絶対だ。いくら鋭い牙を持っているからと言っても、シカの首を食いちぎるなんてビーバーにはさすがに無理だ。

**わかってるくせに。**冷たい声がささやいた。**あいつだよ。あの特別な生き物だ。こうしているあいだもあんたをじっと目で追っているあいつに決まってる。**

「あたしを見てる生き物なんていないよ。くだらない」トリシアはあえぎながら言った。勇気を出して振り返ると、ああ、よかった、ゼンマイ島はもうだいぶ遠ざかっていた。でも、まだ油断できない。水際に転がった首、ぶうんとうなる黒いネックレスを着けた茶色の物体を最後にもう一度だけ見やった。「ね、トムもくだらないと思うでしょ」

トムは答えなかった。というより、答えられるわけがなかった。いまごろはたぶん、フェンウェイ・パークにいて、チームメートと冗談を言い合いながら、光り輝く純白のホームユニフォームに着替えているだろう。トリシアと一緒に沼地——この終わりのない沼地——を歩いたほうのトム・ゴードンは、孤独を癒すささやかなホメオパシー療法にすぎない。トリシアはひとりきりだった。

**それはどうかな、シュガー。あんたはひとりきりなんかじゃない。**

認めたくはないが、冷たい声は、トリシアの味方ではないにせよ、本当のことを言っていた。たしかに、誰かに見られているような感覚が戻ってきていた。しかもこれまで以上に強力だ。怖くて神経が過敏になっているせいだと心のなかで繰り返し（食いちぎられた首を見たあとなのだ、誰だってびくびくするに決まっている）、自分でも納得しかけたとき、それに目が吸い寄せられた——一本の枯れ木の幹、とうに枯れた樹皮に、ななめの傷が一ダースも並んでいた。おそろしく虫の居所が悪くておそろしく体の大きい生き物が、通りすがりに八つ当たりしたように。

「うそでしょ。あれ、爪でつけた痕だよ」

**あいつはこの先にいるんだよ、トリシア。この先であんたを待ってるんだ。大きな**

**爪を持ったあいつが。**

行く手に目を凝らす。まだまだ続くよどんだ水に亀甲状土。それに、またしても緑色に輝く丘と見間違いそうなもの（もうだまされない）。猛獣なんて見えない……だが、言うまでもなく、肉食の獣ならそれらしい流儀で獲物が来るのを待つはずだ。そういうのを何と言うんだっけ？　疲れ、怯えきり、とにかくみじめな気分のいまは、その言葉が思い出せない……

**待ち伏せだよ。**冷たい声が言った。**待ち伏せをするんだよ。ヤー、ベイビー。あんたの新しい友達の特別な獣は、待ち伏せがとりわけ得意なんだ。**

「待ち伏せ」トリシアはかすれた声で言った。「そう、それだ。ありがとう」トリシアは前進を再開した。いまさら後戻りはできない。本当に何かがトリシアを殺すつもりで待ち伏せしているとしても、後戻りするには距離がありすぎる。

しっかりとした地面と見えたものは、今回は実際にしっかりとした地面だった。とっさに、信じちゃだめと自分に言い聞かせた。しかし、すぐそばまで近づいても、緑の草むらや低木の藪のあいだを水が隔てていることはなく、トリシアの胸に期待が芽生えた。水深も浅くなってきていた。膝やももではなく、すねのなかほどまでしか届いていない。それに、亀甲状土のうち少なくとも二つにはゼンマイが生えている。さっきのゼンマイ島ほどの豊作ではないが、トリシアはそこに生えている分を摘み取って口に押しこんだ。甘い。かすかな苦味があとに残った。緑色の味。それでも文句なくおいしかった。もっと生えていたら、みんな摘んでバックパックにとっておきたいのに、それで全部だった。トリシアはそれを嘆く代わりに、子供らしく、いまあるものを一心に味わうことに専念した。とりあえず満足だ。あとのことはあとで心配すればいい。渦を巻いた先端をかじり、次に茎を少しずつ食べながら、しっかりした地面を目指して歩きだした。沼のなかを歩いているという意識はもうなくなっている。嫌悪感は消えていた。

ゼンマイが生えているもう一つの亀甲状土に来て、ゼンマイの最後の数本に手を伸ばそうとしたところで、トリシアはふと動きを止めた。眠気を誘うハエの羽音がまた聞こえていた。前回よりはるかに大きく聞こえる。できれば迂回したかったが、沼の最果てに近いそのあたりには枯れ枝や水没した藪が密集していて、行く手をふさいでいる。散らかった一帯を見回す。通り抜けられそうなルートは一つだけのようだ。水のなかで障害物と格闘したり、もしかしたら足に切り傷を作ったりして二時間を無駄にするのがいやなら、その運河のような細いルートを行くしかない。

その運河にもやはり倒木はあって、トリシアはそれをよじ登って越えた。その木が倒れたのはつい最近のようで、さらに言えば〝倒れる〟という表現は適切ではなさそうだった。樹皮にまたも爪痕がついている。根に近い側は深い藪に隠れて見えないが、それでも残された株の断面はいかにも新しくて真っ白だ。この木は何者かの行く手をふさいでいた。その何者かは邪魔物をやすやすと排除した——爪楊枝を折るみたいにやすやすと。

ハエの羽音がいよいよ大きくなる。トリシアが疲れきった体をどうにかこうにか沼の水から引き上げた地点のすぐそば、贅沢に生えたゼンマイの根元に、さっきのシカの残り——いや、こっちを本体と呼ぶべきだろう——が横たわっていた。胴体は二つに引きちぎられ、その二つはねじくれた腸でまだつながっていて、その腸にハエがたかって銀色に輝いていた。むしり取られた脚の一本が、すぐそこの木にステッキのように立てかけられている。

トリシアは右手の甲を口もとに当て、急ぎ足で先へ進んだ。げう、げうといういやな音が何度も喉から漏れる。トリシアはこみ上げる吐き気を懸命にこらえた。シカを殺した獣は、トリシアを嘔吐させてやろうと思ってこんな演出をしたのだろうか。いや、そんなことはありえない。トリシアの心の論理的な部分（こうなってもまだ、かなり多く残っていた）はノーと答えた。だが同時にこう考えた。そいつは、この沼地でいちばん豊かなゼンマイの茂みを二つとも、シカのバラバラ死体でわざと汚したのではないか。そうだとしたら、せっかくおなかに入れたわずかな栄養を吐かせてやろうと企んだとするのは、論理の飛躍だろうか。

**そうだよ、飛躍しすぎだよ。ばっかみたい。もう忘れよう。それに、お願いだから吐かないで！**

西に向かって（太陽がかたむいたおかげで、西に進路を取るのはたやすくなってい た）歩き続けていると、げう、げうという音——湿った大きなしゃっくりみたいな音——の間隔はしだいに長くなり、ハエの羽音も遠ざかった。その二つが完全に消えたころ、トリシアは立ち止まってソックスを脱ぎ、スニーカーに履き替えた。ソックスの水気を絞り、目の高さに持ち上げてしげしげと見た。サンフォードの家の自分の部屋でそのソックスを履いたときのことをありありと思い出す。ベッドの端に腰を下ろし、小声で〝抱き締めて……きみのそばにいたいんだ〟と歌いながらソックスを履いた。ボーイズ・トゥ・ダ・マックスの歌だ。トリシアとペプシは、ボーイズ・トゥ・ダ・マックスの大ファンで、とりわけアダムに夢中だった。床の一角を陽光が照らしていたのを覚えている。壁に貼った映画『タイタニック』のポスターも。自分の部屋でソックスを履いたときの記憶は、これほど鮮明なのに遠い昔のことに思えた。おばあちゃんみたいに年を取った人たちが思い出す子供のころの記憶はきっとこんな感じなのだろう。ソックスは、ソックスというよりは糸でつながった穴といった風情（ふぜい）になっていて、トリシアはまたも泣きたい気持ちになった（たぶん、自分のことも糸でつながった穴みたいに思えたから）が、どうにかそれもこらえた。ソックスを丸めてバックパックにしまった。

バックルを留め直しているとき、ヘリコプターのブレードが回転するぶわん、ぶわんという音がまた聞こえてきた。今度は前よりずっと近い。トリシアは跳ねるように立ち上がり、濡れた服をはためかせて振り返った。あれだ。東のほう、青い空を背景に、黒い輪郭が二つ。〈シカの死体沼〉で見たトンボを連想した。手を振ったり声を張り上げたりしても意味はない。ヘリコプターは何キロメートルも遠くを飛んでいる。それでもトリシアは手を振って声を張り上げた。そうせずにはいられなかった。喉がひりひり痛みだして、ようやくやめた。

「見て、トム」トリシアは、左から右へ……すなわち北から南へ飛んでいくヘリコプターを、恋い焦がれるような目で追った。「見て、あたしを捜してるんだよ。もう少しでいいから、こっちに来てくれたら……」

だが、こっちには来なかった。遠く離れたヘリコプターは木々の向こうに消えた。トリシアはその場から動かなかった。回転翼の音が小さくなり、入れ違いにコオロギの単調な歌が聞こえてくるまで、身じろぎ一つしなかった。それから深い溜め息をつき、しゃがんでスニーカーの紐を結んだ。何者かの視線はもう感じなかった。それがせめてもの——

**嘘つき。**冷たい声が言った。愉快そうに。**この嘘つき。**

しかしトリシアは嘘をついていない。少なくとも、その自覚はなかった。とにかく疲れて、混乱して、自分の心や頭さえ当てにできない……確かなのは、まだおなかが空いているし、喉も渇いていることだけだ。泥沼とヘドロから（バラバラにされたシカの死体からも）解放されたいま、空腹と渇きはいっそう切実だった。いま来た道を戻ってもっとゼンマイを摘んでこようか。そんな考えが頭をよぎった。シカの死体や血だらけの生臭い現場はよけて通ればいい。

ペプシのことを考えた。ローラーブレードや木登りをしていてトリシアが膝をすりむいたりすると、ペプシがいらいらしているのが伝わってくることがある。トリシアの目に涙が浮かんだりしようものなら、ペプシはすかさずこう言う。「あたしの前で女の子女の子しないでよね、マクファーランド」シカの死体ごときでめそめそするわけにはいかない。こんなときに。だけど……

……だけど、シカを殺したやつがまだあの近くにいるかもしれない、見張り、待っているかもしれない。トリシアがきっと戻ってくると期待しているかもしれない。沼の水を飲む？　冗談じゃない。土がまじっているくらいならまだいい。死んだ虫や蚊の卵もまじっていたら？　蚊の卵は人のおなかのなかで孵（かえ）ったりするだろうか。たぶんしないだろう。なら、人体実験に志願する？　冗談じゃない。

「きっとまたゼンマイが見つかるって」トリシアは言った。「そうだよね、トム？

それに木の実だって見つかるよ」トムの返事はなかったが、考えが変わらないうちにと、トリシアはまた歩きだした。

それからさらに三時間、西へと歩いた。初めはなかなか距離が稼げなかった。やがて木々が少し密になって森らしくなったあたりからは、いくらかペースが上がった。脚の筋肉は張り、背中は脈打つように痛み始めたが、それを気にしているゆとりはとっくに失われていた。空腹感さえ頭の隅っこにようやく引っかかっているだけだ。陽光がまず金色を帯び、次に赤みがかったころ、トリシアの意識を占めていたのは喉の渇きだった。渇ききった喉は痛いくらいで、舌は死にかけた芋虫みたいだ。沼の水を飲めるうちに飲んでおくんだったと悔やみ、一度は立ち止まってこう考えた――もう限界だよ、沼に戻ろう。

**戻ろうなんて思わないほうがいいだろうね、お嬢ちゃん。**冷たい声が言った。**道に迷うだけのことだ。運よく来た道を完璧にたどれたとしても、沼に着くころには真っ暗になってる……いったい何が待ちかまえていることやら。**

「うるさい」トリシアはうんざりして言った。「いいから黙ってよ。馬鹿。意地悪女」しかしもちろん、馬鹿な意地悪女の言い分は正しい。トリシアは太陽の方角に向き直り――太陽はすっかりオレンジ色になっていた――ふたたび歩きだした。喉がからからに渇いて、命の危険さえ感じ始めていた。午後八時の時点でこんなに喉が渇いていたら、真夜中にはいったいどんなことになるだろう。そもそも人間は水分を補給せずに何日くらい生きられるものなのか。いつかどこかでその心躍る数字を見かけた気がする——そう、確かに何かで見た——のに、いまは思い出せない。きっと食べ物がない場合より長く生きられないだろう。脱水で死ぬのはどれくらい苦しいだろう。

「こんな森で、脱水で死んだりする気はないからね……そうでしょ、トム?」トリシアは尋ねたが、トムの答えはない。本物のトム・ゴードンはいまごろ、試合の進行を見守っているだろう。ボストン・レッドソックスの老獪(ろうかい)なナックルボール使いのティム・ウェイクフィールドと、ニューヨーク・ヤンキースの若き左腕アンディ・ペティートの投手対決。トリシアの喉がうずいた。唾をうまく飲みこめない。昨日の雨を思い出し(ベッドの端に腰を下ろしてソックスを履いた記憶と同じように、はるか昔のできごとと思える)、今夜も降ればいいのにと思った。そうしたら雨のなかに飛び出し、両腕を広げて空に顔を向け、口を大きく開けて、犬小屋の屋根でステップを踏むスヌーピーみたいに踊り回るのに。

トリシアは足を引きずるようにしてマツとトウヒの森を歩き続けた。このあたりは森そのものの年代が古く、木々も背が高いものが増え、立っている間隔も広くなっている。木々のあいだからななめに射しこむ夕陽が空気中を漂う埃を輝かせ、光の縞(しま)模様を作っていた。喉の渇きさえなければ、木々や夕陽の橙色を帯びた赤い光を美しいと思えただろう……体は疲れていても、心はその美しさにちゃんと気づいていただろう。が、夕陽はまぶしすぎた。頭痛がしてこめかみが脈打ち、喉はピン一本が通るかどうかまで細くなっている。

そんな状態だったから、水の流れる音が聞こえたときも、幻聴に決まっていると一蹴した。本物の水のはずがない。ちょっと都合がよすぎる。それでも音の聞こえる方角に進路を修正し、真西ではなく南西に向けて歩き続けた。まるで催眠術で操られたように低い枝をくぐり、地面に転がった丸太をまたぐ。水音がいよいよ大きく——本物としか考えられないほど大きく——聞こえ始めると、駆けだした。マツ葉の絨毯の上で二度足をすべらせ、一度は棘だらけのイラクサの藪に突っこんでいって手の甲に新しい傷を作ったりもしたが、かまわず走り続けた。かすかな水音に最初に気づいてから十分後、短い急斜面のてっぺんに出た。痩せた土の上に敷かれたマツ葉の絨毯の下から灰色の岩が関節のようにごつごつと盛り上がっている。その斜面の下を、水量の豊かな川がごうごうと流れていた。これに比べたら、最初に見つけた小川など、蛇口を閉めたあともホースの先から滴り続けるしずく程度にしか思えない。

一歩踏み違えたら高低差が七、八メートルはありそうな斜面を転げ落ち、おそらく死ぬことになるというのに、トリシアは足もとに気を配ることなく急斜面のてっぺんに沿って歩いた。上流に向けて五分ほど行くと、細長いくぼみが斜面に粗く刻まれているところに来た。森のはずれから、斜面下の小川へと下っている。干上がった天然の用水路といった風情だ。底に何十年分かの落ち葉やマツ葉がたまっていた。

　地面に尻をつけて座り、足を踏ん張って体を引き寄せ、それを繰り返しながらじりじりと前進して、すべり台のてっぺんに座る子供のように天然の用水路のてっぺんに座った。両手を後ろについて上半身を支え、足をブレーキにして斜面を下り始めた。半分くらいまで下ったところで、ブレーキがきかなくなった。勢いを殺そうとする代わりに――無理に止まろうとしたら、またもや宙返りして転げ落ちることになりかねない――あおむけに体を伸ばし、首の後ろで手を組むと、目を閉じて運を天に任せた。

　底までの旅路は短く、激しく揺れた。地面から突き出た岩に腰の右側をしたたかにぶつけた。組んでいた手は、また別の岩にぶつかって感覚を失った。もし両手で頭を守っていなかったら、二つめの岩に頭皮をざっくりえぐられていただろうと、あとになってから思った。それだけですんだならまだましだ。「苦労はしても骨折るな」これもおとなからよく聞くフレーズの一つで、マクファーランドのおばあちゃんのお気に入りだ。

　地面に投げ出された。骨が砕けたかと思うような衝撃だった。そして次の瞬間、氷のように冷たい水がスニーカーに一気に流れこんだ。トリシアは水から足を引き上げ、体の向きを変えてうつぶせになると、川の水に口をつけてごくごく飲んだ。暑い日にアイスクリームを空きっ腹にいきなり詰めこんだときみたいに、額に大釘を打ちこまれたみたいな痛みを感じて、ようやく一息つく。肌がぴりぴりするほど冷たい川から顔を上げ、泥の筋がついた顎から水を滴らせながら暮れゆく空を見上げると、大きくあえいで至福の笑みを浮かべた。これほど水をおいしいと思ったことがあっただろうか。ない。これほどおいしいものを味わったことがあっただろうか。一度もない。こんなにおいしいものはどこにもない。水に顔を突っこむようにしてもう一度飲んだ。それから起き上がって膝をつくと、水っぽいげっぷを豪快に放出して、弱々しく笑った。おなかがはち切れんばかりにふくれている。いまこの瞬間は、空腹さえも忘れられた。

天然の用水路は傾斜が急なうえにすべりやすく、もう一度てっぺんに上るのは無理だった。半分まで、うまくいってもてっぺん近くまで登ったところでまた斜面をすべり落ちるだけだろう。川の向こう岸はわりあい楽に歩けそうに見える。勾配はきつく、樹木は多いが、藪はさほど多くない。しかも踏み石になりそうな石はたくさんあるから、川を渡るのも簡単そうだ。真っ暗になって足もとが見えなくなる前に少しは距離が稼げるだろう。よし、行ってみよう。水をたらふく飲んだおかげか、体に力がみなぎっていた。ありあまるほどみなぎっている。自信にも満ちていた。沼地は終わり、新たな川を見つけた。それもたっぷりと水の流れる川を。

**そうだとしても、特別なあいつはどうなの？**　冷たい声が尋ねた。それが久しぶりに聞こえた瞬間、トリシアは怖くなった。声に言われたこともおそろしい。しかしそれよりもっと怖いのは、自分のなかにこれほど邪な少女がひそんでいたことだ。**あんた、特別なあいつのことを忘れてない？**

「特別なあいつなんてものが存在するとしたって、もう近くにはいないよ。シカのところに戻ったんでしょ」

この近くにはいない。少なくともそう思えた。見られている、つけ狙われているという感覚は消えている。冷たい声にもそれはわかっているのだろう、それきり何も言わなかった。声の主の見た目が想像できた。口もとに冷笑を浮かべた、負けん気の強そうな子供。偶然にも、トリシア自身にほんの少し（そう、またいとこ程度に）似ている。その子供はいま、肩をいからせて両手を握り締めた、怒りを絵に描いたような後ろ姿で立ち去ろうとしている。

「そうだよ、どっか行きなよ。二度と来ないで」トリシアは言った。「あんたなんか怖くないんだからね」それから一拍置いて――「くそったれ！」その言葉が――ペプシが〝魔のFワード〟と呼んでいるものがまたしても口から飛び出したが、後ろめたいなんて思わなかった。それどころか、下校途中に今度ピートがモールデンのほうがどうのこうのと不平を並べ始めたら、同じことを言ってやろうかとまで考えた。モールデンならああだし、モールデンならこうだし、パパならああだし、パパならこうだし。ふだんなら黙って共感の表情を浮かべるか、明るく能天気な声で「もっとほかの話をしようよ」と言うところで、「ピート、ファック・ユー。それ、聞き飽きたから」と言ってやったら？　トリシアの想像のなかのピートは、顎がはずれそうなくらい口をぽかんと開き、目を真ん丸にしてトリシアを見つめた。そのピートの顔がおかしくて、トリシアはひとり笑った。

川べりに立ち、手ごろな石を四つ選んで拾い、一つずつ足もとに落としながら川を渡った。渡りきると、斜面に沿って歩きだした。

勾配はだんだんときつくなり、岩だらけの川床をうねりながら流れる水音は少しずつ大きくなって、やかましいくらいだった。やがてそこそこ平らな野原が開け、トリシアはそこで夜を明かすことにした。空気は湿って重苦しく、暗くて周囲がよく見えない。無理に斜面を歩き続ければ、いつか谷底に転落してしまうだろう。それに、この野原なら一夜の宿として悪くなさそうだ。なにしろ、空が見える。

「虫はすごそうだけどね」トリシアはそうつぶやき、顔に群がった蚊を手で払い、首筋に止まった数匹を叩いた。顔に泥を塗ろうと川べりに行ったが――あはは、残念でした――泥はない。石ならいくらでもあるのに、泥はまったくなかった。トリシアは川べりにうずくまって思案した。ユスリカが目の前で複雑なパターンを描いて飛び回った。まもなくトリシアは一つうなずいた。地面に積もったマツ葉を払いのけた。円形に地面が露になると、柔らかな土を掘って小さなボウルを作り、水の空きボトルを使って川の水を汲んだ。土をこねて泥を作るのはなかなか楽しい作業だった（毎週土曜の朝、キッチンでパン種をこねていたアンダーセンのおばあちゃんを思い出した。カウンターが高すぎて、おばあちゃんはスツールの上に立って種をこねた）。なめらかな泥をたっぷり作って、顔のすみずみに塗り広げた。一連の作業を終えたとき、周囲はほぼ真っ暗になっていた。

立ち上がって、腕にも泥を塗りながら野原を見回した。もぐりこんで眠るのにちょうどいい倒木は見当たらないが、二〇メートルほど先、川のこちら岸に、マツの枯れ枝の小山らしきものがあるのがちらりと見えた。川のそばに立つ背の高いモミの木の下にマツの枯れ枝を運び、さかさまの扇のような形に幹に立てかけ、ちょうどもぐりこめる程度の小さなスペース……半分だけのテントを作った。風で枝が倒れたりしなければ、なかなか快適なベッドになりそうだ。

枯れ枝の最後の二本を運んでいるとき、ふいに激しい腹痛に襲われ、強烈な便意を催した。両手に一本ずつ枯れ枝を持ったままその場に立ち止まって、様子を見た。腹痛はすぐに治まり、下腹の奥がほどけるような奇妙な感覚も消えたが、なんとなくいやな感じが残った。落ち着かない。アンダーセンのおばあちゃんの言い方を借りるなら、おなかのなかでチョウがぱたぱた飛び回っている感じだ。ただ、おばあちゃんのその言い回しは、緊張しているときの感覚を指していた。いまのトリシアは緊張しているわけではない。何がどう変なのか、自分でもよくわからなかった。

**水だよ。**冷たい声が言った。**さっき飲んだ水がいけなかったんだ。水にあたったんだよ、シュガー。朝までに死ぬね、きっと。**

「それならそれでいいよ」トリシアは言い、枯れ枝の最後の二本を急ごしらえのテントに加えた。「すごく喉が渇いてたんだ。飲まずにいられなかった」

答えはなかった。あの冷たい声も、このときばかりは何も言い返せなかったのだろう——水を飲まずにいられなかった。飲まないわけにいかなかった。

バックパックを下ろして蓋を開け、うやうやしい手つきでウォークマンを取り出す。イヤフォンを耳に入れ、電源ボタンを押した。WCASはまだ聴けたが、電波はゆうべほど強くなかった。車で長距離旅行に出たときのように、どこかの街のラジオ局の電波がもうじき届かなくなるところまで歩いてきたのだと思うと、おかしな感じがした。そう、おかしな感じがした。たしかにおかしな感覚がある——おなかのあたりに。

「さて」ジョー・カスティリオーネが言った。とても遠いところから聞こえているような、消え入りそうな声だ。「モーがバッターボックスに入りました。四回裏のレッドソックスの攻撃が始まります」

このとき、チョウの群れがおなかだけでなく喉のあたりでも羽ばたいて、あの湿ったしゃっくりのような音——げうげう、げうげう——がまたもや始まった。トリシアは一時しのぎの寝床から這うように出ると、二本の木にはさまれた暗がりに膝をついた。片方の木に左手ですがりつき、右手でみぞおちをつかんで、吐いた。

その場に留まり、途中まで消化されたゼンマイの後味——苦みと酸味——を吐き出した。そのあいだにモーが三球三振に倒れた。次のバッターは、トロイ・オレアリーだ。

「うーむ、そろそろ本気を出さないと、レッドソックスに勝ち目はなさそうですよ」トループが意見を述べる。「四回裏で7－1とかなり点差が開いています。マウンド上のアンディ・ペティートは絶好調ですしね」

「やばい」トリシアはまた嘔吐した。真っ暗なおかげで、出てきたものが見えないのは幸いだった。げろというよりはスープみたいにゆるい液体だった。げろとスープ(ビューク)が韻を踏んでいるのが災いしたのか、すぐにまた胃が締めつけられた。いま吐いたものがある二本の木のあいだだから、膝立ちのままあとずさりした。次の瞬間、下腹に引き攣(つ)れるような感覚が走った。今回はさっきより強烈だ。

「やっばああい！」トリシアは泣き声で叫び、ジーンズのスナップを大急ぎではずした。だめだ、間に合わない。絶対に間に合わないと思った。しかし、ジーンズと下着を乱暴に引き下ろすと、ぎりぎりで通り道からよけられた。下腹に入っていたものが、熱くて臭い液体になってほとばしった。思わず悲鳴を上げた。薄暗がりの奥から、鳥がトリシアをからかうように鳴いた。ようやくすべて出て、立ち上がろうとしたとき、めまいに襲われた。トリシアはふらつき、出したばかりのほやほやの汚物の上に尻餅をついた。

「迷ったあげく、行き着いた先は自分のうんち」トリシアはつぶやいた。また涙が出た。同時に、この状況のおかしさに笑いがこみあげた。**迷ったあげく、行き着いた先は自分のうんち**。ジーンズと下着を足首まで下ろしたまま（ジーンズの両膝は破れ、乾いた泥で生地はごわついていたが、大便で汚さずにすんだ……いまのところは）泣き笑いしながら何とか立ち上がった。ジーンズと下着を脱ぎ、下半身裸で片手にウォークマンを持って、川に近づいた。トロイ・オレアリーは、トリシアがふらついて自分のうんちに尻餅をついたちょうどそのころ、ヒットを放って一塁に出ていた。トリシアが素足で凍てつくような川に入ったとき、ジム・レイリッツが凡打でダブルプレーに倒れた。３アウト、攻守交代。最高にセェエクシーだ。

腰をかがめ、水をすくって股間やももの裏側をすすぎながら、トリシアはつぶやいた。「水のせいだよね、トム。川の水にあたったんだよね。でも、ほかにどうすればよかった？　指をくわえて見てればよかったの？」

川から上がったとき、足はすっかりかじかんでいた。お尻も感覚がほとんどなくなっていたが、ともかく元どおりきれいになった。下着とジーンズを穿き、スナップを留めようとしたとき、またもや胃に差しこまれるような痛みが来た。大きく二歩進んで木のあいだに戻り、さっきと同じ木に手をかけて吐いた。固形物はまったくまじっていなかった。熱湯を二カップ分吐いたようなものだった。身を乗り出し、樹液でねばついたマツの幹に額を押し当てた。その木に看板が掛けられているのが見えるようだった。湖畔や海辺のバンガローのドアによくある表札みたいなもの——〈トリシアのげろ吐き所〉。また笑いがこみあげたが、今度のは苦い笑いだった。木々のあいだや、トリシアが愚かにも自分のものと信じた世界に、あのCMソングがふたたび鳴り渡った。「フリーダイヤル1-800-54-GIANTにお電話を」

さて、お次は下腹の番だった。引き攣るような感覚、刺すような痛み。

「ああ、もうやめて」トリシアはマツの木に額を押し当てて目を閉じた。「お願いだからもうやめて。神様、助けて。もう終わりにしてください」

**言うだけ無駄だね。**冷たい声が言った。**サブオーディブルになんか祈るだけ無駄だよ。**

差しこみが治まった。ゴムみたいに頼りない脚でそろそろと歩いて寝床に戻る。吐いたせいで背中が痛い。腹筋は妙な具合に張っている。肌が火照(ほて)っている。熱が出てきたのかもしれない。

レッドソックスの投手が交代してデレク・ローがマウンドに上がった。迎えたホルヘ・ポサダがライト奥に三塁打を放つ。トリシアは腕や腰が枯れ枝にぶつからないように気をつけながら寝床にもぐりこんだ。ちょっとでもぶつかったら、寝床ごと崩壊してしまうだろう。まあ、もしまた緊急にもよおしたら（というのはママの言い方だ。ペプシは「〈ハーシーズ〉のチョコソースを絞り出す」とか「おトイレ・ポルカを奏でる」などと言う）、どのみちなぎ倒してしまうだろうが、それまではこの間に合わせのシェルターで過ごすつもりだった。

チャック・ノブロックが、トループ呼ぶところの「雲突くようなフライ」を打った。ダレン・ブラッグが捕球したが、ポサダが生還した。これで8－1、ヤンキースのリード。今夜のヤンキースは確かに絶好調だ。完全に波に乗っている。

「車のガラスが割れたら、さあ、どこに電話する？」マツ葉の絨毯に体を横たえながら、トリシアは小さな声で口ずさんだ。「フリーダイヤル1－800－54－GIANT――」

ふいに痙攣のような震えが来た。体が熱く火照る代わりに、寒気に襲われた。泥まみれの手で泥まみれの腕をつかみ、胸を抱くようにしながら、用心深く組み上げた枝の寝床が崩れてきたりしませんようにと願った。

「あの水」トリシアはうめいた。「あの水がいけなかったんだ。あのいまいましい水のせいだよ。もう二度と飲まない」

だが、わかっている。冷たい声に言われるまでもなくわかっている。トリシアはもう喉の渇きを感じ始めていた。嘔吐とゼンマイの苦い後味のせいで、体はいっそう切実に水分を求めている。またすぐに川に行くことになるだろう。

じっと横たわってレッドソックスの実況に聴き入った。八回、打線がようやく目覚め、3点を奪い返してペティートをマウンドから引きずり下ろした。九回の表、ヤンキース打線とレッドソックスの投手デニス・エカーズリー（ジョーとトループは〝エック〟と呼んだ）の対決が始まったころ、トリシアは降参した――川の水音をただ聞いているだけではいられなくなった。ウォークマンの音量を上げても水音は聞こえてしまい、舌や喉はその音を立てているものをほしがった。トリシアは後ろ向きで慎重に寝床から這い出し、川べりに行ってまた水を飲んだ。きんと冷えておいしかった。毒の味がするどころか、神々の酒のようだった。這って寝床に戻る。熱と悪寒が交互に襲ってきて、トリシアは汗をかいては震えながら、横たわって考えた――朝までもたないな。朝までに死ぬか、死んだほうがましと思えるくらい苦しむんだ。

5－8とリードされたレッドソックスは、九回裏、1アウト満塁の好機を迎えた。ノマー・ガルシアパーラがセンターに長い当たりを放った。ホームランなら、9－8

でレッドソックスの逆転勝ちだ。しかしバーニー・ウィリアムズがブルペンの壁に飛びついて捕球し、ガルシアパーラのサヨナラ逆転ホームランを阻んだ。この犠牲フライでソックスは1点を返したが、反撃はそこまでだった。次にバッターボックスに入ったオレアリーは、マリアノ・リベラに三振に打ち取られ、レッドソックスの振るわない夜と試合は終わりを迎えた。トリシアは電池の節約を考えてすぐにウォークマンの電源を切った。それから両手で頭を抱え、泣き始めた。弱々しく、力なく。胃はむかむかし、下腹はごろごろしている。レッドソックスは負けた。トム・ゴードンは今夜のお粗末な試合でマウンドに上がることさえなかった。人生なんか子犬の糞だ。トリシアは泣きながら眠りに落ちた。

やめたほうがいいと思いながらもトリシアがまた川の水を飲んでいたころ、キャッスルロックに設けられたメイン州警察の仮設捜査本部に宛てて、短い電話がかかってきた。電話の主は自分のメッセージを通信員に伝え、全着信を記録するテープレコーダーもその内容を記録した。

21時46分　着信

通報者：　おたくらが捜してる女の子は、自然遊歩道で誘拐されたんだよ。犯人の名前はフランシス・レイモンド・マゼローリ。マゼローリ、マイクロフォンのマから始まるマゼローリ、な。年齢は三十六、眼鏡をかけてて、金色に染めた髪を短く刈っている。メモったか？

通信員：　失礼ですが、お名前――

通報者：　いいから、いいから聞けよ。マゼローリは青い〈フォード〉のバンに乗ってる。たしか〈エコノライン〉とかいうモデルだ。いまごろはもうコネチカット州に行っちまってるだろう。常習犯なんだよ。記録を探してみな、前科があるから。女の子が面倒をかけなきゃ、ここ数日はファックされるだけですむだろう。つまりだ、おたくらには数日、余裕があるってことだよ。けど、それを過ぎたら殺されちまうぞ。前のときもそうだった。

通信員：　失礼ですが、免許証をお持ちなら、番号をうかがい――

通報者：　犯人の名前と乗ってる車を教えてやったろ。それだけで足りるはずだ。いいか、奴は前にもやってんだ。

通信員：　いや、しかし――

通報者：　奴をやっちまってくれ。頼んだぜ。

21時48分　通話終了

逆探知の結果、通報者はオールドオーチャードビーチの公衆電話を使ったことまではわかった。だが、そこが行き止まりだった。

深夜二時ごろ――マサチューセッツ、コネチカット、ニューヨーク、ニュージャージーの各州警察が、眼鏡をかけ、金髪を短く刈った男が運転するフォードの青いバンの捜索を開始した三時間後――トリシアはふたたび吐き気と便意をもよおして目を覚ました。後ろ向きに這って出て――途中で枯れ木のテントを倒してしまった――手探りでジーンズと下着を下ろし、弱酸性の液体を大量に放出した。出口がひりひりした。人生最悪のあせもみたいな、猛烈な痛がゆさだった。

下のほうがすむと、今度は〈トリシアのげろ吐き所〉に這っていき、すっかりおなじみになった木にしがみついた。肌が火照り、髪が汗で額にへばりついた。一方で全身が震えて歯がかたかた音を立てた。

**もう吐けない。お願い、神様、もう吐くものがありません。このまま吐き続けてたら、あたし、死んじゃう。**

トム・ゴードンの姿が初めて本当に見えたのは、このときだった。十数メートル先の木々のあいだに立っていた。純白のユニフォームは、木々の枝を透かした月光を受けて青白く輝いている。左手にはグローブ。背中に回した右手にはきっとボールが握られているのだろう。掌に置いたボールの縫い目を長い指の先で探り、求める位置に縫い目が来るまでボールを手のなかで転がして、求めるグリップを待つ。

「トム」トリシアはかすれた声で言った。「今夜は投げるチャンスがなかったね」

トムには聞こえていないようだった。一心にサインを見つめている。両肩からあふれ出た静けさがトムの全身を包みこむ。月明かりの下のトムは、トリシアの腕の切り傷と同じくらい鮮明で、喉や胃を這い上がってくる吐き気と同じくらい、ぱたぱた飛び回るしつこいチョウの群れと同じくらい、リアルだった。不動でキャッチャーのサインを待っている。いや、完璧に不動というわけではない。背中では右手がボールをせわしなく回し、最良のグリップを探している。しかし、ここからは不動にしか見えない。ヤー、ベイビー。不動でサインを待っている。トリシアにも同じことができるだろうか。ぶるっと震えて背中の水滴を振り落とすアヒルみたいにこの震えを払いのけ、代わりに静けさをまとって、胃のむかつきを隠せるだろうか。

木に手をかけて体を支え、試してみた。すぐにはできなかった（「よいことがらはすぐには実現しない」とパパも言っていた）が、それはゆっくりと訪れた――内臓が落ち着き、静けさが訪れた。トリシアはそのままましばらくじっとしていた。投球の間が長すぎることにいらだって、バッターがいったんボックスを離れたがってるようだって？　どうぞどうぞ。こっちはかまわないよ。トリシアはただ静かに立っている。納得のいくサインと適切なグリップを不動で待つ。両肩からあふれ出た静けさは波のように広がって熱を冷まし、意識をクリアにする。

震えが治まり始め、やがて完全に止まった。いつしか胃のむかつきもやわらいだ。下腹の引き攣れた感じは残っているが、さっきまでのように強烈ではない。月は沈んだ。トム・ゴードンは消えていた。そのとおり、本当は初めからいなかったのだ、それはわかっている。しかし――

「まるで本物みたいに見えた」トリシアはささやくように言った。「本物がそこにいるみたいに。ワーオ」

トリシアは立ち上がり、ゆっくりと歩いて、寝床のあった木の下に戻った。すぐにでもマツ葉の絨毯で体を丸めて眠りたかったが、枯れ枝を扇形に立てて寝床を作り直してから、その奥にもぐりこんだ。五分後には爆睡していた。何かが近づいてきて、トリシアをじっと見つめた。長いこと見つめていた。それがようやく立ち去ったのは、東の地平線が輝き始めてからだった……ただし、そう遠くまでは行かなかった。

# 六回

目を覚ますと、小鳥の晴れやかな歌が聞こえた。太陽は強く明るく、午前中のなかばを過ぎたころの陽射しのようだった。いくらでも眠れそうだったが、おなかが空いてそれ以上は寝ていられなかった。喉のてっぺんから膝まで、おなかの鳴る音が盛大にこだましている。そのど真ん中が痛い。物理的な痛さだった。おなかの内側のどこかをつねられているみたいな痛みだ。トリシアは不安になった。空腹を感じたことはあるが、おなかがきりきり痛むほどの空腹は初めてだ。

後ろ向きに寝床から這い出し――またもや枯れ木のテントを倒してしまった――立ち上がると、両手を腰に当て、おぼつかない足取りで川に近づいた。腰を丸めて歩く姿は、ペプシ・ロビショーのおばあちゃんとそっくりだ。ペプシのおばあちゃんは耳が遠いし、関節炎を患っていて、歩くときは歩行器が頼りだ。痛みにうめいてばかりいるから、ペプシは〝ブーブーばあちゃん〟と呼んでいる。

トリシアは川べりに両手両膝をつき、水桶に顔を突っこむ馬のように水をがぶがぶ飲んだ。この水のせいでまたおなかの調子が変になるなら――たぶんそうなるだろうが――それでかまわない。何でもいいから何かおなかに入れなくてはいられなかった。

立ち上がり、うつろな目であたりを見回し、ジーンズをずり上げて（はるか遠い昔、はるかかなたのサンフォードの自室で穿いたときはサイズが合っていたのに、いまはゆるゆるになっている）、川沿いに下流に向けて出発した。川をたどれば森から出られるとはもはや本気で期待していなかったが、歩いていれば〈トリシアのげろ吐き所〉から離れられる。せめてここから離れたい。

百歩くらい歩いたころ、意地悪小娘の声が聞こえた。**忘れ物をしたようだけど、シュガー**。今日の意地悪小娘の声は、〃お疲れぎみの意地悪小娘〃といった風だが、冷たさと辛辣さはあいかわらずだ。それにもちろん、言い分は正しかった。トリシアは即座に立ち止まってうつむいた。髪が顔の前に垂れた。それから振り返ると、前夜のキャンプ地まで斜面をとぼとぼ登った。途中で二度足を止め、激しく打っている心臓に一息つかせてやらなくてはならなかった。体力の衰えように愕然とした。

ミネラルウォーターの空きボトルに水をくみ、ぼろぼろになったポンチョの残骸と一緒にバックパックに詰めた。荷物を持ち上げた瞬間、あまりの軽さに涙まじりの溜め息をついた（やれやれ、空っぽも同然だ）。それから再出発した。足取りは重かった。足を引きずるようだった。傾斜は下りだというのに、十五分おきに立ち止まって休憩しなくてはならない。頭はずきずき痛んだ。ありとあらゆる色がまぶしくて目が痛み、頭上の枝でカケスが一声鳴いたときは、その甲高い音が針になって耳に突き刺さった。トム・ゴードンが並んで歩いてくれているふりをしたが、しばらく歩くと、そんな空想をする必要はなくなった。トム・ゴードンはトリシアと並んで歩いていた。幻とわかっていても、そのトム・ゴードンは、明るい時間に見ても、月明かりで見たときと同じくらい本物らしかった。

正午ごろ、トリシアは石につまずき、手足を広げてキイチゴの藪に倒れこんだ。息ができず、心臓は激しく打ち、視野に白い光の点々が閃いた。藪から抜け出そうとして、一度めは失敗した。少し待ち、目を半分閉じて息を整え、静けさが訪れるのを待ってから、もう一度やってみた。今度は藪からは解放されたものの、膝に力が入らなくて立っていられなかった。無理もない。この四十八時間に食べたものは固ゆで卵一個、ツナのサンドイッチ一つ、〈トゥインキーズ〉二個、ポテトチップス、セロリ、それにゼンマイ少々だけだ。しかも下痢と嘔吐を繰り返している。

「あたし、ここで死ぬんだね、トム。そうでしょ?」トリシアは穏やかに澄んだ声で訊いた。

返事はなかった。トリシアは顔を上げて周囲を見回した。背番号36はどこにもいなかった。トリシアは体を引きずるようにして川べりに行き、水を飲んだ。胃や腸は川の水を飲んでも平気になったようだ。体が慣れたのだろうか。それとも、体内に悪いもの、不純物が入ってきても、それを退治する努力をあきらめてしまったとか?

トリシアは起き上がり、濡れた口もとを拭い、川が流れている方角、北西を見やった。丘の起伏はゆるやかなようだが、古い森の様相はまたしてもこれまでとは違って見えた。モミの木はだんだんに少なくなり、丈の短い若い木に場所を譲ろうとしていた。草木がもつれて鬱蒼とした、森らしい森が広がっている。つまり、密生した藪に行く手を阻まれ、なかなか前に進めそうになかった。この方角にあとどのくらい進めるだろうか。川のなかを歩く手もあるが、きっと流れに足を取られて転んでしまうだろう。ヘリコプターの音も、捜索犬の吠え声も聞こえない。そこでふと思った。もし本気で聞きたいと思ったら、聞こえてしまうのではないか。トム・ゴードンに会いたいと思ったら会えたように。そうだとするなら、聞きたいとは思わないほうが無難だ。それでも意外な音が聞こえてきたら、そのときは本物かもしれない。

とはいえ、意外な音が聞こえてくることなどきっとないだろう。

「あたし、ここで死ぬんだね」今度のは質問ではなかった。

トリシアの顔は悲しみの表情を作ったが、涙は出なかった。両手を目の前にかざしてみた。震えていた。長い時間そうしてからようやく立ち上がり、また歩きだした。転ばないように木の幹や枝につかまりながらトリシアがそろそろと斜面を下っているころ、検察局から派遣された調査官二名が、トリシアのママとお兄ちゃんの事情聴取を始めていた。同じ日の夕方、州警察と提携している精神科医が催眠術を使って二人の記憶を引き出そうと試みた。ピートはそれで事件当時を思い出した。警察側が主に質問したのは、土曜の朝、駐車場に車を駐めてハイキングに出発する準備をした際のことだった。青いバンが駐まっていなかったか。眼鏡をかけた金髪の男を見なかったか。

「まさか」それまでずっとこらえていた涙が、ついにキラの目からあふれた。「まさか、うちの子が誘拐されたと思ってるの？　私が息子と口論をしているすぐ後ろでさらわれたと？」その言葉を聞いて、ピートまで泣きだした。

TR－90、TR－100、TR－110の各地区では、トリシアの捜索が続いていた。しかし捜索範囲は縮小されており、捜索員には、行方不明の少女が最後に目撃された地点の付近に絞って集中的に捜索せよという指示が出ていた。加えて、捜索の重点は少女自身よりも遺留品に移っていた――バックパック、ポンチョ、衣類。ただしパンティの発見は期待されていない。検察局や州警察は、下着は見つからないだろうと確信していた。マゼローリのような性犯罪者は、遺体を用水路や排水溝に遺棄したあとも長期間、被害者の下着を記念品として取っておくからだ。

フランシス・レイモンド・マゼローリには一度たりとも会ったことのないトリシア・マクファーランドはそのころ、縮小された新たな捜索範囲の北西の境界線から四十数キロメートル離れた地点にいた。メイン州観光森林資源局の猟区管理人は、虚偽の通報がなかったとしても、トリシアがそんなところまで行っているとはとうてい思いつかなかっただろうが、事実、トリシアは四十数キロメートルのかなたにいた。そこはもはやメイン州内でさえなかった。月曜の午後三時ごろ、トリシアは州境を越えてニューハンプシャー州に入っていた。

それから一時間ほどたって、トリシアは川沿いのブナの木立のそばで、その茂みに目を留め、そちらに近づいていった。鮮やかな赤い色をした実らしきものが見えても期待してはいけないと自分に言い聞かせた。だって、本気で見たい、聞きたいと思えば、見たいものが本当に見え、聞きたい音が聞こえてしまうと自分をいさめたばかりではないか。

そういさめたのは事実だ……しかし、期待していなかったものが見えたり聞こえたりしたら、それは本物かもしれないとも言った。さらに四歩近づく。間違いない。茂みは本物だ。茂み……小さなりんごのようなチェッカーベリーの実が鈴なりになっている。

「やった！　チェッカーベリーだ！」トリシアはしわがれた声で叫んだ。その声に驚いて、茂みの奥で地面に落ちた実をついばんでいた二羽のカラスがあわてて飛び立ち、トリシアのほうに向けて恨みがましく鳴いた。その様子を見て、疑念は最後のひとかけらまで拭われた。

歩いていくつもりだったのに、足が勝手に走りだしていた。急ブレーキをかけて茂みの前で立ち止まった。息ははずみ、頬はまだらに赤く染まっていた。汚れた手を伸ばしかけて引っこめた。まだ心のどこかで疑っていた。実に手を触れようとしたとたん、指先がすっと通り抜けてしまうに違いない。きっと茂みごと映画の特殊効果みたいにきらめきながら消えて（ピートの大好きな〝モーフィング効果〟だ）、現実が姿を現すのだ――いまいましい茶色いイバラの藪が。トリシアの血がまだ温かくてたっぷり流れているうちに飲めるだけ飲んでやろうと待ちかまえていた、イバラの棘が。

「そんなことないって」トリシアはもう一度手を伸ばした。確信はまたも揺らぎかけたが、次の瞬間……ああ、次の瞬間――

指先に触れたチェッカーベリーの実は、小さくて柔らかかった。最初に摘んだ一粒を指で押しつぶす。真っ赤な汁のしずくが肌に飛び散った。パパがひげそりの最中にうっかり肌を傷つけてしまったときに似ていた。

汁（と、はじけた皮の小さな破片）がついたままの指を唇のあいだに入れた。甘酸っぱい。ティーベリー味のガムというより、冷蔵庫で冷やしておいたボトルから注いだばかりの、クランベリーとアップルを混ぜたクラナップルジュースに似ている。その味を思い出したら涙が出た。しかしトリシアは、頬を伝っている涙には気づかなかった。早くも次の実に手を伸ばし、血のような汁でべたついている葉から引き剝がして摘むと、口に押しこんで、ほとんど嚙まずに飲みこみ、また次の一つに手を伸ばした。

体は両手を広げて赤い果実を歓迎した。糖分を浴びるように吸収している。それをありありと感じた——ペプシなら「どっぷり浸っている」とでも言うだろう。知性は、一歩引いたところからその様子を観察しているらしい。トリシアは猛然と収穫にかかった。房ごとつかんで引きちぎる。指が真っ赤に染まった。掌も。ほどなく口のまわりも赤くなった。茂みのさらに奥へと進むころには、無数のひどいすり傷やら切り傷やらを負った少女のように、全身のあちこちが赤く染まっていた。傍からは、一刻も早く最寄りの救急病院で縫ってもらったほうがよさそうに見えただろう。

実と一緒に葉も少し食べた。葉に関してはママが言っていたとおりだった——ウッドチャックでなくても、おいしいと思えた。すっとさわやかな味がする。実と葉の二種類の味が混ざると、マクファーランドのおばあちゃんがローストチキンに添えて出すゼリーそっくりだった。

何もなければ、実を食べながらそのまま南へ南へと進んでいただろう。ところが、チェッカーベリーの茂みは唐突に終わった。茂みの向こう側に出てみると、優しげな顔と濃い茶色の瞳をした大きな雌ジカが少し驚いた様子ですぐそこに立っていた。トリシアは両手で持っていた分の実を取り落とし、鏡も見ずに口紅を塗りたくったような唇から悲鳴を上げた。

トリシアが騒々しく枝をかき分け、摘んだ実をもぐもぐ食べながら出現しても、雌ジカに動じた様子はなかったが、トリシアの悲鳴にはちょっぴり気分を害したようだった。あとになってトリシアは思った——あの雌ジカは幸運の持ち主で、次の秋の狩猟シーズンをきっと無事に生き延びるだろう。シカは耳をぱたぱたと動かし、軽やかに二歩歩いて——というより、跳ねて——緑がかった金色の淡い光と影の縞模様に彩られた野原に戻っていった。

そのシカの向こうに、ひょろりと長い脚をした二頭の子ジカが見えた。母親より油断のない目をこちらにじっと注いでいる。母ジカはトリシアのほうをもう一度だけ振り返ったあと、軽やかで跳ねるような足取りで子供たちと合流した。驚きと、ビーバーを目撃したときと同じ感激がトリシアの胸に湧き上がった。母ジカを見送りながら、あの身のこなしは、映画『フラバー』の緑色のスライム状の物体を足の裏にうっすら塗っているみたいに軽やかだとトリシアは思った。

ブナの木立に囲まれた野原に立つ三頭のシカは、まるで家族写真の撮影のためにポーズを取っているようだった。やがて母ジカが子ジカの一頭を鼻先で押し（横腹を軽く嚙んだようにも見えた）、三頭は立ち去った。白い尾を閃かせながら斜面を下っていく。まもなくトリシア一人が野原に残された。

「さよなら！」トリシアは声を張り上げた。「顔を見せてくれてありが――」

そこで口をつぐんだ――シカの親子がこの野原で何をしていたか、ふいに気づいた。木立の下の地面にブナの実が散らかっている。この野原で何をしていたか、ふいに気づいた。ではなく学校の理科の時間に教わっていたからだ。ブナの実だとわかったのは、ママからで死にかけていた。ところがいまは、感謝祭の晩餐の真ん中に立っている……菜食主義者向けのメニューではあるが、豪勢な食事であることには変わりない。

地面に膝をつき、実を一つ拾って、短くなった爪の先を殻の合わせ目にこじ入れた。さほど期待していなかったが、意外にもピーナッツをむくみたいに簡単に殻が割れた。殻は指の関節一つくらいの大きさで、なかの実はひまわりの種より一回り大きいくらいだった。おそるおそる口に入れてみると、おいしかった。これはこれでチェッカーベリーと同じようにおいしくて、体もチェッカーベリーとは別にこれも食べたがっているようだ。

飢え死に寸前の空腹は、チェッカーベリーでとりあえず満たされていた。いくつ食べたかわからないほどたくさん食べた（葉も山ほど食べた。トリシアの歯はきっと、アーサー・ローデスの歯みたいに緑色になっているだろう。アーサーというのは、ペプシの家の近所に住んでいる不気味な男の子だ）。それに、おそらく胃が小さくなってもいる。とすると、いますべきは……

「ためこむこと」トリシアはつぶやいた。「ヤー、ベイビー。たっぷりためこんでおこう」

早くも体力が大幅に回復していることを実感しながら——驚きという域を超えて、ちょっと気味が悪いくらいだ——バックパックを下ろして垂れ蓋のバックルをはずした。野原を這い回り、汚れた手でブナの実を集めた。前髪が垂れて視野を邪魔し、薄汚れたシャツが風にはためく。ときおりジーンズを引っ張りあげた——一千年くらい前に穿いたときはぴったり合っていたのに、いまは放っておくとずり下がっていってしまう。車の窓ガラス修理のCMソング——フリーダイヤル1-800-54-GIANT——を小声で口ずさみながら実を拾い集めた。リュックの底が丸く垂れ下がるくらい集めると、次は真っ赤なチェッカーベリーの実を摘んでブナの実の上からバックパックに放りこみながら（ただしそのまま口に入れた分は除く）、茂みをかき分けてスタート地点に戻った。

スタート地点——勇気を出して手を伸ばし、幻のような赤い実に触れてみた場所——に戻るころには、生き返ったように元気になっていた。万全とはいかずとも、だいぶ気力が戻っている。〝癒された〟という言葉がふと浮かんだ。なんだか気に入って、口に出して言ってみた。一度だけでなく、二度。

重たいバックパックを引きずるようにして川べりに戻り、木の下に腰を下ろした。川をのぞきこむと、ちょうど吉兆のように、斑点のある小魚が下流へと泳いでいった。きっとマスの稚魚だ。

目を閉じて太陽に顔を向け、少しのあいだ、そのままじっと座っていた。それからバックパックを膝に引き寄せ、チェッカーベリーとブナの実を手でかき混ぜた。金庫の現金を満悦顔でながめているスクルージ・マクダック（ディズニー・キャラクターのドナルドダックの伯父。お金が大好きな世界一の金持ち）を連想し、トリシアはうれしくなって笑った。いまのトリシアの状況とはかけ離れた想像図なのに、気分にぴったり合っていた。

一ダースほどブナの実の殻をむき、同じくらいの数のチェッカーベリーを加え（今回はあかね色に染まった指先を使い、レディらしく丁寧に柄を取り除いた）、混ぜ合わせたものを三度に分けて口に入れた——デザートだ。とびきり甘い味がして——ママがよく食べている、ナッツやドライフルーツ入りの朝食用シリアルみたいだ——最後の一つかみ分を食べ終えるころには、満腹を通り越しておなかがはち切れそうになっていた。その感覚はいつまで続くかわからない——木の実やベリー類はおそらく中華料理と一緒で、すぐに満腹感をもたらすが、一時間でまたおなかが空いてしまうのではないか——が、目下は贈り物を詰めこみすぎたクリスマスの長靴下みたいにおなかがぱんぱんだった。満腹は最高の幸せだ。これまで九年間、それを知らずに生きてきた。二度と忘れませんようにと思った——胃袋が満たされるのは最高に幸せだということを。

　トリシアは木にもたれ、バックパックをのぞきこんだ。深い幸福感と感謝の念が湧き上がった。もしこんなに（それこそ「おなかが重くてジャンプもできない」くらい）おなかがいっぱいでなかったら、カラスムギの袋に鼻を突っこむ牝馬みたいにバックパックに顔を突っこみ、チェッカーベリーとブナの実が混じり合った甘い香りを胸いっぱいに吸いこんでいるところだろう。

「みんなは命の恩人だよ。おかげで助かった」

　勢いよく流れる川の向こう岸に、マツ葉の絨毯が敷かれた小さな野原があった。陽光がまばゆい黄色の柱になって野原を照らし、その光の柱のなかで花粉や森の土埃がのんびりと舞っている。チョウも何匹か、同じ光のなかを楽しげに飛び回っていた。トリシアはもう空腹をやかましく訴えるのをやめたおなかの上で手を組み、チョウを目で追った。いまはママやパパやお兄ちゃんや親友を恋しいとは思わなかった。家に帰りたいとさえ思わなかった。体じゅうがうずき、お尻は歩くたびにちくちく痛み、かゆく、ひりひりしたが、それでも帰りたいとは思わなかった。いま、トリシアは、安らぎに——安らぎを超えた安らぎに包まれていた。これまで生きてきたなかで最高の幸せを感じていた。**この森から出られたとしても、きっと誰にもわかってもらえな**

**いだろうな。**向こう岸で舞うチョウを目で追っているうちにまぶたが重くなった。三匹のチョウのうち、二匹は白かった。もう一匹はベルベットを思わせる濃い色の羽をしている。褐色か、ひょっとしたら黒か。

**わかってもらえないって、シュガー、何を？**　意地悪小娘だった。その声は珍しく冷たくはなく、ただ知りたがっているだけのようだ。

**生きていくために必要なのは何か。どれほど単純な話か。食べるものがあればいい……そう、食べるものがあって、食べたあとはち切れそうなおなかを抱えて……**

「サブオーディブル」トリシアはつぶやいた。チョウを見つめる。白が二匹、黒っぽい色が一匹。午後の陽射しがあふれるなかを急降下し、また急上昇している。『ちびくろサンボ』を思い出した。サンボは木の上に逃げ、サンボの新しいりっぱな服を着たトラたちはその下をぐるぐる駆け回る。走って走って走ったあげく、溶けてバターになる。バターではなくて〝ギー〟だよとパパは言っていたけど。

組んでいた手がゆるみ、右手がおなかからすべって、掌を上にして地面に落ちた。おなかの上に戻すのはすごく労力のいることのように思えて、そのままにしておいた。

**サブオーディブルが何なの、シュガー？　何の話をしてる？**

「何の話って」トリシアは考えをまとめながら、眠たげな声でゆっくりと答えた。

「サブオーディブルもかならずしも否定できない……ってことかな」

　意地悪小娘の答えはなかった。トリシアはほっとした。眠たかった。おなかははち切れそうにいっぱいで、最高の気分だった。それでも眠ったりはしなかった。眠っていたとしか思えない空白の時間ののちにはっと我に返ったときも、本当に眠っていたとは信じられなかった。家族で住んでいた家より新しくて小さいパパの家の裏庭を思い出していたことは覚えている。伸びっぱなしの芝、意味ありげな表情——こちらが知らない何かを知っているような表情——をしたノームたち、いつもどおり毛穴という毛穴からビールのにおいを撒き散らし、悲しげで急に老けこんだような顔をしたパパ。人生は悲しいものなのかもしれない。そう、人生なんてたいがい悲しいものなのだ。世の中の人たちは、そうではないふりをして生き、子供が怯えたり希望を失ったりしないよう嘘をつく（たとえばバランスを崩して自分のうんちに尻餅をつく日が来るかもしれないとあらかじめ教えてくれた映画やテレビ番組は一つとしてなかった）。しかし現実には、そう、人生は悲しいものだったりする。世界には歯があって、いつ何時嚙みつかれるかわからない。いまのトリシアはそれを知っている。たった九歳だが、それを知っていて、それを受け入れられそうだと思っている。だってもうじき十歳になるのだし、年齢（とし）のわりに背が高いのだから。

「へまをしたのはママたちだよな、なのにどうして僕らがいやな思いをしなくちゃならないんだよ！」——最後に聞いたピートの言葉はそれだった。いまならその答えがわかる気がする。厳しい答えではあるが、おそらく正解だ――「理由なんかない」。それで納得できないなら、番号札を取って列に並ぶしかない。

いまの自分は、たぶん、いろんな面でピートよりもおとなになったのだ。

下流に目を向けると、いまいる場所から四〇メートルほど先で、また別の川がトリシアの川に注いでいるのが見えた。小さな滝のように水しぶきを上げながら岸を横切って合流している。やった。こうでなくちゃ。二番めに見つけたこの川は、ここから先で大きく、ずっと大きくなっていくのだ。人里に案内してくれる川はこれだ。きっと――

向こう岸の小さな野原に視線を戻すと、人が三人立ってトリシアを見ていた。少なくともトリシアには、こちらを見ているように思えた。顔は見えない。足も見えなかった。三人とも、時代物の映画に出てくる僧侶のような丈の長いローブを着ていた（「昔の騎士は勇敢だった、昔の女はあそこを見せていた」ペプシ・ロビショーは縄跳びをするとき、たまにそんな歌を口ずさんだ）。ローブの裾は、マツ葉の絨毯にできた水たまりのようだった。三人ともフードをかぶっていて、顔はその奥に隠れている。トリシアは小川越しに三人を見つめた。ちょっと驚きはしたが、怖いとはあまり思わなかった――そのときは。三人のうち、二人のローブは白かった。真ん中の一人のそれだけが黒い。

「誰？」トリシアは訊いた。上半身をもう少し起こしたかったが、できなかった。食べ物を詰めこみすぎた。食べ物に毒でも入っていたみたいに動けない感覚は生まれて初めてだ。「助けてくれませんか。迷っちゃったんです。迷子になったのは……」いつだったか。二日前？　三日前？　「ずっと迷ってるの。お願い、助けてください」

三人は答えず、黙ってトリシアを見ている（本当に見ていたのかどうかはともかく、トリシアは三人が自分を見ているつもりで話していた）。恐怖がじわりと心に忍びこんだのは、このときだった。三人は胸の前で腕を組んでいる。手は見えない。ローブの長い袖が手を覆い隠していた。

「誰なの？　誰なのか教えて！」

左の一人が進み出て、フードに手をやった。その拍子に純白の袖がするりと落ちて、白く長い指が露になった。フードを下ろすと、顎がすっとした感じの知的な顔（ただしかなりの馬面）が現れた。ボーク先生にそっくりだ。サンフォード小学校で理科を担当しているボーク先生は、ニューイングランド北部の植物や動物についていろいろ教えてくれた……もちろん、かの名高きブナの実のことも。男子のほとんどと女子の一部（たとえばペプシ・ロビショー）は、うすのろボーク（ドーク）と呼んでいた。小さな金縁眼鏡をかけたボーク先生のそっくりさんは、対岸からトリシアを見ていた。

「トム・ゴードンの神に遣わされた者だ。リリーフに成功するたびにゴードンが指さす神に」

「本当に？」トリシアは丁寧に訊き返した。信じていいかわからない。仮に「我こそはトム・ゴードンの神なり」と自己紹介されていたら、絶対に信じなかっただろう。トリシアは疑い深いほうではないが、四年生を受け持つ理科の先生にそっくりな神となれば話は変わってくる。「へえ……それは興味津々」

「神はきみを助けられない」うすのろボークが言った。「今日はいろいろと忙しいものでね。たとえば日本で地震が起きた。大地震だ。神は人間界の諸事に原則として介入なさらないが、実を言うと神はスポーツがお好きでね。だからといって、かならずしもレッドソックスのファンではないが」

うすのろボークは元の位置に下がり、フードをかぶった。一拍置いて、今度は右側の白いローブの人物が進み出た……トリシアの予想どおりの展開だ。こういったことには一種の法則があるものだから——願いは三つまで、豆の木に登るのは三回、姉妹は三人、邪なこびとの名前を当てるチャンスも三回。それに、そうだ、森でブナの実を食べていたシカも三頭だった。

これは夢？　トリシアは自問し、左頬にあるはずのハチの刺し傷を確かめた。傷はちゃんとあった。腫れは少し引いたが、触ればまだ痛い。ということは、これは夢ではない。しかし二人めの白いローブの人物がフードを下ろし、パパに似た顔が見えたとき――生き写しとはいかないが、白いローブのもう一人がボーク先生に似ている程度にはラリー・マクファーランドに似ていた――パパに似せるしかなかったのだろうとトリシアは思った。その推測が当たっているなら、過去に見たことのある夢とはまったく趣が違っている。

「あ、わかった」トリシアは言った。「あなたはサブオーディブルから遣わされた人。だよね？」

「いやいや、この私がサブオーディブルそのものなのだよ」パパ似の一人は申し訳なさそうに言った。「あるかなきかの存在だからね、きみが知っている人の姿を借りなくては出てこられなかった。私には何もしてやれないのだ、トリシア。残念ながら」

「酔ってない？」トリシアはふいに腹立たしくなった。「酔ってるでしょ。こっちにいてもお酒のにおいがする。あきれちゃう！」

サブオーディブルを名乗る男はきまり悪そうに小さな笑みを浮かべ、無言で一歩下がってフードをかぶり直した。

満を持して黒いローブの人物が進み出た。トリシアはふいに恐怖を感じた。

「やめて」トリシアは言った。「あなたはいや」起き上がろうとしたが、やはり動けなかった。「あなたはいや。どこか行って。お願いだからやめて」

だが、その人物は腕を持ち上げた。黒い袖がめくれ、黄ばんだ白い鉤爪がのぞいた……樹皮に傷をつけた鉤爪、シカの首を引きちぎり、体をばらばらにした鉤爪。

「やめて」トリシアの声はかすれた。「お願い、やめて。見たくない」

しかし黒ローブの人物は懇願を無視し、フードを後ろへ押しやった。そこに顔はなかった。あるのは、スズメバチの集合体が作る不格好な頭だった。ハチはうごめき、ひしめき合い、羽音を響かせている。集合体の表面が波打ち、人間の目鼻に似たものを不気味に浮かび上がらせていた。うつろな目、笑みを作る唇。頭を形作るハチの群れは、シカの引きちぎられた首にたかっていたハエと同じように、低いうなりを上げていた。黒いローブをまとったものには脳味噌の代わりにモーターがあるかのようだった。

「私は森のものに遣わされた」黒ローブはぶうんと響く、人間らしからぬ声で言った。ラジオで禁煙を訴える人の声――ガンで声帯を切除した人が、喉にちっちゃな装置を当ててしゃべっているような声。「私は迷える者たちの神に遣わされた。私の神は初めからずっとおまえを見ている。おまえを待っている。神はおまえの奇跡、おまえは神のもの」

「どこかに行って！」トリシアは大声で叫んだつもりだったが、出てきたのはかすれた情けない涙声だった。

「世界は最悪のシナリオに沿って進んでいる。残念だが、おまえがうすうす察していることはすべて当たっている」スズメバチの羽音のような声は言った。鉤爪の先が側頭部をゆっくりとなぞる。虫でできた皮膚が裂け、その下から骨がのぞいててらりと光った。「世界の皮膚は、ハチを織ってできている。そのことはすでに身をもって学んだね。その皮膚の下にあるのは、骨と、我々がともに信奉する神だけだ。説得力のある話だ。そうだろう?」

怯えて泣きながら、トリシアは目をそらした。そして川の下流を見つめた。いまわしいスズメバチの僧侶を見ずにいれば、わずかながら体を動かせるようだ。両手で頬の涙を拭ってから、もう一度向こう岸に視線を戻す。「あんたなんか信じない! あんたなんか――」

スズメバチの僧侶は消えていた。三人とも消えていた。対岸にいるのはひらひらと舞うチョウだけだった。さっきのように三匹ではなく、八匹か九匹のチョウ。白と黒ではなく、とりどりの色をしたチョウ。陽射しも前と違っていた。金色がかったオレンジ色を帯び始めている。少なくとも二時間、もしかしたら三時間が過ぎた。ということは、やはり眠っていたのだろう。「目が覚めたら、みんな夢でした」そんな落ちの物語は多い……だが、どれほど考えてみても眠った記憶はない。意識も切れ目なくちゃんと連続していた。それに、あれが夢だったとは思えない。

そのとき、ある考えが浮かんだ。おそろしくなると同時に、不思議と慰められた。

ブナの実やチェッカーベリーのせいだ。おなかをふくらませただけではなく、麻薬のようにトリシアを酔わせたのではないか。きのこのなかには麻薬に似た作用を持つものがあって、若者がそのハイを目当てに食べたりすることがあるのはトリシアも知っている。きのこにそういう作用があるなら、チェッカーベリーにないとは言いきれない。「それか、葉っぱだな」トリシアはつぶやいた。「そうだ、葉っぱのせいかも。うん、きっとそうだよ」それなら、今後は葉を食べるのはよそう。さわやかでおいしかろうが何であろうが。

　トリシアは立ち上がった。とたんに下腹に差しこむような痛みが来て顔をしかめ、おなかを抱えて体を二つ折りにした。おならが出て、すっきりした。川に近づき、水面に突き出した大きな岩を二つ見定め、それを踏み石にして向こう岸に渡った。さっきまでとは別人になったような気分だった。頭が切れて、溌剌として。しかし、スズメバチの僧侶のイメージが脳裏を離れず、このあと日が暮れたら、この不安はいっそう増すのだろうと思った。用心しないと、恐怖の一夜を過ごすことになりかねない。一方で、さっきのはただの夢にすぎなかったと示す証拠が何か見つかれば——チェッカーベリーの葉を食べたせいで、あるいは体が慣れていない水を飲んだせいで見た夢なのだと納得できれば……

　対岸の小さな野原に現に立ってみると、心細くなった。スプラッター映画で、サイコキラーが住む家に入っていって「誰かいますか」と声を張り上げるような、考えなしの少女になったみたいだった。元いた岸のほうを振り返ったとき、こちらの岸の森の奥からトリシアを追っている何かの視線を感じて即座にまた向きを変えた。勢い余って、あやうく転びそうになった。森のなかには何もいない。どこにも何もいない。わかるかぎりでは、どこにも何もいない。

「まぬけもいいとこ」トリシアは小さな声でつぶやいた。だが、何かに見られているというあの感覚はたしかにぶり返していた。しかも、前よりも強くなっている。迷える者たちの神、とスズメバチの僧侶は言っていた。ずっとおまえを見ている、ずっと待っていると。スズメバチの僧侶はほかにもあれこれ言っていたが、トリシアが思い出せるのはそれだった――おまえを見張り、待っている。

ロープの三人が立っていたと思われる場所に行って痕跡を探した。どんな痕跡だってかまわない。しかし、何一つ見つからなかった。片膝をついて地面に目を凝らしてみても、やはり何もない。マツ葉の絨毯が乱された形跡一つ――トリシアの怯えきった脳が足跡と混同しかねないような跡一つ、見つからなかった。また立ち上がって向きを変えた。そのとき、右手の木々のあいだに何か見えた気がした。

その方角に歩き、藪の暗がりをのぞきこむ。細い若木が密集して立ち、空間と日照を奪い合っている。地上の競争だけではない。地中では、貪欲（どんよく）な下生えとのあいだで、水分と根を伸ばすスペースの争奪戦が行なわれているだろう。少しずつ暗い緑色を帯びつつある森のそこここに、カバノキがやつれた幽霊のように立っている。その一本の樹皮にしぶきが散っていた。トリシアはおずおずと背後を確かめてから茂みをかき分け、そのカバノキに近寄った。心臓は胸を破りそうな勢いで打ち、心は、やめなさい、馬鹿なことはよして、まぬけもいいところだよと叫んでいる。トリシアはそれを無視してカバノキのすぐそばまで行った。

血まみれの腸が木の根元でとぐろを巻いていた。まだ新しく、ハエは数匹しか集まっていない。これが昨日なら、嘔吐をこらえるだけで必死だっただろうが、今日のトリシアは昨日とは別人らしい。あれから実にいろんなことがあった。今日はみぞおちでチョウが羽ばたくことはなく、喉の奥から湿ったしゃっくりが湧き出ることもなかったし、背を向けるか、せめて目をそらすというとっさの衝動に負けそうになることもなかった。その代わりに感じたのは――いや、何も感じなかった。なぜかそのほうがよほどおぞましいことのように思えた。溺れるのに、それも体の内側の水で溺れるのに似ていた。

腸のすぐ横の藪に、茶色の毛皮の小さな切れ端が引っかかっていた。白い斑点がある。この遺骸は子ジカだ。ブナの実の野原で出会った二頭のどちらかに違いない。夜に向けてすでに暗くなり始めた森のさらに奥に立っているハンノキには、昨日のものと似た深い爪痕がついていた。高い位置に残されている。ものすごく背の高い男性にしか手が届かないような高さ。もちろん、人間が残したものとはトリシアも思わなかったが。

それはずっとトリシアを見ている。そのとおり、それはいまこの瞬間もトリシアを観察している。そいつの視線が、ユスリカやヌカカといった小さな羽虫のようにトリシアの肌の上を這い回っているのがわかる。あの三人の僧侶は夢や幻だったとしても、シカの腸やハンノキの爪痕は、トリシアの幻覚ではない。いま肌に感じている視線も、気のせいではない。

トリシアは肩で大きく息をしながら、川の音がしているほうへと後ずさりした。それが、迷える者たちの神が、木々のあいだに見えるのではと、顔を動かさないまま目だけをあちこちに動かす。藪の奥から抜け出し、小さな枝につかまりながら川へと後ろ向きに歩く。川べりに来ると勢いよく向きを変え、踏み石をたどって川を渡ろうとした。それが牙をむいて鉤爪を振りかざし、ハチの群れを引き連れて、いまにも背後の木立から飛び出してくるに違いないと思った。二つめの踏み石で足がすべり、あやうく川に落ちそうになったが、かろうじてバランスを取り戻し、危なっかしい足取りで対岸にたどりついた。振り返った。向こう岸には何も見えない。チョウもあらかた姿を消していた。まだ飛び回っているのは、一日の終わりを認めたくないらしい一匹か二匹だけだった。

チェッカーベリーの茂みやブナの実がある野原からすぐのこの場所は、おそらく夜を明かすのにうってつけだっただろう。しかし三人の僧侶を見たところにいつまでもいる気にはなれない。あの三人はきっと夢だったのだろうが、黒いローブの一人は身の毛がよだつほどおそろしかった。それに子ジカの死体もある。ハエの大群があれを見つけたら、低い羽音がここまで聞こえてくるだろう。

トリシアはバックパックを開いてチェッカーベリーを一つかみ取り出したところで手を止めた。「ありがとね」手のなかの実に向かってささやく。「あなたたちみたいにおいしいもの、初めて食べたよ」

下流に向けて再出発した。歩きながらブナの実の殻をむいて食べた。まもなく、トリシアは歌い始めた。初めはためらいがちに、やがて日が暮れるころには、自分でも思いがけないほど感情をこめて熱唱していた。「抱き締めて……きみのそばにいたいんだ……きみの永遠の愛を感じて……まるで生まれ変わったよう……」

ヤー、ベイビー。

# 七回表

黄昏が本物の闇に変わるころ、岩がごつごつ突き出た平地に出た。そこから青い影に包まれた谷が見渡せた。トリシアは、どこかに明かりがないかとその谷のすみずみまで目を凝らしたが、一つも見えなかった。どこかでアビが鳴き、カラスが意地悪な声で応じた。それだけだった。

周囲に視線をめぐらせると、ところどころに低い岩が露出している。岩と岩のあいだにマツ葉がたまっていて、その風景は、亀甲状土が点々と連なる沼地に似ていた。岩のあいだにできたくぼみの一つを選んでバックパックを置き、すぐ近くのマツの木立に近づくと、大きな枝を折った。くぼみに戻り、枝を重ねてマットレスを作った。〈サータ〉ブランドのパーフェクト・マットレスの寝心地にはほど遠いが、眠るには十分だ。じりじりと迫る夜の闇は、すっかりお馴染みになった孤独や胸を締めつけるホームシックを一緒に連れてきたが、恐怖のピークは越えていた。見られているという感覚もいつしか消えている。それがこの森に本当にいるのだとしても、いまは遠ざかり、トリシアはまた一人に戻っている。

川べりに戻り、膝をついて水を飲んだ。朝から軽い腹痛がときおりぶり返してはいたが、体はだんだんとこの川の水に慣れてきているようだ。「チェッカーベリーやブナの実も大丈夫だったしね」トリシアはつぶやき、それから微笑んだ。「まあ、おっかない夢の一つや二つは見たけど」

バックパックと間に合わせのベッドのところに戻り、ウォークマンを取り出してイヤフォンを耳に入れた。そよ風が通り過ぎていった。風は冷たく、汗ばんだ肌が冷えて、身震いが出た。ぼろぼろのポンチョを荷物の底から掘り出し、汚れた青いビニールを広げて毛布のように体にかけた。大して暖かくはないが、(ママの言い回しを借りるなら)大事なのは気持ちだ。

ウォークマンの電源ボタンを押す。周波数の設定は変えていないのに、今夜はかすかな雑音が聞こえたり聞こえなかったりするだけだった。WCAS局はもう入らないらしい。

周波数のつまみを回してみた。九五メガヘルツ近辺でクラシック音楽が小さく聞こえ、九九メガヘルツでは狂信的なキリスト教伝道者が、神の導きによる救いがどうとかとわめいていた。トリシアは救いには大いに関心があったが、ラジオの男が押しつけてくる類の救いには興味がなかった。いま神に頼みたい救いは、にこやかに手を振る人たちを満載したヘリコプターだ。さらにつまみを回すと、一〇四メガヘルツでセリーヌ・ディオンの歌が大きくはっきりと聞こえた。一瞬迷ったものの、トリシアはつまみをさらに回した。レッドソックスの試合中継が聴きたい――ジョーとトループの中継が。セリーヌ・ディオンの想いは深まるばかり（マイ・ハート・ウィル・ゴー・オン・アンド・オン）であろうと、知ったことじゃない。

ＦＭでは野球中継はやっていなかった。それどころか、聴きたいような番組は何もやっていなかった。そこでＡＭに切り替え、つまみを八五〇あたりに合わせた。ボストンの〈ＷＥＥＩ〉局――レッドソックスのキー局の周波数だ。電波がばっちり入るだろうとは思わなかったが、ほのかな期待は抱いていた。夜になると相当遠くのＡＭ局でも聞こえるものだし、ＷＥＥＩの電波は強い。聞こえたり聞こえなくなったりはするだろうが、それくらい我慢できる。今夜はとくにほかの予定はないのだから。ホットなデートが控えているわけでも何でもない。

ＷＥＥＩの受信状態は良好だった――「鐘の音のように」澄みきっていた――ものの、ジョーとトループの試合実況はやっていなかった。パパが「くだらないトーク番組」と呼ぶようなものをやっていた。「くだらないスポーツ・トーク番組」だ。もしかして、ボストンは雨なのだろうか。試合は雨天中止になって、観客席は空っぽで、グラウンドにはビニールシートがかぶされているとか？　トリシアは頭上の木々に切り取られた空に疑うような視線を向けた。今宵最初の星々が、濃い藍色のベルベットにちりばめられたスパンコールのように輝いている。まもなく満天の星になるだろう。空には一筋の雲さえない。たしかに、ここはボストンから二五〇キロメートル、もしかしたらもっと離れている。それでも――

「くだらないトーク番組」のホストは、フレーミングハムのウォルトと名乗るリスナーからの電話に応じていた。ウォルトは自動車電話からかけているという。いまどこを走っているのかと尋ねられ、フレーミングハムのウォルトは、「ダンヴァーズのどっかだよ、マイク」と答えた。ただし、マサチューセッツ州民らしく〝ダンヴァーズ〟を〝ダンヴィズ〟と発音した。〝ダンヴィズ〟だと、下痢止め薬か何かの商品名みたいに聞こえる。「森で迷った？　小川の水を飲んだら、脳味噌までケツから出ちゃった？　そんなときはスプーン一杯の〈ダンヴィズ〉を。効果てきめんです！」

フレーミングハムのウォルトは、トム・ゴードンがセーブするたびに天を指さすのはなぜかと疑問を投げかけた（「ほら、マイク、ちょいと空を指さすあれだよ」）。「くだらないトーク番組」のホスト、マイクは、背番号36はああやって神に感謝を捧げているのだと回答した。

「感謝を捧げるなら、神じゃなくてジョー・ケリガンを指さすほうが理にかなってないか」フレーミングハムのウォルトは言った。「ゴードンをリリーフに転向させたのはケリガンなんだから。先発としちゃあ、いまいちだもんな」

「しかし、ケリガンにその発想を与えたのは神とも言えるんじゃないかな。その可能性を考えてみたことはありますか、ウォルト?」ホストが訊く。「えー、ご存じないリスナーのために、念のため。ジョー・ケリガンは、レッドソックスのピッチングコーチです」

「そんなこと知ってるよ、おたんちん」トリシアはいらいらとつぶやいた。

「レッドソックスの選手たちが久々のオフを楽しんでいる今日、当番組はひたすらソックスの話題で盛り上げていきますよ」ホストのマイクが言った。「明日からは、オークランド・アスレチックスとの三連戦が始まります——試合は西海岸で行なわれますが、WEEIではもちろん生中継でお伝えします——ただし、今夜のソックスは休養日です」

休養日か。それで納得だ。トリシアは馬鹿みたいに落ちこんだ。またしても涙(ティアーズ)(ダンヴィズあたりではきっと〝ティズ〟と発音されるもの)がこみあげた。すっかり泣き虫になってしまった。何でもないことですぐ涙が出てしまう。とはいえ、今日はずっと試合中継を心の励みにしていた。ジョー・カスティリオーネとジェリー・トルピアーノの声は聞けないとわかって初めて、自分がどれほど二人の声に励まされていたか思い知った。

「回線が空いているようです」トークショーのホストが言った。「リスナーのみなさん、ぜひお電話をください。モー・ヴォーンは子供みたいに駄々をこねるのをやめて、契約書にサインすべきだと思う人はいませんか。そもそもモーの年俸はいくらくらいが妥当なのでしょうね。これはいい質問だと思いませんか」

「くだらない質問だと思うけど、このぬけさく」トリシアは不機嫌に言った。「あんただってモーみたいに打てたら、やっぱりものすごい年俸を要求するでしょ」

「魔術師ペドロ・マルティネスについて語りたい人はいませんか。ダレン・ルイスではどうです？　予想外に絶好調のソックスのリリーフ陣では？　今季、レッドソックスのリリーフ陣がこれほどの活躍を見せるとは誰も予想してなかったのでは？　リスナーのみなさんはいかがです？　さあ、お電話をください。電話して、ご意見をお聞かせください。ではここで、お知らせをどうぞ」

　耳慣れたCMソングを歌う朗らかな声が流れ出した。「車のガラスが割れたら、さあ、どこに電話する？」

「フリーダイヤル1－800－54－GIANT」トリシアは言い、周波数つまみを回してほかの局を探した。どこかで野球中継をやっているかもしれない。天敵ヤンキースの試合だってかまわない。ところが野球中継に行き当たるより先に自分の名前がラジオから聞こえて、トリシアは釘づけになった。

「――土曜の朝から行方不明になっているパトリシア・マクファーランドさん、九歳の捜索は難航しているもようです」

　ニュースを読み上げるアナウンサーの声はかすかで、ときどき雑音に邪魔されて途切れた。トリシアは身を乗り出し、指先をイヤフォンに当て、黒い小さなパッドを耳の奥に押しこんだ。

「コネチカット州警察は、メイン州警察に寄せられた情報に基づいて今日、ウェイマス在住のフランシス・レイモンド・マゼローリ容疑者を拘束し、パトリシア・マクファーランドさん行方不明事件に関連して六時間にわたる取り調べを行ないました。現在、建設労働者としてハートフォード橋建設プロジェクトに従事しているマゼローリ容疑者は、過去に二度、児童虐待罪で有罪判決を受けています。また、メイン州内で発生した婦女暴行容疑と児童虐待容疑で、メイン州から身柄の引き渡し要求が出されていたとのことです。これまでの調べに対し、パトリシア・マクファーランドさんの行方に関して自分は何も知らないと供述しているもようです。捜査本部に近い筋からの情報によりますと、マゼローリ容疑者は、この週末はずっとハートフォードにいたと供述しており、多数の証言がこの供述を裏づけて……」

　音は遠くなって消えた。トリシアは電源を切ってイヤフォンをはずした。捜索はいまも続いているのだろうか。たぶん続いているのだろう。でも、今日一日の大半がそのマゼローリとかいう男の取り調べに費やされただろうことは、トリシアにも想像がついた。

「まったく、エル・ドポの集まりだよね」トリシアは力なくつぶやき、ウォークマンをバックパックに戻した。マツの枝のマットレスに横たわり、ポンチョを毛布のようにかけ、肩やお尻をもぞもぞ動かして快適な姿勢を探した。そよ風が渡っていき、岩のあいだのくぼみに守られていてよかったと思った。今夜はだいぶ肌寒い。夜明けには相当に冷えこみそうだ。

黒い空を見上げると、予想どおり無数の星がまたたいていた。まさに数えきれないほどの星だった。月が昇れば、星の輝きは少し色褪せるのだろうが、いまはまぶしいくらい明るくて、トリシアの汚れた頬を青白く浮かび上がらせている。トリシアは例によって考えた。あのまばゆい点々のなかに、人間以外の生命体が住んでいる星は一つでもあるだろうか。想像を超える形をした異星の生物が暮らしているジャングルがあるだろうか。ピラミッドは？　王や巨人はいるだろうか。ひょっとしたら、野球そっくりのスポーツが盛んだったりして。

「車のガラスが割れたら、さあ、どこに電話する？」トリシアは小さな声で歌った。「フリーダイヤル1-800-54——」

そこで口をつぐむ。痛みをこらえるときのように、下唇からすばやく息を吸いこんだ。真っ白な炎が空を横切っていく。流れ星だ。その光の条は、黒い空を半分ほど走ったところでちらちらとまたたいて消えた。流星と言っても、ちゃんとした星ではない。あれは星ではなくて、隕石だ。

流星がまた一つ、そしてまた一つ。トリシアは目を丸くして起き上がった。ぼろぼろのポンチョが膝にすべり落ちた。四つめ、五つめ。この二つは別の方角へ消えた。ただの流星ではない。流星群だ。

トリシアがそれを理解するのを待っていたかのように、ふいにいくつもの光の条が音もなく夜空を輝かせた。トリシアは顔を上に向け、目を見開き、まだふくらんでいない胸を腕で抱き、嚙み癖で爪が短くなった手を両肩に当てて空を見つめた。こんなものは初めて見た。この世にこんなものがあったなんて。

「ね、トム」トリシアは震え声でささやいた。「ね、見て、トム。見えるよね?」

白い閃光の大半ははかない。細い光がまっすぐに走ったかと思うと、次の瞬間には消えてしまって、同じような光が夜空を埋め尽くすほど同時に見えていなかったら、見間違いだったかと思ってしまいそうだ。しかしなかには——五つ、もしかしたら八つ——音のない花火のように空を輝かせる流星もあった。橙色の炎に縁取られたまばゆい光の条。橙色は目の錯覚かもしれない。だが、トリシアの目にはたしかに橙色に燃えているように映った。

流星群の勢いはだんだんと衰えた。トリシアは元どおり横たわり、痛む体のあちこちを動かして楽な姿勢を——さっきと同じ快適に眠れそうな姿勢を探した。そのあいだも、思い出したように閃く白い光を目で追った。空から降る石のかけらは、トリシアの手にはとうてい届かない道筋を通って地球の引力の泉に飛びこんでいく。大気が濃くなるにつれ、まずは赤い色を帯び、次にまばゆい光を放ったかと思うと燃え尽きて死ぬ。流星を見上げながら、トリシアはいつしか眠りに落ちた。

その晩は鮮明な夢をとぎれとぎれに見た。流星のように、ときおり頭のなかに閃く短い夢の連なり。そのうちできちんと思い出せるのは一つだけ——真夜中に咳きこみ、寒気を感じて目が覚める寸前に見た一つだけだった。目が覚めたとき、トリシアは両膝をきつく胸に抱いて全身を震わせていた。

その一つだけ覚えていた夢のなか、トリシアはトム・ゴードンと一緒だった。そこは古い牧草地で、いまや荒れ放題に荒れ、雑草や若木——ほとんどはカバノキ——に占領されかけていた。トムは、腰の高さくらいの木の杭の横に立っていた。木の表面はささくれ立っている。その杭のてっぺんには、赤く錆びたリングボルトがついていた。トムはその環(リング)をつまみ、こっちへ倒し、あっちへ倒していた。灰色のビジターユニフォームを着て、その上にウォームアップジャンパーを羽織っている。今夜はオークランドで試合だ。トリシアは「ちょいと空を指さすあれ」のことを訊いた。答えはもちろんもう知っていたが、それでも尋ねた。たぶん、フレーミングハムのウォルトが理由を知りたがっていたからだ。しかし自動車電話からラジオ局に電話をかけてくるような嫌みな男ウォルトは、森で迷子になった小さな女の子の説など信じないに違いない。

ろう。ウォルトは、リリーフ投手本人の口から聞くまで納得しないに違いない。

「俺が天を指さすのは、神は九回の裏に降りてくるものだからさ」トムは答えた。杭のてっぺんの輪をいじっている。こっちへ倒し、あっちへ。こっちへ、あっちへ倒す。リングボルトの環が壊れたら、さあ、どこに電話する？　フリーダイヤル１－８００－５４－ＲＩＮＧＢＯＬＴに決まっている。「とくに１アウト満塁の場面ではそうだ」ちょうどそのとき、森の奥で何かがかたかたと鳴いた。トムの説明を嗤っているのだろうか。かたかたという音は大きく、いよいよ大きく聞こえてきて、トリシアが暗闇のなか目を開くと、それはトリシア自身の歯が鳴る音だった。

ゆっくりと立ち上がる。体じゅうから抗議の声が殺到して、思わず顔をしかめた。いちばんやかましいのは脚、僅差の次点が背中だ。強い風が吹いて――今回はそよ風ではなく突風だった――トリシアはあやうく飛ばされそうになった。いったいどれだけ体重が減ったのだろう。**こんなことが一週間も続いたら、糸をつけて凧みたいに飛べるようになるかも。**そんなことを思ってひとり笑ったが、その笑いは途中から咳の発作に変わった。膝のすぐ上に手を当てて腰をかがめ、さらに咳をした。咳は胸の奥深くから沸き上がり、喉が裂けるような音に変わって口から出てきた。やれやれ。このうえ咳まで。トリシアは掌の付け根を額に当てた。熱があるのかどうか、よくわからない。

脚を大きく広げてのろのろ歩き——そうやって歩けばお尻の痛みをあまり感じないですんだ——マツの木立からまた枝を折って運んできた。この分は毛布代わりに体にかけるつもりだった。一抱えの枝を寝床に運び、もう一度枝を集めに行った帰り道、木立と、今夜の寝床にしたマツ葉敷きのくぼみのあいだで足を止めた。午前四時のまばゆいばかりの星空の下、その場でゆっくり一回転した。

「ねえ、ほっといてくれない?」トリシアは大きな声で言った。とたんにまた咳が出た。咳の発作が治まるのを待って、今度はさっきより小さな声でもう一度言った。「もうやめてくれない? そうやって追いかけ回すの、やめてよ。ほっといて」

返事はなかった。聞こえたのは、マツの枝を渡る風のざわざわという音だけ……と思ったが、続いてうなり声が聞こえた。低く、小さく、人間のそれとは似ても似つかない声。かぐわしい香りを放っている樹液まみれのマツの枝を抱えたまま、トリシアは動けなくなった。鳥肌が立った。いまのうなり声はどっちから聞こえた? 川のほう? 向こう岸? マツの木立の陰? ふいにおそろしい考えが、確信といってよさそうな考えが浮かんだ。マツの木立のほうだ。ずっとトリシアを見ているそれは、マツの木立のなかにいる。毛布代わりの枝を集めていたとき、その顔はトリシアの顔から一メートルと離れていないところにあったのだ。トリシアが枝を何度も曲げて裂け目を入れてから折り取る作業を繰り返しているあいだ、木の幹に痕をつけ、二頭のシカを引き裂いた鉤爪は、トリシアの手のすぐそばにあったのだ。

またしても咳が出て、それをきっかけにトリシアはまた歩きだした。集めた枝をいいかげんに積み上げ、そのカオスに秩序を与えようという努力は端から放棄してその下にもぐりこんだ。お尻に残るハチの刺し傷を枝につつかれたときは顔をしかめて低くうめいたものの、そのあとはじっと横たわっていた。それがマツの木立から静かに出て、こちらに近づいてくる気配が伝わってきた。ついにトリシアに襲いかかるつもりなのだ。意地悪小娘が特別なあれと呼び、スズメバチの僧侶が迷える者たちの神と呼ぶもの。呼び名は好き好きでかまわない——闇の帝王、地下室の皇帝、その子供にとっていちばんおそろしいものを象徴する名前でいい。正体が何であれ、トリシアを怖がらせるだけの時間は終わったのだ。お遊びはここまでだ。枝の毛布を引き剝がし、その下で身をすくめているトリシアを生きたまま食うつもりだ。

咳は止まらず、体は震え、現実感や理性はきれいに吹き飛んで——それこそつかのま正気を失って——トリシアは両腕で頭を抱え、鉤爪で引き裂かれ、牙の並んだ口に押しこまれる瞬間をいまかいまかと待った。その姿勢のまま眠りに落ち、翌火曜日、早朝の薄明かりのなか目を開いたとき、肘から先が痺れ、首は寝ていたときの角度から動かせなかった。おかげで、首を一方に少しかしげたまま歩くはめになった。**年取るのがどんな感じか、おばあちゃんに教えてもらうまでもなさそう。**トリシアはしゃがんで用を足しながら思った。**もうわかったから。**

昨夜、下にもぐりこんで眠った（巣穴で眠るシマリスみたいに、とトリシアは苦々しく思った）枝の山まで歩いて戻る途中、マツ葉がたまった岩と岩のあいだ（トリシアの寝床にいちばん近い一つ）に荒らされたような形跡があることに気づいた。マツ葉が掘り散らかされ、下の黒土がのぞいているところがある。つまり、闇に包まれた真夜中のあのとき、トリシアは正気を失ったわけではなかったのかもしれない。少なくとも完全に正気を失ってはいなかったようだ。トリシアが眠りこんだあと少ししてから、何かがここまで来たのだから。その何かはトリシアのすぐそばまで来て、ことによるとしゃがんで寝顔をのぞきこんだのかもしれない。いまここで仕留めてしまうかどうか迷った末に、もっと熟れてからにしよう、せめてあと一日待とうと決めたのだ。チェッカーベリーみたいに甘く熟してからにしようと。

トリシアはその場で一回転した。ぼんやりとした既視感（デジャヴ）はあったが、たった数時間前、まさにこの場所で、まさにこんな風に一回転して周囲を確かめたことは覚えていなかった。元の向きに戻り、他人を気遣うように手を口に当てて咳をした。胸が痛んだ。胸の奥深くで小さくて鈍い痛みがうずいた。しかし、それを気に病んだりはしなかった。今朝はそれ以外のどこもかしこも冷えきっている。咳の痛みはせめてものぬくもりと思えた。

「もういないみたいだよ、トム」トリシアは言った。「正体はわからないけど、また消えた。とりあえずはいなくなった」

**そのようだね**——トムが答えた。**だが、きっとまた現れる。いつかは決着をつけなくちゃならない。**

「その日のことはその日にて足れり」トリシアは言った。マクファーランドのおばあちゃんがよく使うフレーズだ。どういう意味か、本当のところはわからないが、なんとなくわかるような気もしたし、この状況にふさわしいように思えた。

　寝床のくぼみのそばの岩に腰を下ろし、これはグラノーラバーだと自分に言い聞かせながら、チェッカーベリーとブナの実を三度、豪快につかみ出して咀嚼（そしゃく）した。今朝はチェッカーベリーをあまりおいしいと思えず——少し固くなっていた——昼時にはもっとおいしくなくなってしまうだろう。それでもむりやり三つかみ分を食べてから、川の水を飲みにいった。小ぶりなマスが泳いでいくのがまた見えた。これまでに見かけたマスはどれも、せいぜいキュウリウオや大きめのサーディン程度のサイズだったが、急に捕まえてみようという気になった。凝り固まった体はだんだんほぐれてきているし、太陽が高くなるにつれ気温も上がり、おかげで気持ちも前向きになり始めている。希望に満ちてきたと言ってもいい。それに、運も向いてきたような気がした。咳の発作も治まっていた。

トリシアは枝を重ねたベッドに戻り、ぼろぼろのポンチョを引っ張り出して岩の上に広げた。次に、縁が鋭く尖った石を探した。丸みを帯びた崖から下の谷へと川が流れ落ちているそばで、手ごろな石を見つけた。その断崖は、迷子になった初日にすべり落ちた斜面（少なくとも五年は前のできごとに思えた）に負けないくらい急だったが、こちらのほうがまだ楽に下りられそうだ。木がたくさんあって、つかまるところを探す苦労がない。

トリシアは即席の裁断具を手にポンチョを広げたところ（そうやって岩に広げてあると、青い巨大な紙人形のようだ）に戻り、フードを肩のすぐ下で切り離す作業に取りかかった。フードなんぞで本当に魚が捕れるかわからないが、いざやってみれば楽しそうだし、あの斜面を下るのは体がもう少しほぐれてからにしたい。低い声で歌いながら作業を進めた。まずはずっと頭のなかで鳴り続けているボーイズ・トゥ・ダ・マックスの歌、次にハンソンの『キラメキ☆MMM BOP』、それから野球ファンの愛唱歌『私を野球に連れてって（テイク・ミー・アウト・トゥ・ザ・ボールゲーム）』の一部。とはいえ、ほとんどの時間は「車のガラスが割れたら、さあ、どこに電話する？」を口ずさんでいた。

前の晩は冷たい風のおかげでさほど蚊に悩まされずにすんだが、気温の上昇に比例するように、いつもの小さな曲芸飛行士の群れがトリシアの顔のまわりにたかってきた。トリシアはそれにほとんどかまわず、飛行士が目に近づいてきてうっとうしいときだけ手で追い払った。

切り離し作業が完了すると、フードを上下さかさまに広げ、向きを変えながら、あら探しをするような目で丹念に調べた。おもしろそうだ。実行に移すにはあまりにも馬鹿げた計画なのは認めるが、一方で、おもしろそうな予感がすることも間違いない。

「車のガラスが割れたら、ベイビー、割れたら、さあ、どこに電話する、オー・ヤー」トリシアは抑揚をつけて繰り返しながら川べりへと歩いた。仲よく水面に突き出した岩二つに片足ずつ置いた。広げた足のあいだを勢いよく流れる水に目を凝らす。丸い小石がたまった川床は揺らめいて見えるが、水そのものは透き通っている。目下、魚は一匹もいない。だから何だ？　漁師になりたいなら、まずは忍耐を学ぶことだ。

「抱き締めて……きみをむしゃむしゃ食べたいんだ」トリシアは歌い、笑った。へんてこりんな替え歌！　ポンチョの肩の部分だったぎざぎざの縁をつかんでフードをさかさまに持ち、腰をかがめて、間に合わせの罠を川の水に浸けた。

水の流れにフードをさらわれかけたが、ついでにフードを大きく広げてくれて、結果オーライだった。問題は、この姿勢だ――背中を丸め、お尻を高々と上げ、頭を腰の高さまで下げた姿勢。そう長いあいだ維持していられそうにない。かといって、岩に足を置いたまましゃがもうとしたら、筋肉痛で震えている脚が体重を支えきれず、トリシアは川に倒れこむことになるだろう。全身ずぶ濡れになれば、咳がもっとひどくなる。

まもなくこめかみが脈打ち始めて、トリシアは妥協策を採り、膝を軽く曲げて上半身をやや起こすことにした。おかげで視線が上流に向き、水銀のように輝くものが三つ――魚だ、あれは絶対に魚だ――こちらに向かってくるのがちょうど見えた。もし時間のゆとりがわずかでもあったら、とっさにフードを動かしてしまって、一匹も捕らえられずに終わっただろう。実際は考えているゆとりはほとんどなく

（水のなかの流れ星みたい）

銀色の輝きはもう、トリシアが足を踏ん張っている岩のあいだ、トリシアの真下に来ていた。一匹はフードをかすめて通り過ぎていったが、二匹はフードにまともに飛びこんだ。

「やった！」トリシアは歓声を上げた。

その叫び声――喜びの、というよりも当惑と驚きの声――と同時にトリシアはふたたび腰をかがめ、フードの下側の端をしっかりと握った。その拍子にバランスを崩して水に落っこちかけたが、どうにか持ちこたえた。フードを持ち上げると、満杯の水が縁からあふれてトリシアの両手を濡らした。後ろ向きに岸に戻ったときフードが揺

れて形が変わり、なかの水がまたもあふれてジーンズに跳ねた。左の腰から膝にかけてびしょ濡れになった。その水と一緒にマスの一方が飛び出した。空中で身をくねらせ、尾を大きく振った。そのまま水に落ちて泳ぎ去った。

「ざーんねん！」トリシアはそう叫んだが、笑ってもいた。フードを体の前に下げて土手を登った。また咳が出始めた。

平らな場所で、フードのなかを確かめた。どうせ空っぽだろう。もう一匹も逃げたに違いないと思った。それに、たとえ赤ちゃんみたいに小さなやつであれ、女の子に捕まえられたなんてありえない。しかもポンチョのフードを使って。逃げていくところを自分が見なかっただけのことだ。ところが、マスはちゃんといた。金魚鉢の熱帯魚みたいにぐるぐる泳ぎ回っている。

「神様。次はどうしたらいい？」トリシアは真剣に祈るような調子で言った。苦悩と困惑が入りまじっていた。

祈りに応えたのは超自然の存在ではなく、トリシア自身の肉体だった。テレビアニメ『ルーニー・テューンズ』のワイリー・コヨーテがロード・ランナーを見て、頭のなかで感謝祭のご馳走に変える場面を数えきれないほど見たことがある。トリシアはそれを見るたびに笑い、ピートも笑い、一緒に見ていればママも笑った。しかしいま、トリシアは笑わなかった。チェッカーベリーやひまわりの種サイズのブナの実に文句があるわけではないが、それだけでは物足りなかった。二つを一緒に口に入れてグラノーラバーを食べているつもりになってみても、やはり物足りない。青いフードのなかを泳ぐ体長一〇センチメートルのマスを目にしたときの体の反応は強烈だった。差し迫った空腹感とも違う。胃袋をつかまれたような感じ、おなかを中心にしてはいるが全身のあらゆるところから発散されている痛み。脳の働きとはほとんど無関係の

**それをよこせ**

言葉にならない訴えだった。目が見ているものはマスだ。釣りが許されるサイズにはるか及ばない小ぶりなマス。しかし目が何を見ていようと、肉体が見ているものはディナーだ。ちゃんとしたディナーだ。

ポンチョの残りの部分（頭のない紙人形といった風情だった）を広げた岩にフードを運んだ。そのときトリシアの頭にあった明瞭な考えはたった一つだった。**やるにしても、自分だけの秘密にしよう。救助されたあと、何が起きたか全部話すけど、自分のうんちに尻餅をついたことは内緒にしておこう……このことも。**

事前の計画も熟慮もないまま行動に移した。体が理性を押しのけ、あっさりと主導権を握った。マツ葉の絨毯にフードの中味を空け、空気中に放り出されたちっちゃな魚が窒息する様子を見守った。動かなくなった魚をポンチョの上に置き、フードを切り離すのに使った石で腹を切り裂いた。水っぽい粘液のようなものが少量だけ流れ出

た。血ではなく、さらさらの鼻水に似ていた。切れ目から赤いちっちゃな内臓がのぞいていた。汚れた親指で内臓をかき出した。そのさらに奥に骨がある。取り除こうとしたが、半分しか取れなかった。この間（かん）に理性が主導権を奪い返そうとしたのは一度だけだった。**頭はやめときなよ。**理性はそう言った。冷静な口調ではあるが、恐怖や嫌悪を隠しきれていない。**だって……その目。トリシア、その目を見なよ！**　ここで体がふたたび理性を押しのけた。前回よりも乱暴に。あんたの意見が聞きたいときは檻（おり）の格子をがたがた鳴らして知らせるから、それまでは黙ってな——ペプシはときどきそんな風に言った。

トリシアは、内臓を抜いた小さな魚の尻尾をつまんで川べりに運び、水に浸してマツ葉や汚れを落とした。それから顔を上に向け、口を開いて、マスの頭から半分まで噛みちぎった。歯触りで、小骨が砕けるのがわかった。トリシアの理性は、マスの目が飛び出し、黒っぽいどろどろになって舌の上に垂れるところを脳裏に描いてトリシアに見せつけようとした。トリシアはその絵をおざなりに一瞥した。が、すぐに肉体が理性を追い払った。今回はただ押すのではなく、平手ではたいて追い払った。理性は、それが必要になってから呼び戻せばいい。想像力は、それが必要になってから呼び戻せばいい。目下は肉体が指揮官であり、それがディナーの開始を宣言しているのだ——まだ朝ではございますが、晩餐（ディナー）のご用意ができました、今朝はとれたての魚が入っております。

マスの上半分の喉ごしは、固形物まじりの脂を口いっぱいに含んで飲み下したような感じだった。味はといえば、虫酸が走るまずさであると同時に、とびきり旨かった。命の味がした。顔を上に向け、水を滴らせている下半分を口のすぐ上にぶら下げた。そこで一瞬だけ動きを止め、「フリーダイヤル1-800-54-FRESH-FISHにお電話を」とささやきながら小骨を一本抜いた。

マスの残りを食べた。尻尾も何もかも、丸ごと。

食べ終えると、その場に立ったまま口もとを拭った。また全部吐くことになるだろうか。生魚を食べた。喉の奥にまだその味が張りついていても、生魚を食べたなんて、信じがたかった。胃袋が軽くよじれるような感覚があって、ああやっぱり来たか、と思った。しかしげっぷが一つ出ただけで、胃袋は落ち着いた。口もとに当てた手を下ろそうとして、掌に魚のうろこがついて銀色に光っていることに気づいた。顔をしかめて掌をジーンズになすりつけ、バックパックを置いた場所に戻った。ポンチョの残骸と切り離したフード(なかなか役に立つとわかった。少なくとも相手が幼くて世間知らずな魚であれば)を食料の備蓄の上に詰めて、バックパックを背負った。体に力がみなぎっている。自分を恥じる気持ちと誇らしさがないまぜになり、熱っぽい感覚もあって、かなりのゲテモノ趣味という気もした。

**このことは内緒にする。それだけのこと。誰かに打ち明ける必要はないし、誰にも話さない。たとえこの森から無事に出られたとしても。**

「きっと出られる」トリシアは小さな声で言った。「生の魚を食べられるんだから、この森からだって出られる」

**日本の人はふつうに生魚を食べてる。**トリシアが川沿いにふたたび歩きだしたとき、意地悪小娘が言った。

「だったら、日本の人には話すよ」トリシアは言った。「いつか日本に行くことがあったら、日本の人には話す」

このときばかりは、意地悪小娘も当意即妙の答えを思いつかなかったようだ。トリシアは胸の空(す)く思いがした。

谷底へ向けて急斜面を慎重に下りていった。川の両側の斜面は、モミやさまざまな種類の落葉樹で覆われている。森は鬱蒼としているが下生えは少なく、棘のある灌木もこれまでよりまばらで、この日の午前中いっぱい、トリシアは順調に距離を稼いだ。何かの視線を感じることもなく、魚を食べたおかげで体力も回復していた。トム・ゴードンがすぐ隣を歩いている空想をした。話ははずんだ。話題は主にトリシアについてで、トムはトリシアのことを何から何まで知りたがった——好きな科目、金曜日に宿題を出すホール先生は意地悪だと思う理由、デブラ・ギルフーリーの陰険さを裏づ

ける エピソードの数々。去年のハロウィーンのことも話した。トリシアとペプシはスパイス・ガールズの扮装でトリック・オア・トリートのおねだりに出かける計画を立てていたのに、トリシアのママは、ペプシのママがどうしようとペプシのママの勝手ではあるけれど、うちの九歳の娘にミニスカートにハイヒールにキャミソールなんて格好で近所を歩かせるわけにはいかないと言った。おかげでトリシアの面目は丸つぶれになったと話すと、トムは心から同情してくれた。

パパの次の誕生日には、バーモント州の会社にカスタムメイドのジグソーパズルを注文しようとピートと計画している(予算をオーバーしてしまうようなら、小型芝刈り機で手を打つ予定)と話しているとき、トリシアはふいに立ち止まった。動きを止める。しゃべるのもやめた。

昼の両端を下げ、まる一分ほども小川を見つめた。無意識に片手を上げ、顔に群がる蚊の雲を払う。そのあたりでは、下生えの灌木は木立の奥まで後退していた。木々はどれも発育がいまひとつで、陽射しがまぶしく感じられた。コオロギが低い声で歌っている。

「まさかだよね」トリシアはつぶやいた。「やめて。嘘だと言って。今度もまた?」

トリシアがトム・ゴードンとのめくるめく会話から(誰もがトムみたいに聞き上手だったらいいのに)現実に引き戻されるきっかけは、急に川の音が消えたことだった。

川はもうさらさらと流れてはいないし、ごうごうと音を立ててもいなかった。流れがゆるやかになっているせいだ。谷底を流れていたころより、川床の藻が増えていた。川幅も広がり始めている。

「また沼になったりしたら、もう自殺するしかないよ、トム」

一時間後、トリシアはポプラやカバノキのあいだをのろのろと歩いていた。額に止まったとりわけうっとうしい蚊を掌で叩いてつぶした。その手を額に当てたきり下ろさなかった。有史より人類共通の、疲れきり、これから何をしたらいいか、どこに行けばいいのか、途方に暮れている人のポーズ。

川はいつしか高さのない川岸にあふれ、開けた大きな土地を水に沈めて、アシやガマの生えた浅い沼に変えていた。植物のあいだにたまった水面に反射した陽光が、熱いピンのように目を射す。コオロギが歌い、カエルがしわがれた声で鳴いている。頭上の空では二羽のタカが翼を広げてゆったりと旋回していた。どこかでカラスが笑っている。亀甲状土と水中に没した枯れ木でできた前回の湿地帯には苦労させられたが、今度の沼はさほど手ごわそうに見えない。ただ、行く手の地平線に横たわっているマツ林に覆われたなだらかな丘まで、控えめに見積もっても一・五キロメートル先（下手をすると三キロメートル近く）まで続いていた。

そしてもちろん、たどるべき川も沼に消えていた。

トリシアは地面に座ってトム・ゴードンに話しかけようとしたが、まもなく死ぬことは明らかなのに――しかもそれは一時間ごとにますます明白になっていっている――空想にふけっている場合だろうかと思って、何も言わずに口を閉じた。どこまで歩こうが、何匹の魚を捕まえて丸飲みしようが、何も変わらないのだ。トリシアは泣きだした。両手で顔を覆ってむせび泣いた。

「ママに会いたい！」あたりかまわず叫んだ。タカはもういなくなっていたが、マツ林の丘のほうからさっきのカラスの嗤う声がまだ聞こえていた。「ママに会いたい。お兄ちゃんに会いたい。モナ人形に会いたい。うちに帰りたい！」カエルはしわがれた声で鳴き続けている。小さいころパパが読んでくれたお話を思い出す――ぬかるみにはまった車を見て、カエルが一斉に深すぎる（トゥー・ディープ）、深すぎる（トゥー・ディープ）と鳴くお話だ。あのときは本気で怖くなったものだ。

トリシアは声を振り絞って叫び続けた。やがて涙に――涙、涙、もううんざりだ――腹が立ってきた。いまいましい涙と泥で汚れた顔を空に向けた。蚊の群れが周囲を飛び回っていた。

**「ママに会いたい！　お兄ちゃんに会いたい！　ここから出たいんだってば、ねえ、聞いてる？」**空に向けて足を何度も蹴り上げた。その勢いで、片方のスニーカーが脱げて飛んでいった。子供の駄々と変わらない。そうわかっていても、もう止まらなかった。癇癪（かんしゃく）を起こすのは五歳か六歳のとき以来か。あおむけになり、拳で地面を叩き、次に手を開いて草をむしり、空に投げつけた。**「ここから出してよ！　どうして見つけてくれないわけ？　子犬の糞にまみれた役立たずぞろいだから？　どうして見つけてくれないの？　いますぐ！　うちに！　帰りたいんだってば！」**

　息をはずませ、あおむけのまま空を見つめた。おなかが痛い。大声でわめいたせいで喉も痛い。それでも、何か危険なものをやっと処分できたときみたいに、気持ちが少し軽くなった。片腕を顔にのせてすすり泣くうち、いつしか眠りに落ちていた。

目が覚めると、太陽は沼の向こうの丘の上に移動していた。また午後だ。**さて、ジョニー、今日の賞品は何でしょう？　賞品はですね、ボブ、新たな午後ですよ。賞品と呼ぶほどのものじゃありませんが、我々のような子犬の糞にまみれた役立たずにはこれがせいいっぱいでして。**

　起き上がるなりめまいがした。大きな黒いガの飛行大隊が翅（はね）を広げ、トリシアの視野をゆっくりと横切っていった。つかのま、このまま気絶すると思った。めまいはほどなく消えたが、唾を飲みこむと喉はまだひりひり痛み、頭はのぼせた感じがした。**日なたで寝るなんて馬鹿。**自分をそう叱りつけたが、この不調は日なたで昼寝をしたせいではない。病気になりかけているせいだ。

　トリシアは子供じみた癇癪を起こしたときに蹴り飛ばしたスニーカーを履き、チェッカーベリーを一つかみ食べ、ボトルに詰めてあった川の水を少し飲んだ。沼の端っこにゼンマイが生えているのを目ざとく見つけ、それも食べた。しおれかけて筋張っていて、あまりおいしくはなかったが、どうにか飲みこんだ。早めの夕食がすむと立ち上がり、今度は太陽に手をかざしてもう一度沼地を見渡した。まもなく、疲れた様子でゆっくりと首を振った——子供というより、おとなの女、もっと言うなら老女の動作だった。丘ははっきりと見えていて、そこまで行けば地面が乾いているのは確かなようだが、〈リーボック〉の紐を結んで首から下げ、ぬかるみをまたとぼとぼ歩いていくなんて絶対にいやだ。前回よりもこの沼のほうが水深が浅く、足もとも不安定ではなさそうだが、それでもいやなものはいやだ。たとえ世界中の晩春のゼンマイを集めてきみにやるよと言われたってお断りだ。だって、たどるべき川はもうないのに、わざわざ沼を歩く必要がどこにある？　別のもっと楽な道を行っても、救助隊に見つけてもらえる可能性は——新しい川に行き合う可能性も——同じ程度にあるはずだ。

そう考えたトリシアは、真北に進路を取り、谷底の大半を占める沼の東端を歩き始めた。迷子になって以来、トリシアは数多くの——本人が自覚している以上に多くの——正しい選択をしてきたが、これは誤った判断だった。ハイキングコースを離れるという判断ミス以来の最悪の選択だ。もし沼を突っ切って丘を登っていたら、その向こうにあるニューハンプシャー州グリーンマウントの町はずれにたたずむデヴリン湖を見つけられていただろう。デヴリンは湖と言うにはちっぽけだが、南の湖畔には別荘が並んでいるし、ニューハンプシャー州道五二号線に抜ける林道も通っている。

　土曜日や日曜日ともなれば、週末を過ごす家族連れで湖はにぎわい、ウォータースキーを履いた子供を曳（ひ）くモーターボートの低いうなりが湖面に響いていただろう。七月四日の独立記念日を過ぎて本格的な夏を迎えると、平日でも、誰もまっすぐに走れないほどたくさんのモーターボートが湖面を埋め尽くす。しかし、六月初旬の平日のこの日、デヴリン湖に出ていたのは、二十馬力の〝ぽんぽんエンジン〟を積んだ小型ボートの釣り人二人だけだった。だから、トリシアの耳に届いたのは鳥やカエルの声と虫の羽音だけだった。だから、トリシアは湖を発見しそこね、カナダとの国境がある方角に向けて森のさらに奥へと歩き始めることになった。四〇〇キロメートルほど先にはモントリオールがある。

　そしてモントリオールとトリシアのあいだには、ほとんど何もない土地が広がっている。

# 七回の休憩

ママとパパが別居し、離婚する前年の二月、マクファーランド一家はピートとトリシアの学校の休みを利用してフロリダに一週間の旅行に出かけた。いやな休暇になった。両親はレンタルした小さなビーチハウスで口論に明け暮れ（あなたは飲みすぎよ、きみは金を遣いすぎだ、約束したのに、なぜ一度も、ヤタータ・ヤタータ・ヤタータ、ダーダー・ダーダー・ダーダー）、そのあいだ兄妹はビーチで憂鬱な気分で過ごすはめになった。帰路の飛行機では珍しく、ピートではなくトリシアが窓際の席に座った。ボストン国際空港が近づいたころ、飛行機は、ところどころ氷の張った歩道をおっかなびっくり歩く太りすぎの老女といった風に、分厚い雲の層を慎重にやり過ごして高度を下げた。トリシアは窓に額を押し当て、地上の景色を食い入るように見つめた。白一色の世界が続いたかと思うと……雲の切れ目から地面やボストン港内の暗い灰色の海が一瞬だけのぞき……また白一色に戻って……ふたたび地面や海がちらりと見えた。

北に進路を変えて以降の四日間は、あの降下に似ていた——ほとんどずっと、低く垂れこめた雲に覆われていた。記憶の一部は、自分でも信用できなかった。現実と空想の境界線は、火曜の朝までには曖昧になり始めていた。森をさまよい続けてまる一週間経った土曜の朝、境界線はほぼ完全に消えた。土曜の朝（トリシアはその日が土曜だと知らなかった。そのころには日にちの感覚は失われていた）には、トム・ゴードンは空想ではなく現実の存在として定着し、ずっとトリシアと一緒に歩いていた。ペプシ・ロビショーも短い時間ながら一緒に歩いた。ボーイズ・トゥ・ダ・マックスやスパイス・ガールズのお気に入りの歌をデュエットしたあと、ペプシは木の陰に歩いていったきり出てこなかった。トリシアは木の向こうを確かめたが、ペプシはいなかった。トリシアは眉間に皺を寄せて少し考えてから、初めからいなかったのだと理解した。そしてその場にうずくまって泣いた。

大きな丸い岩をばらまいたような広い野原を歩いているとき、黒い大型ヘリコプター――『X-ファイル』で、陰謀に加担している政府側の人間が使っていたようなヘリコプター――が現れ、トリシアの頭上でホバリングした。ローターが空を切るかすかな音がしただけで、ほかにはいっさい音は聞こえなかった。トリシアはヘリに向けて手を振り、助けてと叫んだ。乗員にもトリシアが見えたはずなのに、黒いヘリコプターは飛び去り、二度と現れなかった。マツの古木ばかりの森に入った。ななめに射しこんだ白く煙るような太陽の光は、大聖堂の高窓から射す陽光に似ていた。それがたぶん木曜のことだ。マツの古木から、バラバラにされたシカの死体が数えきれないほどぶら下がっていた。ハエがたかり、ウジが湧いてふくれ上がった、おびただしい数のシカのむごたらしい死体。トリシアは目を閉じた。次に目を開くと、腐敗したシカはきれいに消えていた。小川を見つけ、しばらくその流れとともに歩いたが、小川がトリシアを見限ったか、トリシアのほうがはぐれたかして、しばらくすると小川はなくなった。見失う前に川底をのぞくと、巨大な顔が沈んでいた。溺れて死んでいるはずなのになぜかまだ生きているその顔は、トリシアを見上げ、何かを伝えようとするかのように口を動かした。なかが空っぽのねじれた手のような形をした灰色の巨木のそばを通った。木の内側から、死んだような声がトリシアの名を呼んでいた。ある晩、何かにのしかかられたように胸が息苦しくて目を覚まし、森のあれがついにとどめを刺しにきたかと覚悟したが、胸に手をやってみると何もなく、息もちゃんとできるようになった。トリシアの名を呼ぶ人々の声が何度か聞こえたものの、大声でそれに応えたところで返事はなかった。

それらの幻覚の雲の切れ目から、ときおり現実が——飛行機から見えた地上の景色のように——鮮明に見えた。新しくチェッカーベリーを見つけたことは覚えている。丘の斜面を大きな茂みが覆い尽くしていて、トリシアは「車のガラスが割れたら、さあ、どこに電話する?」と口ずさみながら、空っぽだったバックパックを満杯にした。

ミネラルウォーターと〈サージ〉のボトルに湧き水を詰めたことも覚えている。木の根につまずいて転び、ちょっとした斜面のぬかるみを一番下まで転がり落ちたことも。転がり落ちた先には、これまで目にしたことがないほど美しい花が咲いていた——蠟のように白く、優雅な香りをさせ、釣り鐘のようなかわいらしい形をした花。キツネの首なし死体に出くわしたこともはっきり覚えている。木にぶら下がっていた無数のシカのバラバラ死体とは違って、目をつむって二十まで数えてみても、キツネの死体は消えなかった。また、カラスが枝にさかさまにぶら下がり、トリシアに向かって鳴いていたという記憶もおそらく本物で、おそらくありえない光景なのに、ほかの記憶のほとんど（たとえば黒いヘリコプターの記憶）に欠けている性質を——ディテールと高い解像度を——備えていた。のちに溺死体の大きな顔を見た川で、またフードを使って釣りをした覚えもある。マスはいなかったが、オタマジャクシは何匹か捕まえた。死んでいることを念には念を入れて確かめてから丸飲みした。胃に入っても死なず、そこでカエルになったらどうしようという心配にいつまでもつきまとわれた。

体調は悪化した。何か病気ではという予感が的中したわけだが、トリシアの体は、喉や胸や鼻腔を冒した感染症としぶとく戦っていた。何時間か、熱があるみたいに頭がぼんやりすることもあった。生い茂った木々の葉が陽光をやわらげてくれているときでも、まぶしくて目が痛かった。トリシアはノンストップでしゃべり続けた——聞き手はたいがいトム・ゴードンだったが、ママ、パパ、ペプシのときもあれば、幼稚園のガーモンド先生をはじめ、これまで教わった先生たちがひととおり登場したりもした。横向きに寝て膝を胸に引き寄せ、熱っぽい体を震わせながら激しい咳をして真夜中に目を覚まし、喉の奥で何かが裂けてしまったのではと心配になることもあった。しかし、それ以上に症状が悪化することはなく、微熱になったり完全に平熱に戻ったりするときもあって、そういうときは発熱と連動していた頭痛も軽減した。ある晩（本人は曜日の感覚を失っていたが、木曜の夜だ）などは朝までぐっすり眠り、爽快な気持ちで目覚めた。夜間に咳をしていたとしても、目が覚めてしまうほどではなかった。左腕にウルシかぶれができたが、気づいてすぐに泥を厚く塗っておいたおかげで、広がらないうちに完治した。

何より鮮明に覚えているのは、積み重ねた枝の下にもぐりこみ、冷たい光を放つ星々を見上げながらレッドソックスの試合中継に耳を澄ましたことだ。ソックスは、オークランド・アスレチックスとの三連戦で二勝し、トム・ゴードンはその両方でセーブを記録した。ホームランは、モー・ヴォーンの二本と、トロイ・オレアリー（トリシアの卑見によれば、とてもハンサムな野球選手）の一本。試合中継はＷＥＥＩで聴いた。日を追うごとに電波は弱まっていたが、電池は余裕でもっている。もし無事に帰れたら、〈エナジャイザー・バニー〉（エナジャイザー乾電池のもちのよさをアピールする広告キャラクター。ピンク色のウサギ）にファンレターを書かなくちゃと思った。乾電池の頑張りに応え、トリシアのほうも眠くなったら忘れずにラジオのスイッチを切って節約に励んだ。悪寒と発熱と下痢に苦しめられていた金曜の夜でさえ、睡魔に負ける前にちゃんとラジオを切った。ラジオはトリシアの命綱、試合中継は救命胴衣だ。ラジオを聴く楽しみがなくなったら、気力もそこで尽きてしまうだろう。

森に入ったとき、(もうじき十歳になるが、年齢のわりに背が高い)少女の体重は、およそ四四キログラムだった。七日後、ろくに前も見えていないような足取りでマツ林の斜面を登り、藪が茂る野原へと足を踏み入れた少女は、せいぜい三五キログラムしかなかった。腕は小枝のようだ。ゆるくなったジーンズのウエストを無意識のうちに何度も引っ張り上げていた。独り言のように歌をつぶやいていて――「抱き締めて……きみのそばにいたいんだ」――まるで世界最年少のヘロイン中毒者といった風情だった。困難に臨機応変に対処し、天候にも味方された(気温はさほど上がらず、初日以来、雨は一度も降っていなかった)。しかも自分には意外なほど体力があるらしいとわかった。とはいえ、その体力もそろそろ底をつきかけていて、疲れきった心の片隅でトリシア自身もそれに気づき始めていた。斜面を登ったところの野原の藪のあいだを重い足取りで縫うように歩く少女は、死に瀕していた。

そのころ、トリシアが元いた世界では、規模を縮小された捜索隊がいつ終わるとも知れぬ捜索を続けていた。しかし捜索に関わる人々の大半は、トリシアはもう生きてはいないだろうと思っていた。トリシアの両親は、動転し、いまもまだ信じられない気持ちのまま、すぐにでも追悼式を催すべきか、遺体が発見されるまで待ったほうがいいのか、相談を始めていた。待つとして、いつまで待てばいいのか。行方不明者の遺体が発見されずじまいになることは珍しくない。ピートは意見らしい意見を言わずにいたが、目は生気を失い、黙りこんでいることが増えていた。モーニー・バローニャを自分の部屋に持っていき部屋の片隅、ベッドが見える位置に座らせた。ママが人形を見ていることに気づくと、ピートは言った。「さわらないで。絶対にさわらないでよね」

電灯と車と舗装道路の世界では、トリシアはもう死んでいた。こちらの世界——ハイキングコースをはずれた先にある世界、たまにカラスが木の枝からさかさまにぶら下がっている世界——では、死を目前にしていた。それでも雑草の強さで持ちこたえていた(というのはパパの言い回し)。進路が西や東に微妙にぶれることはあっても、頻繁ではなく、ぶれ幅もさして大きくなかった。胸や喉に取りついた細菌に簡単には降伏しない強さも大したものだったが、一方向にまっすぐ進む能力も見上げたものだった。が、役に立ったわけではない。トリシアの選んだルートは、町や村が多く集まる地域から、ゆっくりと、しかし着実にトリシアを引き離し、ニューハンプシャー州北部に煙突のように突き出した部分の奥へ奥へと誘導した。

森のなかのあれの正体が何であれ、そいつはいまもトリシアの伴走をしていた。トリシアは自分が感じたり見たりしたことがらの大半を真に受けないようにしていたが、スズメバチの僧侶が迷える者たちの神と呼んだものの気配は一度として疑わなかった。爪痕がついた木を(それに首のないキツネの死体も)ただの幻覚と片づけたりはしなかった。そいつの気配を感じ取ったとき(あるいは音が聞こえたとき――そいつがトリシアと歩調を合わせているあいだに、森の奥で枝が折れる音がしたことが何度かあったし、人間のものではない低いうなり声も二度聞いた)、そいつは実は存在しないのではとは一度も思わなかった。気配が消えても、本当に離れていったとは信じなかった。トリシアとそれは、もはや一心同体だ。その関係が断ち切られるのは、トリシアが死ぬときだ。そしてその時はさほど遠くないだろう。ママなら、「すぐそこの角を曲がったところまで来てる」と言うはずだ。ただし、森に〝角〟なんてものはない。虫や沼や、ふいに足もとに出現する断崖絶壁はあっても、街角はない。生きるために必死に戦ってきたのに、やっぱり死ぬなんて不公平だと思ったが、その不条理にもそれほど腹が立たなくなった。怒るにはエネルギーが要る。怒りは気力を削る。そのどちらもすでに尽きかけていた。

今度の野原――これまでに踏破してきた一ダースほどの野原と代わり映えしない野

原——を半分ほど突っ切ったころ、咳が出始めた。胸の奥のほうが痛む。そこに巨大な釣り針でも引っかかっているのではないかと思うほどの痛みだった。トリシアは体を二つ折りにし、地面に突き出た切り株に手を突いて体を支えた。咳はなかなか止まらず、涙があふれて視界がにじんだ。咳の発作がようやく落ち着き始め、やがて治まっても背を丸めたままの姿勢で、死の恐怖を感じたほどの心臓の鼓動がゆっくりになるのを待った。それにもう一つ、目の前を飛んでいた大きな黒いチョウの群れが羽をたたみ、元いた場所に戻っていくのも待った。ちょうどいいところに切り株があって幸いだった。それがなければ地面に倒れこんでいただろう。

視線を上げて切り株を見た瞬間、トリシアの脳味噌は唐突に機能を停止した。再会したとき、最初に浮かんだ考えはこうだった——見えてるつもりだけど、ほんとは見えてないんだよね。どうせまた想像の産物に決まってる。どうせ幻覚だ。いったん目を閉じて二十数えた。目を開けると、黒いチョウは消えていたが、ほかは何一つ変わっていなかった。切り株は、切り株ではなかった。杭だ。そして、その灰色に褪せて柔らかくなった古びた杭のてっぺんに、赤錆の浮いたリングボルトがねじこまれていた。

トリシアはリングボルトに手を触れ、歳月を経た古い鉄が本物であることを確かめた。手を離し、指先に点々とついた錆のかけらを見つめる。もう一度ボルトに触れ、リングを倒し、反対側にも倒した。強烈なデジャヴを覚えた。その場で一回転して周囲を見回す。前にも同じものを見たという感覚はいよいよ強まった。しかもその記憶は、トム・ゴードンと結びついていた。いったいどうして……？

「夢で見たんだ」トムが言った。一五メートルほど離れたところに立ったトムは、灰色のビジターユニフォームを着て、カエデの木にもたれて腕を組んでいた。「この場所に来る夢を見たんだよ」

「夢？　見たっけ」

「見たさ。忘れたかい？　ほら、ソックスの試合がなかった晩だ。ウォルトの質問を聴いた夜だよ」

「ウォルト……？」どこかで聞いた名前だが、誰のことかさっぱりわからない。

「フレーミングハムのウォルト。自動車電話でラジオ番組にかけてきたエル・ドポ」

ああ……思い出した。「流星が降った夜だね」

トムがうなずく。

トリシアはリングボルトに手を置いたまま、ゆっくりと杭のまわりを一周した。周囲の景色をよくよく観察する。そうか、ここは野原ではない。草が多すぎる――畑や牧草地で見るような、濃い緑色をした背の高い草が密生している。ここは牧草地なのだ。かつて、そう、遠い昔に牧草地だった場所なのだ。カバノキの木立や藪を無視して全体を見渡せば、間違いようがない。これは牧草地だ。牧草地を作るのは人間だ。杭を立てるのも。そこにリングボルトを取りつけるのも。

トリシアは片膝を地面につき、掌を杭にすべらせた。そっと。ささくれに用心しながら。杭の真ん中あたりに穴が二つ、古びてねじれた金属部品が一つ。その下の草に埋もれた部分も探ってみる。すぐに手に触れるものはなかったが、針金のような下生えをかき分けるようにさらに下のほうまで確かめると、古い干し草とオオアワガエリがからまったところにもう一つ何かあった。両手を使ってようやくそれを引っ張り出した。古い錆だらけの蝶番(ちょうつがい)だった。太陽にかざしてみた。ねじ穴の一つから鉛筆の先ほどの細い光が射し、トリシアの頬に小さな輝く点を描いた。

「トム」トリシアはささやくように言った。きっとまた消えてしまったのだろうと思いながら、さっきトムが立っていた場所、腕を組んでもたれていたカエデの木を見やる。トムはちゃんといた。微笑んではいなかったが、目や口のまわりにかすかな笑い皺のようなものが見えたような気がした。「トム、見て!」トリシアは蝶番を持ち上げた。

「そこに門があったんだね」トムが言った。

「門!」トリシアははしゃいだ声で言った。「門があった!」ここに人間が作ったものがあったのだ。電灯や電化製品や〈6-12防虫剤〉がある魔法の世界に住む誰かが作ったものが。

「これは最後のチャンスだよ」

「え？」トリシアは不安にかられてトムを見つめた。

「もう残りイニングは少ない。間違えるなよ、トリシア」

「トム、それってどういう――」

しかし、そこには誰もいなかった。トムは消えた。消える瞬間を目撃したというわけではない。トムは初めからいなかったのだから。トリシアの想像の産物にすぎないのだから。

**リリーフの秘訣は何？**　いつだったかトムにそう訊いた――が、いつだったかもう正確に思い出せない。

**どっちが上か、最初に教えてやること。**トムはそう答えた。もしかしたら、パパと一緒に――パパの手はトリシアの肩を抱き、トリシアはパパの肩に頭をもたせかけて――ぼんやりながめたスポーツ番組か試合後のインタビューでトムが言ったことが、トリシアの頭のなかでリサイクルされた結果にすぎないかもしれないが。**早いに越したことはない。**

**最後のチャンス。残りイニングは少ない。間違えるなよ。**

**自分が何をしてるのかさえわからないのに、間違えるも何もないいんじゃない？**

答えは返ってこなかった。そこでトリシアは、リングボルトに手を置いたまま、杭のまわりをもう一度ぐるりと一周した。ゆっくりと。はるか昔のサクソンの求愛の儀式で、広場に立てたメイポールのまわりを踊った若い娘のように、おしとやかに。リヴィアビーチやオールドオーチャードの遊園地でメリーゴーラウンドに乗ったときみたいに、伸び放題に伸びた牧草地を囲む林がトリシアの視野でぐるりと回る。しかしその景色は、これまで何十キロメートルも歩いてきた森のそれと何一つ変わらないように思えた。どの方角に進めばいいのか。どれが正しい方角なのか。これはただの杭であって、案内標識ではない。

「これは杭で、案内標識じゃない」トリシアは小さな声でつぶやき、わずかに足を速めた。「杭であって案内標識じゃないものをヒントに、どうすれば道がわかる？　あたしみたいなお馬鹿さんにそんなの……」

そのときある考えが閃いて、さっきと同じように地面に膝をついた。片方のすねが岩にぶつかって血が出たが、気にしている場合ではなかった。だって、これは案内標識なのかもしれない。そうだ、きっとそうだ。だって、これは昔、門柱だったのだから。

トリシアは杭に二つ開いた穴をもう一度観察した。蝶番のねじがはずれたあとに残った穴だ。その穴に両足の裏を当てておいて方向を定め、杭から一直線にゆっくりと這い始めた。片膝を前に出す……もう一方を前に……最初のを前に——

「いたた！」トリシアは悲鳴を上げ、草むらについた手をあわてて引いた。さっきすねをぶつけたときよりずっとよほど痛かった。掌を見ると、乾いて固まった土の下から小さな血の粒が盛り上がっていた。前腕で体を支え、草をかき分けて地面に顔を近づける。掌に刺さったものの正体には見当がついていた。それでもやはり、目で見て確かめたい。

門柱の片割れだ。地面から三〇センチほどの長さで折れている。この程度の怪我ですんで幸運だった。表面に飛び出した棘のなかには長さ七、八センチもあるものがあって、しかも針のように尖っていた。杭の向こう、六月の勝ち気な新緑に虐げられた白くて弱々しい草のなかに、折れた先端部分が埋もれていた。

**最後のチャンスだよ。残りイニングは少ない。**

「そうだね。なのに、ものすごく高いハードルを用意してくれた人がいるみたい。こっちはたかが子供だっていうのに」トリシアはバックパックを肩から下ろし、蓋を開けてポンチョのなれの果てを引っ張り出し、紐状に細く裂けた部分をむしり取った。弱々しく咳をしながら、紐を折れた杭にくくりつけた。額から汗が伝った。ヌカカがその水飲み場に集まった。何匹かは溺死した。トリシアは気づかなかった。

立ち上がり、荷物を背負い直して、いまも無事に立っている杭と、折れたほうの位置を教える青いビニール紐の中間地点に立つ。

「門はここにあった。ここの位置に」トリシアはまっすぐ前、北西の方角を見た。次に回れ右をして南東を向いた。「どうしてここに門を作ったのかわからないけど、道路とか歩道とか乗馬道とか、そういう何かがないかぎり、わざわざ門なんか作らないよね。そうだとしたら……」声が震え、涙があふれかけた。いったん口をつぐみ、涙をこらえてから続けた。「あたしはその道を見つけたい。どんな道でもいい。どこにあるの? ねえ、探すのを手伝ってよ、トム」

背番号36は答えなかった。カケスがトリシアを罵るように鳴き、森の奥で何かが動く気配がした（あれではない。ふつうの動物だ。シカだろうか——この三、四日、たくさんのシカを見かけていた）。それだけだった。トリシアの前には、いや周囲には、気をつけて見なければ、森のなかによくある野原と思って見過ごしそうな古い牧草地がある。その向こうにはさらに森が広がっている。名前もわからない木が密集した森。道はどこにもない。

**最後のチャンスだよ。**

トリシアは向きを変え、北西の方角に野原を歩いていき、森との境の開けた場所まで来たところで振り返り、まっすぐ歩いてきたかどうか確認した。よし、一直線に来ている。前に向き直る。優しい風が吹いて木々の枝が揺れ、閃いては消える光をそこらじゅうに散らして、ディスコのミラーボールみたいな効果を生み出した。古びた倒木があった。トリシアはそれに向かって歩いた。密生した木々を縫って近づき、頑固にもつれ合った枝の下をくぐり……だが、期待に反して、それはただの丸太だった。杭や門柱ではない。ただの丸太だ。少し先も調べたが、何もなかった。心臓を激しく鼓動させ、痰がからんで小さな泡が破裂するような息をしながら、トリシアは来た道をたどって牧草地を横切り、門があった場所に戻った。今度は南東に向かってゆっくり歩き、森との境を目指した。

「さあて、ここが勝負どころですよ」トループはよくそう言う。「残りイニングもあとわずか、レッドソックス、そろそろ点を返さなくては、あとがありません」

木。どこまで行っても木ばかり。人の通る道はおろか、トリシアの見るかぎり、獣道一つなかった。こみあげてくる涙をいまはまだどうにかこらえているが、もうじきあふれてしまうに決まっている。どうして風はやんでくれないのだろう。陽射しが子犬の糞みたいなちっぽけな点々になって目の前で踊っていたら、何一つまともに見えやしない。まるでプラネタリウムか何かにいるみたいだ。

「あれは何かな」背後からトムの声がした。

「どれ?」トリシアは振り向きもせずに聞き返した。トムが現れようと、もはや奇跡と呼ぶほどのものではなくなっていた。「あたしには何も見えないけど」

「左側だよ。ほら、あそこに少しだけ見えているもの」背後からトムの手が伸びて指さす。

「あれ? あんなのただの大昔の切り株でしょ」トリシアは言った。いや、本当にそうだろうか。それとも、期待して裏切られるのが怖いからそんな風に――

「俺は違うと思うな」背番号36が言った。そうだった、トムの目は野球選手のそれなのだ。「あれも杭だと思うよ、トリシア」

トリシアは苦労して(まさに苦労だった。このへんの木は腹が立つほど密集していて、藪は深く、腐った落ち葉がたまった地面は不安定そのものだ)それに近づいた。本当だ。杭だった。今回は杭の片側に、小さな鋭いボウタイが並んだみたいな有刺鉄線の切れ端が残っている。

トリシアは風雨に浸蝕された杭のてっぺんに手を置いて立ち、陽光がまだら模様を散らして人の目を惑わしている森の奥を見つめた。雨降りの日、自分の部屋で、ママが買ってくれたパズルの本の問題を解いたときのことをぼんやり思い出した。そのなかに、やたらにごちゃごちゃした絵があった。そこに隠された十の物体――パイプ、ピエロ、ダイヤモンドの指輪など――を探すのが課題だった。

いまはこの風景に隠された道を見つけなければならない。**お願い、神様、道を探すのに力を貸して。**トリシアは目を閉じた。祈った相手はトム・ゴードンの神だ――パパのサブオーディブルではなく。いまいるのはモールデンでもサンフォードでもない。そしていまここで必要なのは、ちゃんと実在する神だった。救助（セーブ）されたとき——もしも救助されたら、そのとき——指さし、讃えられるような神。**お願い、神様。試合はもう終盤なんだ。どうか助けて。**

目を限界まで大きく開き、どこにも焦点を合わせずに森を見た。五秒が過ぎた。十五秒。三十秒。ふいに、見えた。何が見えるというわけではなかった——ほかよりも木の密生度が低くて少しだけ明るく見える方向があるようだとか、影がすべて同じ方向に伸びて意味ありげな模様を描いているとか、そんな程度のことだ。それでも自分が何を見ているかはわかった。いまにも消えてしまいそうな道の痕跡だ。

**きっとたどっていける。でも、考えすぎると見失うよ。**トリシアは心のなかでそうつぶやいて歩きだした。次の杭が見つかった。いまにも地面につきそうな角度にかたむいていた。あと一冬、霜と氷にさらされたあと、春に霜と氷が解けたらこの杭は倒れ、夏の雑草に埋もれることだろう。**考えすぎると、ちゃんと焦点を合わせて見ると、見失っちゃうからね。**

トリシアはそう自分に言い聞かせ、一九〇五年にイライアス・マコークルという農場主が立てたもののうち、現存する数少ない杭をたどって歩き始めた。杭は、酒にのまれて人生の目標を見失う前の若きマコークルが、自分が拓いた木材運搬道の両側に立てたものだった。トリシアは目を大きく見開き、ためらうことなく（少しでも迷ったら、その隙に思考が忍びこんできてトリシアを裏切るだろう）歩いた。ときおり、杭が一本もない区間があったが、鬱蒼とした茂みをかき分けてまで杭の残骸を探したりはしなかった。光と影のパターンと自分の直感に従った。かすかに浮かび上がる道の痕跡から目を離さないようにしながら、葉が生い茂る木々のあいだを縫い、棘のある背の高い灌木の茂みを迂回しながら、日が暮れるまで一定の速度で歩き続けた。ゆうに七時間は歩いただろうか、この分ではまたポンチョにくるまって蚊の猛攻をはねのけながら眠ることになりそうだとあきらめかけたころ、新しい野原に出た。杭が三本——酔っ払いみたいに思い思いの方向にかしいだ杭が三本、野原の真ん中に向かって並んでいた。いちばん奥の杭に、門扉の残骸がまだぶら下がっていた。門扉は、下から二本めの横木まで伸びた、からまりあった深い草むらに乗っかって支えられていた。その奥の雑草に覆われてデイジーが咲いた地面に轍（わだち）が二本、いまにも消えそうな風情で刻まれ、弧を描きながら、行く手の森の奥へ続いていた。かつての林道の名残だ。

トリシアはゆっくりと門を通り抜け、林道の始まりと思しき地点（あるいは終点か。どちら向きの視点で話すかによって違ってくる）に立った。すぐには動きださなかった。しかしまもなく地面に膝をつくと、轍の一方を這うようにしてたどり始めた。またしても涙があふれた。トールグラスに顎の先をくすぐられながら、林道の一番高いところ、雑草だらけの真ん中を乗り越え、手と膝を地面についたままもう一方の轍に下りて、今度はそれをたどった。そうやって目の見えない人のように這い進みながら、涙声で叫んだ。

「道だ！ 道だよ！ 道が見つかった！ ありがとう、神様！ ありがとう、神様！ 道があったよ、ありがとう！」

やがて這うのをやめてバックパックを下ろすと、轍に寝転がった。これは車輪が刻みつけたものだ。そう考え、泣きながら笑った。しばらくそうしていたあと、トリシアはあおむけになって空を見上げた。

# 八回

数分後、トリシアは立ち上がった。日が暮れてあたりが見えにくくなるまで、さらに一時間ほど歩いた。迷子になった日以来初めて、西のほうで雷鳴が轟いた。できるだけ葉が茂った木立を見つけて雨宿りするのがよさそうだ。雨が激しくなったらどのみち濡れることにはなるだろうが、いまはそれくらいかまわない気分だった。

二本の轍のあいだで立ち止まって荷物を下ろそうとしたとき、薄闇の奥に何かあることに気づいた。人のいる世界に属する何か。角っこのある何か。バックパックのストラップをしっかりかけ直し、目が悪くなったのに外見を気にして眼鏡をかけずにいる人のように目を細め、道の右側にそろそろと足を踏み出した。西の地平線で、雷鳴がさっきより少し大きく鳴った。

トラックだった。正確には、トラックの運転台だ。もつれた草むらからぬっと突き出ている。ボンネットは長く、ツタの蔓(つる)に埋もれかけていた。ボンネットの片翼は開いたままで、エンジンがあるはずの場所は空っぽだ。代わりにシダが元気に育っていた。全体は赤黒く錆びて、一方にかしいでいた。ウィンドウガラスはずいぶん前になくなったようだが、シートはまだちゃんとあった。シートの詰め物の大半は腐ったか、小動物にかじられたかしてなくなっている。

また雷鳴が轟いた。このときは稲妻が奥から雲をまたたかせた。雲は速いスピードでこちらに向かいながら、輝き始めたばかりの星を食い尽くしていく。

トリシアは木の枝を折り、かつて量産ガラスがはまっていたはずの空洞から車内にその枝を差し入れ、シートの詰め物を力いっぱい叩いた。舞い上がった塵(ちり)の量ときたら、驚くほどだった——ガラスがなくなった空洞から、まるでもやのように塵の雲が広がった。そのうえ、フロア下からシマリスが洪水のようにあふれ出て、きいきい鳴きながら菱形のリアウィンドウから逃げていった。

「退船せよ！」トリシアは叫んだ。「氷山に衝突した！　ご婦人とシマリスを優先的に——」胸いっぱいに塵を吸いこんでしまった。激しい咳の発作に襲われてその場にへたりこみ、シートを叩くのに使った枝を膝に置き、朦朧(もうろう)としながらきれいな空気を求めてあえいだ。このトラックで夜を明かすのはやめようと思い直した。まだ車内に残っているシマリスが怖いからではないし、たとえヘビがいたって平気だが（ヘビがここを住まいにしているなら、シマリスはとっくに引っ越しているはずだ）、八時間も塵を吸いこみ続けて死ぬほど咳をするなんてごめんだ。久しぶりにちゃんとした屋根の下で眠るのはさぞかしいい気分だろうが、いくらなんでも割に合わない。

トリシアはトラックのすぐ脇の茂みを通り抜けて、もう少しだけ森の奥へと歩いた。そこそこ大きなトウヒを見つけて根元に座り、木の実を食べ、水を飲んだ。食料難と水不足が迫っていたが、今夜はその心配をする気力はなかった。道路を見つけたのだ。大事なのはそれだ。古くて、もう誰にも使われていない道だが、たどっていけばどこかに行き着くかもしれない。もちろん、これまでの川みたいに途中で消えてしまうのかもしれないが、いまは考えないことにした。いまのところは、さっき見つけた道が、川をたどっても行けなかった場所に連れていってくれると信じたかった。

その晩は気温も湿度も高かった。ニューイングランド地方の短い夏にときどき訪れる蒸し暑い日の一つだ。垢で汚れたシャツの襟もとをはたはたと動かして垢染みた首筋に風を当て、下唇を突き出して額に落ちた前髪を吹き上げた。それから野球帽をかぶり直し、バックパックにもたれて脚を伸ばした。ウォークマンを出そうかと思ったが、やめておいた。西海岸で行なわれている試合の中継を聴き始めたら、今夜はきっとそのまま眠りこみ、残り少なくなった電池を無駄にしてしまうだろう。

バックパックを枕にして楽な姿勢を取った。いったんは完全に失われたもの、なのにこうして取り戻せたのは奇跡としか思えないもの――混じりけのない満足感があった。「ありがとね、神様」トリシアはつぶやいた。三分後には眠っていた。

二時間ほどたったころ、激しい雷雨の到来を知らせる最初の一滴が森の枝を編んだだけの屋根の隙間を通り抜け、トリシアの頬にぱたりと落ちて、トリシアは目を開けた。次の瞬間、雷鳴が轟いて世界を真っ二つに裂いた。トリシアは驚き、小さな悲鳴を上げて跳ね起きた。突風のような強い風にあおられて木々が甲高い悲鳴と低いうめき声を漏らし、稲妻のフラッシュが閃いて、報道写真のように鮮明な残像を空(くう)に刻みつけた。

トリシアはあわてて立ち上がり、目の上に落ちてきた髪を払いのけた。また雷鳴が轟き、思わず身をすくめた。今度のは破裂音というより、鞭を打つ音に似ていた。雨雲はほぼ真上に来ていた。木の下にいようがいまいが、すぐにずぶ濡れになるだろう。トリシアはバックパックを持ち、闇の奥でかたむいたトラックの大きな運転台に避難しようと、おぼつかない足取りで歩きだした。雨まじりの空気を吸いこんだとたんに咳が出て、三歩行ったところで止まった。強風に舞う木の葉や小枝がうなじや腕を叩いた。幹が裂けるばりばりという音が聞こえて、森のどこかで木が倒れた。

あいつがいる。それもすぐ近くに。

風向きが変わり、雨粒をトリシアの顔に叩きつけた。あいつのにおいを感じた——動物園の檻を連想させるような、強烈な野生のにおい。ただし、あいつがいるのは檻のなかではない。

トリシアはトラックの運転台に向けてふたたび歩き始めた。片手を目の前にかざして木の枝の鞭から顔を守り、レッドソックスの野球帽が風に持っていかれないよう、もう一方の手で押さえた。棘が足首やふくらはぎを引っかき、雨風をしのげる森を出て、トリシアの道（トリシアの頭のなかではそう呼ばれていた。トリシアの道、と）に足を踏み出したとたん、瞬時にずぶ濡れになった。

運転席側のドアは開いていた。ガラスのなくなった窓枠にツタの蔓がからみついている。トリシアがドアに近づいたときまたしても稲妻が走り、全世界が紫色に染まった。その強烈な光が、道の向こう側に立つ何かの姿をトリシアに見せた。なで肩、黒い目、ぴんと立った角（つの）のような耳。いや、本当に角なのかもしれない。それは人間ではなかった。動物でもなさそうだ。あれは神だ。トリシアの神、スズメバチの神。神が雨のなかに立っている。

「来ないで！」トリシアは叫び、運転台に飛びこんだ。もうもうと立ちこめる塵の雲も、シートの詰め物の不潔なすえたにおいも、気にしているゆとりはない。「やめて、あっちに行って！　どこかに行って！　ついてこないで！」

それに応えるように、雷鳴が轟いた。雨も運転台の錆びたルーフを激しく叩いた。トリシアは両手で頭を抱え、咳をし、全身を震わせながら、脇腹を下にして体を丸めた。そうやってあいつが襲ってくるのを待っているうち、いつしか眠りに落ちた。

訪れた眠りは深く、（トリシアの覚えているかぎりでは）夢は一つも見なかった。

目を覚ますと、空は昼間の明るさを取り戻していた。よく晴れ、暑く、木々の緑は心なしか前日よりも鮮やかに輝き、草はみずみずしく、森の奥では小鳥たちが屈託のない楽しげな声で歌っていた。木の葉や枝から雨水がさらさらと滴っている。顔を上げ、古ぼけたトラックのフロントウィンドウがあったところ、いまはガラスがはまっていない傾斜した長方形の穴から外をのぞく。最初に目に入ったのは、轍にできた水たまりに反射するまばゆい陽光だった。そのまぶしさにとっさに手をかざし、目を細めた。照り返しが消えても、残像は消えなかった。水面に映った空の残像。青かったそれは、やがて緑色に色褪せた。

ガラスはないのに、それでも運転台にいればほとんど雨に濡れずにすんだ。フロアの旧式な操作ペダルが並んでいるあたりに水がたまり、トリシアの左腕も濡れたが、それだけだった。眠っているあいだに咳をしたとしても、目が覚めてしまうほどではなかったようだ。喉は少し痛み、鼻も詰まっていたが、この塵だらけの車から出ればきっとよくなるだろう。

**昨日の夜、あいつが来た。姿が見えた。**

見えた？　本当に？

**あたしを殺しに来た。殺すつもりで来た。でもあたしがトラックに乗ったのを見て、やっぱりやめたんだ。理由はわからないけど、きっとそういうことだ。**

だが、そうではなかったのかもしれない。どれもこれも、眠りと覚醒の境界線をさまよっているときに見る類の夢だったのかもしれない。激しい雷雨にびっくりして目を覚ましたせいで、おかしな夢を見たのだ。稲妻が空を切り裂き、突風のような風が吹いていた。嵐のなかでは、誰だって奇妙な夢くらい見るだろう。

トリシアはバックパックを引き寄せ、いくぶんすり切れたストラップをつかむと、運転席側のドア口から後ろ向きに降りた。またも塵が舞い上がり、それを吸いこまないように気をつけた。運転台から降りると一歩後ろに下がって(運転台の赤錆色の車体は、まだ濡れているせいでプラムみたいな濃い赤に見えた)バックパックを背負った。そこでふと動きを止めた。雨はやみ、陽光はまぶしく暖かで、たどるべき道もある……しかしトリシアは、一気に年を取り、疲れきって、骨の髄まで冷えきったように感じた。夜中に急に目を覚ましたら、誰だってありもしないものを見た気にもなるだろう。嵐のまっただ中ならなおさらだ。よくあることだろう。しかし、いまトリシアが見ているこれは、想像の産物などではない。

トリシアが眠っていたあいだに、何者かがトラックの周囲の落ち葉やマツ葉や藪を掘り起こして円を描いていた。朝の光のなか、その円は見間違いようもなくくっきりと見えた。緑の背景に、水を含んだ黒い土で描かれた円。それを描くのに邪魔だった茂みや灌木は根ごと引き抜かれ、ばらばらにされて散らばっていた。迷える者たちの神はたしかに来たのだ。そしてこの円を描いたのだ。〈立入禁止——この子は俺のもの。俺の所有物だ〉と宣言するかのように。

# 九回表

その日曜、トリシアは朝から晩まで黙々と歩き続けた。薄いもやが一層かかったような空から陽射しが容赦なく照りつけた。朝のうちは雨に濡れた森から水蒸気が立ち上っていたものの、午後一番には元どおりすっかり乾いていた。とにかく猛烈に暑かった。道を見つけた喜びで心はまだはずんでいたが、こうなると日陰が恋しくもなる。体は熱っぽく、単に疲れただけでなく、体力を消耗しきった感じがした。あいつはずっとトリシアを見ていた。速度を合わせて森を歩きながら、トリシアを見ていた。今回は、見られている感覚が消えることはなかった。あいつはつねに右手の木々の向こうにいた。二度ほど一瞬だけ姿が見えたように思ったが、それはたぶん、木々の枝の隙間から漏れる陽光の加減にすぎないのだろう。そもそも見たいとは思わなかった。前の夜、稲妻が閃いた瞬間に見えただけで十分だった。毛皮、ぴんと立った異様に大きな耳、巨体。

それに、あの目。大きく、人間のそれとはまるで違う目。ガラス球のようにうつろなのに、知性の存在を感じさせる目。油断なくトリシアを追っている目。

**あたしがここから出られないってはっきりするまで、ついてくる気なんだ。**トリシアはうんざりした。**絶対にこの森から出さないつもりでいる。あたしを絶対に逃がさない。**

　正午を少し回ったころ、轍にできていた水たまりが干上がりかけているのに気づいて、いまのうちに水を確保しておこうと思った。野球帽をフィルター代わりに使って濾した水をポンチョのフードに集め、それをプラスチックのボトルに移す。それでもまだ水は塵で少し濁っていたが、トリシアはもういちいち気にしなかった。森の水を飲んだせいで死ぬのなら、最初に具合が悪くなったときに死んでいたはずだ。いまの懸念事項は食料が底をつきかけていることだった。水をボトルに詰めたあと、ブナの実とチェッカーベリーをそれぞれ数粒ずつ残して食べた。明日の朝食までには、ポテトチップスのくずをかき集めたときみたいに、バックパックの底をさらうことになるだろう。道沿いで何か食べるものが見つからないともかぎらないが、期待はしていない。

　道はどこまでも続いた。ときおり消えそうになっては、数百メートル先でまた復活した。途中、轍と轍のあいだ、道の真ん中に低木が茂っているところがあった。ブラックベリーではないかとトリシアは思った——サンフォードのままごとみたいな森で、ママと一緒に甘くて新鮮な実を帽子がいっぱいになるほど摘んだことがあって、そのときの茂みに似ているが、ブラックベリーがなる季節はまだ一月も先だ。きのこも見かけた。しかしどのきのこも正体が怪しくて、口に入れる気にはならなかった。ママもきのこには詳しくなかったし、学校でも教えてもらっていない。学校では木の実（ナッツ）のことと、知らない人の車に乗ってはいけないこと（知らない人のなかにはおかし（ナッツ）な人がいるから）は教わるが、きのこについては何も教わらない。トリシアが一つ確かに知っているのは、間違った種類のきのこを食べると命にかかわること——しかも苦しみ抜いて死ぬということ——だけだ。それに、きのこを無視して通り過ぎても残念とは思わなかった。食欲はほとんどなかったし、喉も痛かった。

午後四時ごろ、丸太につまずいて転び、脇腹から地面に叩きつけられた。立ち上がろうとしても、できなかった。両脚は小刻みに震え、水になったみたいに力が入らない。（自分でも不安になるほど長い時間、格闘した末に）やっとのことでバックパックを肩から下ろした。ブナの実を二つか三つだけ残して食べた。最後に口に入れた一つをあやうく戻しそうになった。ひな鳥のように首を伸ばし、いったん喉もとにせり上がってきたものをどうにか押し戻した。それから砂まじりの生ぬるい水と一緒にブナの実を（とりあえず）腹におさめた。

「さてと、レッドソックス・タイムかな」トリシアはつぶやき、ウォークマンを引っ張り出した。電波が入るかどうか疑わしいと思ったが、試してみて損はない。西海岸は午後一時ごろ、デイゲームがちょうど始まる時刻だ。

ＦＭの電波は一つとして入らなかった。遠いささやき声みたいな音楽さえ聞こえない。ＡＭに切り替えると、早口のフランス語でまくし立てる男性の声（しゃべりながらくすくす笑っているのが異様だった）が聞こえた。つまみが回りきる寸前、周波数一六〇〇あたりで、奇跡が起きた――ジョー・カスティリオーネの声だ。遠いが、なんとか聞き取れる。

「さて、二塁走者ヴァレンティンが大きくリードを取りました。カウントは3ボール1ストライク……打った！　ガルシアパーラの打球はセンターの深いところへ高く飛んで……飛んで……入った！　レッドソックス先制点です。２－０とリードしました！」

「いいぞ、ノマー！」トリシアは自分の声とはとても思えないカエルみたいにしわがれた声で言い、拳を力なく空に突き上げた。次のオレアリーは三振に倒れて、その回の攻撃は終わった。「車のガラスが割れたら、さあ、どこに電話する？」はるかかなたの別世界の声が歌った。どこにでも道が通り、神々は舞台裏でよきにはからっている、向こうの世界の声。

「フリーダイヤル１－８００」トリシアはつぶやいた。「５４……」

言い終える前にうとうとしていた。眠りが深くなるにつれ、体が右へ右へとかたむいた。ときおり咳をした。深くて湿った咳だった。試合が五回に進んだころ、何かが森のはずれに現れてトリシアを見つめた。ハエやヌカカがそいつの顔らしき部分に雲のように群がった。明るく輝いているかのように見える目をのぞきこんでも、そいつの過去は読み取れない。それは長いあいだそこに立っていた。やがてかみそりのように鋭い鉤爪のついた手でトリシアを指さし——あれは俺のもの、俺の所有物——ふたたび森の奥へ引き返していった。

# 九回裏

その試合の終盤のどこかで、ほんの短時間だけ、ぼんやりとだが目が覚めた覚えがある。ジェリー・トルピアーノが実況していた――少なくともトループの声に聞こえたが、なぜかシアトル・モンスターズが満塁のチャンスを迎えていて、マウンドのゴードンが逃げ切ろうとしているところだと言っていた。「バッターは強打者ですよ。おや、ゴードンは不安げな顔をしていますね、あんな顔は今シーズン初めてだ。神の力を借りたい場面なのに、神はいったいどこに行ってしまったんですかね、ジョー」「ダンヴィズですよ」ジョー・カスティリオーネが答えた。「ダンヴィズで涙(ティズ)に暮れているんでしょう」夢だ。こんなの夢に決まってる。ほんのちょっとだけ現実が混じっているかもしれない夢。確かに言えるのは、次にちゃんと目が覚めたとき、太陽は沈みかけていて、全身が熱っぽく、唾を呑みこむたびに喉がひりひりして、そしてラジオが不吉に黙りこくっていたことだ。

「つけっぱなしで寝ちゃったよ、お馬鹿さん」トリシアはつぶやいた。声はいっそうしわがれていた。「どうしようもないお馬鹿さん」ウォークマンの上部を確かめた。

そんなはずないとわかってはいたが、ちっちゃな赤いランプが灯っているのではないかと――体がかたむいた拍子に（目が覚めたとき、頭は一方の肩につくほどかしいでいて、首筋はひどく凝っていた）たまたま周波数のつまみが回ってしまっただけではないかと――望みを抱いて。しかし、赤いランプは消えていた。

どうせそろそろ電池の寿命だったんだしと自分に言い聞かせてみたものの、少しも慰めにならず、またも涙が出た。もうラジオは聴けないと思うと悲しくなった。とても悲しかった。友達の最後の一人を失った気分だ。体のあちこちをきしませながらのろのろと動き、ラジオを片づけてバックルを留め、バックパックを背負った。荷物なんかもうほとんど入っていないのに、一トンくらい重さがありそうに感じた。なぜだろう。

**だけど、道が見つかったわけだし。**トリシアは自分を励ました。**道が見つかったんだよ。**しかし空の光が薄れていき、一日が終わろうとしているいま、そう考えてもやはり気分は持ち直さなかった。**道、か。**道を見つけたという事実に嗤われているような、なぜかセーブのチャンスをふいにしているような気がしてきた――あと1アウトか2アウトで勝てるというところで、想定外の災難が起きたというような。この道をどこまでたどっていっても森は終わらず、二〇〇キロメートルくらい歩かされた先には何もないのかもしれない。その先にもやはりいまいましい藪か、憎らしい沼地が続いているだけかもしれない。

　それでもトリシアは歩きだした。ゆっくりと、疲れた足取りで、下を向いたまま。肩は力なく落ち、バックパックのストラップがサイズの合わないキャミソールのストラップのように何度もずり落ちかけた。キャミソールなら、手を軽くすべらせるだけでストラップは元の位置に戻る。しかしバックパックの場合、まずつかみ、次に引っ張り上げなくてはならない。

　空がすっかり暗くなる三十分ほど前、ストラップの片方が完全に肩からずり落ち、バックパックがかたむいた。もうバックパックごとここに捨ててしまおうかとも思った。なかに入っているのが最後の一つかみ分の木の実だけだったら、そうしていただろう。しかし、水のボトルも入っている。砂粒がまじっていても、水は喉の痛みを和らげてくれる。そこで、バックパックを捨てるのではなく、今日はここで夜を明かすことにした。

　道の真ん中の一番高くなったところに膝をつき、バックパックを下ろして安堵の息を吐き出す。それからバックパックを枕にして横になった。右手の暗い森を見やった。

「そこから出てこないでいいからね」トリシアはできるかぎりはっきりとした口調で言った。「出てきたら、フリーダイヤル１‐８００に電話して巨人（GIANT）を呼んじゃうよ。いい？」

何かがその声を聞き届けた。理解したかどうかはわからないし、返事もなかったが、そいつがいるのは確かだ。存在を感じる。トリシアが熟すのをいまも待っているのだろうか。襲って食う前に、まずはトリシアの恐怖を味わっているとか？　もしそうなら、試合はそろそろおしまいだ。怖がる体力も尽きた。もう一度呼びかけてみようかとふと思った。さっきの話は忘れてよ、もう疲れちゃったから、出てきて襲ってくれてもいいよと言ってみようか。だが、思い直した。そいつは誘いを真に受けかねない。

水を少し飲んで空を見上げた。うすのろボークはこう話していた——トム・ゴードンの神には目下、トリシアに救いの手を差し伸べる余裕がない、ほかにもっと大事な用事を抱えている。本当なのか疑わしいと思った……それでも、その神がここにいないことは確かだろう。ひょっとしたら手を差し伸べる余裕がないというより、手を差し伸べる気がそもそもないのかもしれない。うすのろボークはこうも言っていた。

「神はスポーツがお好きでね。だからといって、かならずしもレッドソックスのファンではないが」

トリシアはレッドソックスの野球帽を取り——すっかりくたびれ、汗が染み、森のいろんな汚れがついている——ゆるく湾曲したつばに指をすべらせた。トリシアのいちばんの宝物がこれだ。パパが娘のためにとトム・ゴードンにサインしてもらったもの。娘はあなたの大ファンですと書いた手紙を添えてこの帽子をフェンウェイ・パークに送り、トム（または公認の代理人）は、パパが切手を貼ってこちらの住所を書いておいた封筒に入れて、つばにサインが入った野球帽を返送した。たぶんいまでもこれがいちばんの宝物なのだとトリシアは思う。砂まじりの水と、干からびて味のしなくなった木の実一つかみ分と、汚れた衣類を別にすれば、財産はこの野球帽だけだ。サインは消えていた。雨やトリシアの手の汗でにじんで、ぼやけた黒っぽい影みたいになっている。それでもここにサインがあったのは事実だし、トリシアだってまだここにいる――とりあえずいまのところは。

「神様、レッドソックスのファンになれなくてもいいから、トム・ゴードンのファンにはなってくれない？」トリシアは言った。「そのくらいはできるでしょ？　そのくらいはなれるよね？」

一晩中、眠ったり目を覚ましたりを繰り返した。全身が小刻みに震えていた。熟睡したかと思うと、あいつがいる、すぐそこにいる、ついに森から出てトリシアを食おうとしていると思って飛び起きた。トム・ゴードンが話しかけてきた。パパも話しかけてきた。パパはトリシアのすぐ後ろに立って、ココナツ風味のクッキーを食べないかと言った。しかしパパがいるはずのほうを向いても、誰もいなかった。また流星がいくつも空を横切っていった。ただし、本当に見えたのか、それとも夢のなかで見ただけなのかは判然としなかった。もしかしたら電池が復活しているかもしれないと思って——しばらく休ませておくと、復活することもあるから——ウォークマンを取り出してみたが、確かめる前に草むらに落としてしまい、からまりあった草をかき分けて隅々まで探したが、見つからずじまいだった。そのあと両手でバックパックの蓋を探ると、ストラップはバックルに通ったままだった。そもそもウォークマンを取り出してはいなかったのだろう。暗闇のなかで、こんなにきちんとストラップを通せたとは思えない。咳の発作に十回以上襲われて、喉の痛みは肋骨のあたりまで広がった。どこかの時点でやっとのことで立ち上がって用を足しに行った。出てきたものは火傷しそうに熱く、唇を噛んで耐えた。

体調がじりじりと悪化する夜はいつもそうだが、この夜も同じだった——時間はぐにゃりとゆがんで見慣れない形に変わった。ようやく小鳥たちの声が聞こえ、木々の隙間から淡い光が広がり始めたときは、信じがたい思いがした。両手を目の前にかざして汚れた指を見つめた。まだ生きていることすら信じがたかったが、どうやら生きている。

空が明るくなり、つねにつきまとっている羽虫の雲が見えるようになるまで、そのままじっとしていた。それからゆっくりと立ち上がって様子を見た。脚が体重を支えきれるのか、またあおむけにひっくり返ることになるのか。

**立っていられないなら、這うだけのこと。**そう覚悟したが、今日のところは這う必要はなさそうだ。脚はちゃんと体重を支えられた。かがんでバックパックのストラップをつかんだ。体を起こした瞬間、激しいめまいに襲われて、いつかと同じ黒いチョウの飛行大隊が現れて視界を埋めた。チョウの群れが去るのを待って、トリシアはやっとの思いでバックパックを背負った。

ここでも問題が持ち上がった——どっちの方角に歩いていたんだっけ。もはや確信が持てない。どちらを向いても道は同じに見えた。丸太から一歩離れ、ためらいがちに左右を見比べた。足が何かに当たった。ウォークマンだ。イヤフォンのコードを巻いた本体は露で濡れていた。ゆうべ、やはり荷物から取り出していたのだ。かがんで拾い上げ、ぼんやりと見つめた。バックパックをまた下ろし、バックルを外して、ウォークマンをしまう？　それは重労働に思えた——山を動かすのに負けない重労働に。かといって、捨てていくのもどうかと思った。あきらめたと認めるようではないか。

その場に突っ立ったまま、三分かそれ以上の時間、熱で火照った目で小型ラジオ兼カセットプレーヤーをただ見つめていた。捨てるか、取っておくか。捨てるか、取っておくか。さあ、どうしますか、パトリシア、ウォーターレス・クックウェアをもらってここで降りますか、それとも車やミンクのコートやリオ旅行に挑戦しますか？　もしも自分がピートの〈マッキントッシュ・パワーブック〉だったら、いまごろそこらじゅうに大量のエラーメッセージと小さな爆弾マークを出しているだろうなと思った。想像したら、笑いがこみ上げた。

笑いはたちまち咳に変わった。これまでで最悪の発作で、トリシアはこらえきれずに体を二つに折り曲げた。両手を膝の少し上について、汚れたカーテンのような髪を前後に揺らしながら、犬のように吠えた。それでも咳に負けて地面に倒れこまないよう、必死で踏ん張った。ようやく発作が治まり始めたころ、そうか、ウォークマンはクリップでジーンズのウエストに留めておけばいいんだと気づいた。ケースの裏側のクリップはそのためのものだろう？　そのとおり。そんなことにも気づかないとは、とんだエル・ドポだ。

口を開き、「初歩的なことだよ、ワトソン君」——ペプシとお互いにそう言うことがあった——とつぶやいたとき、何か温かいものが下唇を濡らした。口もとを拭うと、掌に鮮やかな赤い色をした血がべったりとついた。トリシアは目を丸くしてそれを見つめた。

**さっき咳きこんだときに口のなかのどこかを嚙んじゃったんだ。**だが、すぐにそれは違うと思い直した。この血は口よりももっと深いところから出たものだ。そう思うと怖くなった。そして恐怖は、思考にかかっていたもやを吹き飛ばした。急にちゃんと頭が働きだした。トリシアは咳払いをして（そっと。でなければ痛くて咳払いなどできない）唾を吐いた。真っ赤だった。うわあ。とはいえ、どのみちいまは対処のしようがない。それに左右どちらに行くべきか判断できる程度の冷静さは取り戻していた。昨日、太陽は右の方角に沈んだ。木々のあいだからウィンクしている朝日が左に来るよう、向きを変えた。そうだ、たしかにこっち向きに歩いていた。なぜ方角がわからなくなったのか、不思議なくらいだった。

　トリシアはふたたび歩きだした。水で洗ったばかりの床を歩くときのようにゆっくり慎重に。**今日がそうなんだ。今日が最後のチャンスなんだ。ううん、今朝が最後のチャンスなのかも。午後には体力が尽きて歩けなくなってるかもしれない。また一晩、野外で過ごしたあとでまだ立ち上がれたら、それこそびっくり仰天の奇跡だ。**

びっくり仰天の奇跡。これはママの言い回しだったか、パパだったか。

「どっちでもいいよ」トリシアはかすれた声でつぶやいた。「無事に帰れたら、あたしだけの言い回しをいくつか作ることにしよう」

　永遠に終わらないのかと思われた日曜の夜と月曜の朝を過ごした地点を出発し、北に向けて一五から二〇メートルほど歩いたところで、ウォークマンを右手に持ったままでいることに気づいた。立ち止まり、慎重に、難儀しながら、ジーンズのウエストにクリップで留めた。ジーンズはゆるゆるになっていて、腰骨がくっきりと突き出ているのがわかる。**あともう何キロか痩せたら、パリのファッションショーのモデルになれそう。**イヤフォンの付属品をどうしようかと考えていたとき、遠くでごろごろという爆音が轟き、朝の静かな空気を切り裂いた——炭酸水の水たまりを巨大なストローで吸い上げたような音だった。

トリシアは悲鳴を上げた。驚いたのはトリシアだけではなかった。たくさんのカラスが鳴き、茂みからキジが一羽、怒ったように羽毛を逆立てて飛び出してきた。

トリシアは目を見開いたままその場に立ち尽くした。存在を忘れられたイヤフォンがだらりと垂れ、かさぶただらけで汚れた足首の隣で振り子のように揺れた。あの音なら知っている。おんぼろマフラーのアフターファイアだ。トラックか、若者が乗るようなポンコツ車のアフターファイア。この先に別の道があるのだ。車が通るような本物の道が。

走っていきたかったが、やめたほうがいいとわかっていた。走ったりしたら、何メートルと行かないうちに体力を使い果たしてしまうだろう。それは最悪だ。せっかくの車の音が聞こえるところまで来たのに気絶し、悪くすればそのまま熱中症で死ぬなんて、相手チームをあと1ストライクまで追いつめたのに、セーブを逃すようなものだ。そういう惨事はえてして起きるものではあるが、自分の身には起きてもらいたくない。

そこでトリシアは走らずに歩き始めた。はやる気持ちを抑え、ゆっくり慎重に足を運ぶ。そうするあいだもずっと耳を澄ましていた。またアフターファイアの音が聞こえないか、かなたでエンジンの音がしないか、クラクションが鳴っていないか。何も聞こえない。何一つ聞こえなかった。一時間ほど歩いたころ、あれは幻聴だったのだと思い始めた。これにかぎっては幻聴とは思えなかったが、でも……

丘を登りきり、下の景色を見た。咳が出て、唇からまたも散った血のしぶきが陽射しを受けてきらめいたが、トリシアは気に留めなかった。口を手で覆うことすらしなかった。いま来たこの轍のついた道は、眼下の丘のふもとで未舗装の道路とT字路を作って終わっていた。

ゆっくりと丘を下り、未舗装の道路に立った。タイヤの跡は残っていない――土が固いからだ――が、轍はタイヤがつけたものだし、道の真ん中に雑草が伸びていたりはしなかった。新しく見つけた道路は、いま来た道と直角に接している。つまり、ほぼ東西に走っていることになる。そしてこのとき、ついに、トリシアは正しい選択をした。西には向かいたくなかった。またも頭痛がし始めていて、太陽をまともに見て歩くのは避けたかったからだ。それでもトリシアは、西に向かった。そこから六キロメートル先では、つぎはぎだらけの黒いリボンのようなニューハンプシャー州道九六号線が森を貫いている。何台かの車と、かなりの数のパルプ運搬トラックがこの州道を使っていた。さっきトリシアが聞いたのは、トラックの一台がカモンガスヒルのきつい上り坂に備えてシフトダウンした拍子に、年代もののマフラーがアフターファイアを起こした音だった。静かな朝の空気は、その音をゆうに十数キロ先まで伝えたのだ。

トリシアはふたたび歩きだした。体に新たな力がみなぎっていた。四十五分ほど歩いたころだろうか、音が聞こえた。遠いが、聞き間違いようのない音だった。

**勘違いだよ。ここはね、まぎらわしいものだらけの場所なんだから。**

そうかもしれない。でも……

トリシアは首をかしげた——マクファーランドのおばあちゃんが屋根裏部屋にしまいこんでいる古いレコードのジャケットにある犬のマークのように。息を殺す。こめかみが脈打ち、腫れた喉がひゅうひゅうと鳴った。鳥の声。微風が立てる軽やかな音。耳のあたりに群がった蚊の、低いハミングのような羽音。そしてもう一つ、やはりハミングのような低い音が聞こえた。舗装道路を行き来するタイヤの音。とても遠い。だが、間違いなく聞こえている。

トリシアは泣きだした。「幻聴じゃありませんように」しゃがれた声で言う。いまやささやくほどの小さな声しか出なくなっている。「お願い、神様、幻聴じゃありませんよう——」

背後で、がさがさと大きな音がした——そよ風が葉を揺らす音ではない。これは違う。あれはそよ風だと（ほんの数秒間だけ）思いこむことにしたとしても、では、あの枝の折れる音をどう説明する？　次の瞬間、何かが倒れるときの、きしむような、裂けるような音がした。おそらくは行く手を――あいつの行く手を――邪魔していた小さな木が倒される音だ。あいつは、あと一歩で助かるというところまでトリシアを放っておいた。あの日、思いがけず、そして不注意から、見失ってしまった道の音が聞こえるところまで歩かせた。トリシアが苦しみながらも歩き続ける姿をずっと見ていた。ことによると、見ておもしろがっていた。神のごとき慈悲の心で見守っていた。考えるだにおそろしい。しかしいま、見ているだけの時間は終わった。ただ待つだけの時間は過ぎたのだ。

おそろしさと、ついに来るべきものが来たという不思議な安堵を一緒くたに感じながら、トリシアはゆっくりと振り返り、迷える者たちの神と向き合った。

# 九回裏——リリーフエース登板

それは道路左手の木々のあいだから現れた。トリシアのとっさの感想はこうだった——え、これだけ？　この程度のものだったの？　藪の最後のとばりをかき分けてアメリカクロクマ（ウルスス・アメリカヌス）が現れたら、おとなの男ならその場で回れ右をして逃げるはずだ。その個体はアメリカクロクマの成獣で、目方はおそらく二〇〇キログラム近くある。ただトリシアが想像していたのは、夜の底の底から這い出てきた世にもおそろしい怪物だった。

艶やかな毛皮に木の葉やいががからみつき、一方の手には（そう、それは前足ではなく手だ。そう言って語弊があるなら、鉤爪のついた、手にそっくりな器官だった）樹皮をあらかた剝がれた枝があった。その枝を、魔法使いの杖や王族の笏（しゃく）か何かのように持っている。そいつは体を左右に大きく揺らすようにしながら道路の真ん中まで出てきた。そのまま手足を地面についたままでいたが、まもなく低いうなり声とともに後ろ足で立ち上がった。そうやって立ち上がると、やはりクロクマなどではないとわかった。トリシアが初めから思っていたとおりだった。そいつはどことなくクマに似てはいるが、正体は、迷える者たちの神だ。その神がトリシアを狩りに来たのだ。

黒い目が――目ではなくただの穴にすぎないものが、トリシアを見据えた。薄い茶色の鼻を高く上げてひくつかせてから、右手の木の枝を口に持っていった。鼻の付け根に皺を寄せ、緑色に染まった巨大な歯を上下ともむき出しにした。枝の端を口にくわえた。まるでぺろぺろキャンディーを舐める幼い子供のようだった。それから、ひどくゆっくりとした動きで棒を真ん中から食いちぎった。森は静寂に包まれた。そいつの歯が鳴らす音、骨が砕けるのに似た音がはっきりと伝わってきた。もしもあの歯で嚙まれたら――あの歯に嚙まれたとき、トリシアの腕もきっとあんな音を立てるのだろう。

そいつは首を伸ばした。耳がぱたぱたと動く。トリシアと同じように、そいつの耳にも、黒い小さな銀河のようなユスリカやヌカカの群れがたかっていた。背後の朝日が落とす長い影は、トリシアの傷だらけのスニーカーの爪先に届きそうだった。そいつとの距離は二〇メートルもない。

そいつはトリシアを狩りに来たのだ。

**走れ。**迷える者たちの神は吠えた。**俺から逃げろ。向こうの道まで競走しろ。このクマの体はのろい。夏の栄養にまだありついていないからな。ここまでの実りは乏しかった。さあ、走れ。生きたまま逃がしてやるかもしれないぞ。**

**そうだよ、走って逃げよう。**しかし次の瞬間、意地悪小娘の冷たい声が言った。**あんた、走れるわけ？　立ってるのがやっとに見えるけど、スイートハート。**

クマではないそいつはじっと動かずにトリシアを見ていた。耳がぴくぴくと動き、大きな三角形の顔に群がる虫を追い払った。脇腹の毛皮は豊かで輝くようだ。鉤爪の生えた手に、半分残った木の枝を握っている。何か考えているかのように顎をゆっくりと動かしている。歯のあいだから枝の切れ端がのぞいた。切れ端の一部は落ち、一部は鼻先にくっついた。目はただの空洞で、その奥ではちっぽけな生き物がうごめいていた――ウジ、のたうつハエの幼虫、蚊の幼体、そのほか何だかよくわからないものがごちゃごちゃになった、生きたスープ。トリシアはここまでに通り抜けてきた沼を連想した。

**シカを殺したのは俺だ。おまえをずっと見ていた。おまえのまわりに円を描いたのも俺だ。逃げてみろ。その足で走って敬意を示せ。そうしたら、生きて逃がしてやってもいい。**

トリシアとそいつを取り巻く森は静まり返り、むせ返るような草葉のにおいを吐き出している。トリシアの呼吸に合わせ、荒れた喉が乾いた音をかすかに鳴らした。クマにそっくりな姿をしたそいつは、二メートルの高みから、いばりくさった目で彼女を見下ろした。頭は天を衝き、鉤爪は地をとらえている。トリシアはそいつの目を見返した。見上げた。その瞬間、何をすべきか悟った。

セーブして試合を終えるのだ。

「神は九回の裏に降りてくるものだからさ」トムはそう言った。それに、リリーフの秘訣は何だった？　どっちが上か、最初に教えてやることだ。相手に負けることはあるだろう……でも、自分に負けてはいけない。

しかしその前に、あの静けさを作り出さなくてはならない。両肩からあふれ出て広がり、やがて確信の繭となって全身を包みこむ、あの静けさ。相手に負けることはあっても、自分に負けてはいけない。甘い球を投げてはいけない。逃げてはいけない。

「氷水」トリシアは言った。未舗装道路の真ん中に立ったそいつが首をかしげる。主人の声に聞き入る犬の巨大バージョンのようだ。両耳がこちらを向いた。トリシアは野球帽に手をやり、ゆるく弧を描くつばを前に持ってきて目深にかぶり直した。トム・ゴードンと同じように、目深に。それから九〇度向きを変え、道路の右側を向くと一歩前に踏み出し、両足を軽く開いて立った。左膝をクマの姿をしたものに向ける。顔はそいつのほうに向けておく。せわしなく形を変える虫の雲を透かして、そいつのうつろな目をまっすぐに見据えた。「さあ、試合は山場を迎えました」ジョー・カスティリオーネが言った。「みなさん、シートベルトを締めて」

「かかってきなよ。その気があるならかかってきな」トリシアは大きな声で挑発した。

ジーンズのウエストからウォークマンを取り、コードを引き抜いて、イヤフォンを足もとに放り出した。ウォークマンを背中に隠し、手のなかで回しながら望むグリップを探す。「あたしの血管にはね、氷水が流れてるんだ。最初の一嚙みで、あんたなんか凍っちゃうかも。さあ、かかってきなよ、万年マイナーリーグ野郎！　どうせへぼバッターなんでしょ！」

クマの形をしたものは木の枝を放り出し、前足を地面に下ろした。怒りっぽい雄牛のように、硬い土の路面を前足で引っかく。鉤爪に掘り返された土が塊になって盛り上がる。そして次の瞬間、トリシアに向かって走りだした。体が大きく波打つ。走る姿からは想像できないスピードだった。両耳をぴたりと寝かせている。鼻面に皺が寄って歯がむき出しになる。口から低いぶうんという音が漏れた。その音の正体はすぐにわかった。ミツバチではなく、スズメバチの羽音だ。見かけはクマだが、その中身こそが本質なのだ。なかにはスズメバチが詰まっている。考えてみればそうだ。川岸で見た黒ローブの僧侶は、こいつの預言者ではなかったか。

**走れ**。トリシアに向けて突進しながら、そいつは言った。巨大な後ろ足が右に、左に大きく蹴り出される。それは不似合いに優美な動きだった。そいつの背後の固い土の路面に、爪の痕が刻まれ、掘り返された土の小さな山が築かれる。**逃げろ。これが最後のチャンスだ。**

それは違う。トリシアの最後のチャンスは、静けさだ。

静けさ。それにたぶん、切れ味鋭いカーブボールだ。

トリシアは両手を合わせてセットポジションについた。手のなかのウォークマンはもはやウォークマンとは思えない。野球ボールの感触だ。ここにはフェンウェイ・パークのスタンドを熱狂で埋めるファンはいない。手拍子もない。審判も、バットボーイもいない。あるのは、トリシアと緑色をした静けさ、朝の熱い陽射し、そして見た目はクマそっくりで、なかにはスズメバチが詰まったそいつだけだ。静けさと、それにいまはトリシアだけが、トム・ゴードンの気持ちを理解できた。台風の目の静けさに包まれてセットポジションにつく気持ち。そこではあらゆる圧力がゼロになり、あらゆる音がシャットアウトされ、試合は山場を迎える。さあみなさん、シートベルトを締めて。

トリシアはセットポジションについたところで動きを止め、静けさが全身を包むのを待った。よし、両肩から静けさが流れ出した。食われるなら、それもしかたがない。負けるなら、それもしかたがない。その両方だってかまわない。けれど、自分に負けたりはしない。

**あたしは逃げない。**

そいつはトリシアの前で止まり、キスをするみたいに首を伸ばして顔を近づけた。

目はない。うごめく二つの穴がうがたれているだけだ。卵を産みつける虫だらけの二つのワームホール。虫たちは低くうなり、身をくねらせ、人の想像の及ばない神の脳に通じるトンネルのなかの居場所を争っている。そいつが口を開く。喉にびっしりと群がっているのはスズメバチだ。不格好にふくらんだ猛毒の製造工場を尻に持つスズメバチの群れが、嚙み砕かれた木の枝の切れ端や、そいつの舌の役を務めるピンク色のシカの内臓の表面を這い回っている。そいつの息は、沼の汚泥のにおいをさせていた。

トリシアはそれらを見た。さっと目を走らせたあと、そいつの向こうに視線を向けた。捕手のヴァリテックがサインを閃かせる。投球はまもなくだ。しかしいまのところはじっと動かずにいる。不動だった。バッターを待たせ、焦らし、タイミングを狂わせる。首をかしげさせてやるのだ——カーブが来るという読みは間違っていたかなと不安にさせるのだ。

クマの姿をした生き物は、トリシアの顔の隅々まで丹念ににおいを確かめた。やつの鼻の穴を虫が出入りしている。二つの顔——片方は毛に覆われ、もう一方は無毛——のあるかなきかの隙間をヌカカが飛び回る。まばたきひとつせずに見開かれたトリシアの目の濡れた表面をユスリカがかすめていく。そいつの顔に当たるところは、波打ちながら形を変えていた。休みなく形を変え続けている。学校の先生や友達の顔が浮かび上がった。両親や兄弟の顔も。学校の帰り道、車で送ってやろうかと声をかけてくるような男の顔も見えた。小学一年生で〝**知らない人**（ストレンジャー）**は危険**（デンジャー）〟と教わったっけ。そいつは死や病や、そのほかありとあらゆるにおいをランダムに発散していた。猛毒の製造工場の低いうなりこそ、本当のサブオーディブルだ。

そいつはふたたび後ろ足で立ち上がると、自分にしか聞こえない獣の音楽に合わせてわずかに体を揺すり、トリシアをぴしゃりと打つように手を出した……ふざけているように。いまはただふざけているように。鉤爪はトリシアの顔から七、八センチほどのところをかすめた。黒い土が詰まった鉤爪が起こした風がトリシアの額から前髪を払った。前髪はトウワタの綿毛のように額をくすぐった。トリシアはそれでもまだ動かなかった。セットポジションのまま、青みがかった白い毛が稲妻の形を描いているクマの下腹を透かして、遠くを見つめていた。

**こっちを見ろ。**

**いやだ。**

**俺を見ろ！**

まるで目に見えない手に顎をつかまれたようだった。いやだったが抵抗する術はなく、トリシアは顔を上に向けた。目を上げる。クマの姿をしたもののうつろな目をのぞきこみ、そいつは何があろうとトリシアを殺すつもりでいることを理解した。勇気では足りないのだ。しかし、だから何だ？　せいぜいちっぽけな勇気しか持っていないとして、だから何だ？　そろそろ試合を終わらせる潮時だ。

頭で考えることなく、トリシアは自然に左足を右足に引き寄せて、投球動作に入った——パパが裏庭で教えてくれたフォームではなく、テレビでゴードンを観察して身につけたフォームで。左足をふたたび踏み出し、右手を右耳の横に、そしてさらに上まで持ち上げると（極端なくらい大きく振りかぶった。スピードを殺した眠たいカーブや高く弧を描く超スローボールを投げるつもりなんかない。思わずバットを出したくなるが当てられない球、パワーカーブになるはずだ）クマの姿をしたものは、ぎこちなく一歩大きく下がってバランスを崩しかけた。そいつのぼやけた視力の代わりをしているうごめく虫たちは、トリシアの手の野球ボールを武器と認識したのだろうか。それとも、トリシアの脅すような攻撃的な身ぶりに——振りかぶった手に、本当ならあとずさりをして向きを変え、逃げ出すはずのところで一歩前に出たことに——驚いたのか。どっちだっていい。そいつが漏らしたうなり声は、当惑の声だったのかもしれない。スズメバチの雲が、生命を持った気体のごとく口から吐き出された。毛だらけの前脚の片方を振り回して、バランスを取り戻そうとしている。そいつがそうやってひっくり返るまいとあがいているところに、ふいに銃声が鳴り響いた。

その朝、たまたま森にいた男、この九日間でトリシア・マクファーランドの姿を初めて目にした人間は、衝撃のあまり、高性能自動装塡ライフルを持って森にいた理由について、警察に嘘をつこうとさえしなかった。禁猟期のシカを撃ちにきていたというのに、だ。男の名はトラヴィス・ヘリック。どうしても避けられない場合を除き、食べるものには金を払わないという主義の持ち主だった。金にはほかにもっと有益な使い道がいくらでもある――宝くじとか、ビールとか。これまでのところ裁判にかけられたことは一度もなく、罰金さえ食らったことがなかったし、この日も少女の前に立っていた生き物を殺さなかった。少女は不動のまま、勇敢にそいつとにらみ合っていた。

「あの獣が最初に近づいたとき、あの子がちょっとでも動いてたら、ずたずたに引き裂かれてただろうよ」ヘリックはそう話した。「ずたずたにされずにすんだのが不思議だね。あの子はきっと、古いジャングル映画のターザンみたいに、にらみ倒して怖じ気づかせたんだろうな。俺が丘を登っていったら、あの獣と女の子が見えた。そのまま二十秒くらいはぼうっと見てたと思うよ。いや、一分だったかもしれない。ああいう場面にいきなり出くわすと、誰だって時間の感覚が怪しくなるだろ？　それに、いきなり撃つわけにはいかなかった。獣は女の子のすぐそばにいたからね。あの子に当てちまったらたいへんだ。それで見てたら、あの子が動きだした。手に何か持っててさ、野球のピッチャーみたいに、獣めがけて投げつけたんだよ。あの子が急に動いたんで、相手も驚いたんだろうね。あとずさりして、こう、よろめいたっていうのかな。それを見て思った。いまがチャンスだ、いま撃たなきゃあの子がやられちまうって。それで銃をかまえて撃った」

裁判なし、罰金もなしだった。何のおとがめもなかったうえに、グラフトンノッチで開催された一九九八年の独立記念日のパレードでは、トラヴィス・ヘリックを称える山車が出た。ヤー、ベイビー。

その音が聞こえたとき、トリシアにもすぐわかった――銃声だ。そいつのぴんと立った耳の一方の先端がちぎれ、紙吹雪みたいに飛び散った。ちぎれた耳の隙間から、ほんの一瞬、青空がのぞいた。赤いしぶきが散るのも見えた。チェッカーベリーの実ほどのサイズの粒が弧を描いて飛び散った。それと同時に、クマはただのクマに戻った。大きな目はガラス玉のようで、滑稽なほど驚いていた。いや、もしかしたら、そいつは初めからずっとクマだったのかもしれない。

しかし、トリシアは油断しなかった。

動きを止めることなくボールを投げた。ボールはクマの目と目のあいだに命中し――うわあ、幻覚にしてはリアル――〈エナジャイザー〉の単三電池二本が飛び出して道路に転がった。

「ストライクスリー、バッターアウト！」トリシアは叫んだ。しわがれ、勝ち誇り、つぶれかけた声に驚いて、傷を負ったクマはくるりと向きを変えて逃げだした。四本の足で力強く地面を蹴り、みるみるうちに速度を稼ぎ、ちぎれた耳から血を流しながら、尻を振って猛然と走っていく。もう一発、鞭を鳴らすような銃声が響いて、弾がトリシアからほんの三〇センチほどのところをかすめて飛んでいった。トリシアは空気が切り裂かれる衝撃を感じた。弾はクマのはるか後方の路面にめりこみ、土埃がもうもうと上がった。クマは左に進路を変えて森に飛びこんだ。艶やかに輝く黒い毛皮がつかのま見えていた。クマが通り過ぎたあとの藪が下手な役者の恐怖の芝居のように大げさに身を震わせた。まもなくクマの姿は見えなくなった。

トリシアは危なっかしく振り向いた。つぎの当たった緑色のズボンに緑色のゴム長を履いた小柄な男の人が見えた。くたびれたTシャツの裾をはためかせながらこちらに走ってくる。頭のてっぺんは禿げていた。横の長い髪は肩まで届く長さだ。小ぶりな縁なし眼鏡が陽射しを跳ね返した。古い映画のなかで白人に襲いかかる先住民族のように、頭の上にライフルを掲げている。Tシャツにレッドソックスのロゴがついているのを見ても、トリシアは少しも驚かなかった。ニューイングランド地方に住む男の人はみな、最低でも一枚はレッドソックスのシャツを持っているようだから。

「おい、お嬢ちゃん！」男が声を張り上げた。「おい、そこのお嬢ちゃん、いやはや、無事なのかい？　たまげたね、さっきのはクマだよ。大丈夫なのかい？」

トリシアはゆらゆらしながら足を一歩踏み出した。「ストライクスリー、バッターアウト」そう言ったが、自分でも聞こえないような小さな声しか出なかった。さっき大きな声でコールしたとき、喉がついにだめになってしまったのだろう。もう、血の味がするかすれ声しか出ない。「ストライクスリー。カーブを投げたんだ。あいつ、手も足も出なかった」

「何だって？」男はトリシアの前で止まった。「聞き取れないよ、お嬢さん。何だって？」

「見た？」トリシアは自分の投球を見たかというつもりで尋ねた。信じられないくらいみごとなカーブ。バッターの手もとで曲がるだけでなく、びしっと鋭い音を立ててキャッチャーミットに収まるようなカーブ。「さっきの、見た？」

「あ、ああ……見たよ……」しかし実のところ、ヘリックは自分が何を見たのかよくわかっていなかった。少女とクマがにらみ合っていたあの凍りついた何秒かのあいだに、自信が揺らいだ瞬間、あれは本当にクマなのかと疑問に思えた瞬間があった。そのことは誰にも打ち明けなかった。ヘリックが酒を飲むことはみな知っている。頭がおかしくなったと思われるだけだろう。それにいま目の前にいるのは、泥とぼろぼろの服でかろうじてつなぎ留められているような痩せ細った体をして、うわごとじみたことを口走る女の子にすぎない。名前は思い出せなかったが、この少女が誰なのか、すぐにぴんときた。ラジオでもテレビでも報じられていた行方不明の女の子だ。北西に遠く離れたこんなところまでどうやって来たのか想像もつかないが、誰なのかはよく知っていた。

トリシアの足がもつれてあやうく倒れかけたが、ぎりぎりのところでヘリックが抱き留めた。その拍子にライフル——ヘリックの自慢の種、三五〇クラグ・ライフル——が耳のすぐそばで発射され、トリシアの耳は聞こえなくなった。だが、トリシアは意に介さなかった。どういうわけか、何もかもが自然ななりゆきと思えた。

「見たよね？」トリシアはもう一度尋ねた。自分の声が聞こえず、果たしてちゃんと話せているのか不安になった。小柄な男の人は途方に暮れて怯えたような顔をしていて、しかもあまり頭がよさそうには見えないが、親切そうではある。「カーブで仕留めたんだ。あいつ、手も足も出なかった。見たよね？」

男の人の唇は動いているが、何を言っているのかわからなかった。男の人がライフルを道端に置いたのを見て、トリシアは安堵した。そのあと抱き上げられ、ふいに姿勢が変わったせいで、ひどいめまいを感じた。もし胃に何か入っていたら、戻してしまっていただろう。咳が出た。耳鳴りがやかましくて、咳の音も聞こえなかった。それでも咳が出るたび胸の奥、肋骨の底のほうが引き攣れるように痛むのはわかった。運んでもらえてうれしい、助けてもらえてうれしいと言いたかった。あのクマの姿をしたものは、おじさんが発砲する前から尻込みしかけていたんだよと言いたかった。セットポジションから投球動作に入ったとき、あいつの顔に狼狽(ろうばい)した表情が浮かんだのをたしかに見た、と。トリシアに恐怖を感じているのがわかった、と。いまトリシアを抱いて走りだしたこの人に一つだけ、とても大事なことを一つだけ伝えたかったが、体が激しく揺さぶられていたし、咳が出て頭ががんがん鳴っていて、きちんと声に出して言えたのかどうか、自分でもわからなかった。

意識を失った瞬間もまだ、トリシアはこう言おうとしていた——**やったよ、あたし、セーブに成功した。**

# 試合終了後

トリシアはふたたび森に戻っていた。見覚えのある野原に来た。その真ん中、切り株に見えるけれど切り株ではないもの、錆びたリングボルトがてっぺんについた門柱の横にトム・ゴードンが立ち、ボルトの環をぼんやりともてあそんでいた。

この夢なら前にも見たとトリシアは思った。ところがトムに近づいてみると、前とひとつ違っているところがあると気づいた。トムは灰色のビジターユニフォームではなく、背中に鮮やかな赤いシルクで〈36〉と書かれた純白のホームユニフォームを着ていた。遠征が終わって、レッドソックスはフェンウェイ・パークに戻っている。そう、遠征は終わったのだ。なのにトリシアとトムはここにいる。またこの野原に戻っている。

「トム？」トリシアはおずおずと言った。

トムはトリシアを見て、どうしたと尋ねるように眉を上げた。才能にあふれた指が、錆びたボルトの環をあっちへ倒し、こっちへ倒す。あっちへ。こっちへ。

「あたし、セーブしたよ」

「知ってるよ、ハニー。よくやった」

　あっちへ、こっちへ。あっちへ、こっちへ。リングボルトの環がちぎれたら、さあ、どこに電話する?

「どこまでが本当に起きたことなのかな」

「最初から最後までさ」トムはこともなげに言った。それから、繰り返した。「よくやったな」

「ハイキングコースを離れたりして、馬鹿だったね、あたし」

　トムは意外そうな顔でトリシアを見た。それからボルトの環をもてあそんでいるのとは反対の手で、野球帽のつばを押し上げた。そして微笑んだ。笑うと少年みたいだった。「ハイキングコースって?」

「トリシア?」女の人の声だった。後ろから聞こえる。ママの声に似ているが、森のこんなところにママがいるはずがない。

「聞こえていないかもしれませんね」別の女の人の声が聞こえた。この声には聞き覚えがない。

　トリシアは振り向いた。森に闇が迫り、木々の影の境目が溶け合って、舞台の背景幕のように現実味を失い始めた。おぼろな影が動いているのが見え、トリシアはつかのま恐怖にとらわれた。**スズメバチの僧侶だ。スズメバチの僧侶がまた来た。**

次の瞬間、これは夢なんだと思い出し、とたんに恐怖は薄らいだ。トムのほうに向き直ると、トムは消えていて、てっぺんにリングボルトがついたささくれ立った門柱だけがぽつんと残されていた。それにもう一つ、草むらにウォームアップジャケットが落ちていた。背中に〈GORDON〉とネームが入っている。

そのとき、野原の向こう端にトムの姿が一瞬だけ見えた。亡霊じみた白い影。「トリシア、神はいつ降りてくるんだった？」トムが大きな声で訊く。

**九回の裏**。そう答えたかったが、声が出なかった。

「見て」ママの声だった。「唇が動いてる！」

「トリッシュ？」これはピートの声だ。心配そうな、期待のこもった声。「トリッシュ、目が覚めたの？」

トリシアは目を開けた。森は遠い暗闇に吸いこまれるように遠ざかった。その暗闇は、これからもずっとトリシアにつきまとうことだろう。**ハイキングコースって？** ここは病室だ。鼻に何か差しこまれていて、それとは別に何かが――チューブだ――手の甲にもつながっている。胸が重い。重苦しい。ベッドのそばにパパとママとお兄ちゃんがいた。その後ろに、白衣を着た大柄な看護師がいる。聞こえていないのかもしれませんねと言ったのはこの人だ。

「トリシア」ママが言った。泣いていた。ピートも泣いている。「トリシア、ハニー。

ああ、ハニー」ママはトリシアの手を——変なものが刺さっていないほうの手を握った。

トリシアは微笑もうとした。しかし唇が重たくて動かせない。口角をちょっと上げることさえできなかった。目を動かすと、ベッド脇の椅子にレッドソックスの野球帽があるのが見えた。つばに、黒っぽい灰色の影がにじんでいた。ちょっと前までトム・ゴードンのサインだったもの。

パパ。そう言おうとした。出てきたのは声ではなくて咳だった。軽い咳なのに胸が痛んで、トリシアは顔をしかめた。

「話さないほうがいいわ、パトリシア」看護師が言った。その口調と物腰から、家族に病室から出てもらいたがっているとわかった。じきに追い出しにかかるだろう。

「あなたは病気なの。肺炎よ。両方の肺が炎症を起こしてるの」

でも、ママには聞こえていないようだった。ベッドのトリシアのすぐ隣に腰を下ろし、痩せ細ったトリシアの腕をさすっている。しゃくりあげてはいない。それでも涙があとからあとからママの目からあふれ出て、頬を伝った。ピートはその横に立って同じように静かに泣いていた。ピートの涙を見て、ママのときとは別の種類の心の震えを感じた。とはいえ、ピートはやっぱり頼りないお兄ちゃんにしか見えない。そしてその横、椅子の傍らに、パパが立っていた。

今度はしゃべろうとはしなかった。黙ってパパの目を見つめ、唇をゆっくりと動かして、さっき言おうとしたことを伝えた——パパ！

パパがそれに気づき、腰をかがめてトリシアのほうに顔を近づけた。「何だ、ハニー？　何だい？」

「そろそろいいでしょう」看護師が言った。「数値がみんな上がってしまっています。あまりいいことではないんですよ——興奮させるのはこのくらいにしておいたほうが。私のためだと思って……患者のためだと思って——」

ママが立ち上がった。「愛してるわ、トリッシュ。無事でいてくれて本当によかった。ずっとここにいるからね。でも、いまは眠りなさい。ラリー、行きま——」

パパはママの言葉を無視した。手でテントを作るような形にシーツの上にそっと指をつき、トリシアのほうに身をかがめている。「何だ、トリッシュ。言ってごらん」

トリシアは目を動かして椅子を見た。次にパパの顔を見、また椅子を見た。パパは困ったような顔をした。わかってもらえそうにないとトリシアがあきらめかけたそのとき、パパの顔がぱっと輝いた。パパは微笑み、椅子から野球帽を取ってトリシアの頭に載せようとした。

トリシアはママがさすっていたほうの手を上げた——一トンくらいあるように思えたが、どうにか持ち上げた。そして手を開いた。閉じて、また開いた。

「そうか、ハニー。わかった」

パパはトリシアの手に帽子を置き、つばをつかんだトリシアの指にキスをした。それをきっかけにトリシアの目に涙があふれ、ママやピートと同じように静かに泣いた。

「さあ」看護師が言った。「このくらいにしましょう。患者を疲れさせては――」

トリシアは看護師を見て首を振った。

「何なの?」看護師が訊く。「今度は何? ああもう、まったく」

トリシアは点滴の針が刺さっているほうの手に野球帽をゆっくりと移した。パパがちゃんとこっちを見ていてくれるよう、パパの顔をじっと見つめながら。疲れを感じた。いますぐ眠れそうだった。だが、まだだ。伝えたいことを伝えてからだ。

パパは見ている。ちゃんと見てくれている。よし。

トリシアは右手を左手のそばに持っていった。そのあいだもパパの顔から目を離さなかった。パパにならは通じるはずだ。そしてパパに伝われば、ママたちに通訳してくれるはずだ。

トリシアは野球帽のつばに指の先でそっと触れた。それから右手の人差し指を立てて天井を指した。

パパの目から広がって顔全体を輝かせたその笑みは、これまでに見たどんなものよりも美しく偽りのないものだった。道があるなら、かならず見つかる。パパがわかってくれたことに安心して、トリシアは目を閉じた。そしてまもなく眠りの底へと漂った。

試合終了。

# 著者あとがき

初めに、一九九八年シーズンのボストン・レッドソックスの試合スケジュールを勝手に書き換えてしまったことを打ち明けておきたい……本当にちょっとした変更です、ご安心を。

さて、トム・ゴードンは実在の選手だ。実在のゴードンもボストン・レッドソックスのリリーフ投手ではあるが、この本に登場するゴードンはあくまで架空の人物だ。それなりの有名人にファンが抱くイメージはどんな場合もフィクションであり、そのことは私個人の経験からも事実だと断言できる。ただ、本物のゴードンとトリシアのゴードンには、一つ共通点がある——最後の打者を打ち取ってセーブに成功すると、どちらも天を指さす。

一九九八年のシーズン、トム・〝フラッシュ〟・ゴードンは、アメリカン・リーグ最多の四六セーブを記録した。しかも、うち四三は連続セーブという、ア・リーグ歴代一位の記録も樹立している。しかし、このシーズンは、ゴードンにとっては不運な幕切れを迎えた。うすのろボークも言っているように、神はスポーツ・ファンではあるようだが、どうやらレッドソックス・ファンではないらしい。クリーブランド・インディアンズとぶつかったプレーオフ地区シリーズ第四戦で、ゴードンは三本のヒットを許し、2点を奪われた。レッドソックスは2－1で負けた。ゴードンにとっては五カ月ぶりのセーブ失敗（ブローンセーブ）で、同時にレッドソックスの一九九八年シーズンは終わった。
とはいえ、それでゴードンの目覚ましい業績が色褪せたりはしない。彼が挙げた四六セーブがなければ、レッドソックスはおそらく東地区四位に沈み、九二勝という、一九九八年ア・リーグ二位の戦績を収めることもなかっただろう。これにはぴったりの言い回しがある。トム・ゴードンはもちろん、リリーフ投手ならきっとそのとおりとうなずいてくれる言い回しが。「こちらがクマを食う日もある……こちらがクマに食われる日もある」

　トリシアが生きるために食べたものは、晩春のニューイングランド地方北部の森に実際に生息している。ただし、トリシアが都会っ子でなかったら、より多様な食料を手に入れられていただろう――さまざまな種類の木の実、木の根。ガマだって食用になる。この方面の知識を補ってくれたのは友人のジョー・フロイドで、北部の沼沢地（しょうたくち）では七月初旬にゼンマイが旬を迎えることもジョーから教わった。

　ここで描かれた森に嘘はない。休暇旅行で森を訪れることがあったら、コンパスと、ちゃんとした地図をお忘れなく……ああ、それから、ハイキングコースを離れてみようなどとは夢にもお考えにならぬよう。

一九九九年二月一日
フロリダ州ロングボートキーにて
スティーヴン・キング

# 訳者あとがき

九歳のトリシア・マクファーランドは、パパと離婚してまもない教育熱心なママと、コンピュータオタクの兄とともに、日帰りのハイキングに出かけた。ハイキングコースを歩き始めてまもなくトイレに行きたくなり、すぐ前を歩いていた母と兄を呼び止めようとするが、例によって口喧嘩に夢中の二人には気づいてもらえない。むくれたトリシアは、すぐそこに見える茂みの陰で用を足そうと思いついた。しかし、いざパンツを下ろそうとしたとき、ふとハイキングコースからの人目が気になって、もう少しだけ茂みの奥へ進む。もう少し、もう少し……気がついたときには、コースに戻れなくなっていた。

そこからトリシアのひとりぼっちのサバイバルが始まる。行けども行けども森は果てしなく続いている。やがて雷雨が降り、太陽が沈み、昇っても、やはりハイキングコースは見つからない。蚊やハチは容赦なくトリシアの肌を刺しまくり、わずかな食料はまもなく底を突く。木々の奥から、何か得体の知れないものがこちらを見ているのがわかる。かゆみ、空腹、恐怖、そして暑さ。そんななかでトリシアの心を支えたものが一つだけあった――ラジオ付きのウォークマンだ。
森で明かす不安な夜、トリシアはボストン・レッドソックスの試合中継に耳を澄まして気力を保つ。ラジオは、トリシアと、元いた日常の世界とをつなぐ細い細い命綱だった――

スティーヴン・キングは自著『書くことについて』（小学館文庫）で、本書『トム・ゴードンに恋した少女』は〈状況設定だけから始めた小説だ〉と書いている。もともと作品の緻密な設計書を用意する〝プロッター〟ではなく、結末はもちろん筋立てさえほとんど決めずにいきなり書き始める〝パンツァー〟（pantser）の親分みたいな作家だから、本人としては珍しいことではないのかもしれない。ただ、短編のつもりが書き進めるうちに長編になってしまったというから、この本の場合は、パンツァーの基準から言っても本当に「森の奥に女の子一人」の設定一つでスタートした作品だったのだろう。

では、その設定はどこから生まれたのか。作家生活五十周年を記念して二〇二四年に刊行された『スティーヴン・キング大全』（河出書房新社）の本書の項でキングは、〈極度のプレッシャーに強い人について書きたいと思っていた〉〈ぼくたちは普段、神のことを考えたりしない。ほんとうに窮地におちいらないかぎりは〉〈そんなときには、だれか救いの手を差し伸べてくれないかと願うものだ〉と述べている。そこから、〝極度のプレッシャーに強い人〟＝九歳のトリシアと、〝救いの手を差し伸べてくれるだれか〟＝ボストン・レッドソックスの実在のリリーフ投手トム・ゴードンという構図ができあがった。

それにしても、「少女が森でサバイバルする」だけの物語がどうしてこれほど面白いのだろう。世界最高のストーリーテラーの作品だから、と言ってしまえばそれまでなのだけれど、私たちの住む日常世界と魔物の棲む異世界の境界線は、私たちが想像しているよりずっと手前にあり、本書でトリシアがしたように、ハイキングコースからちょっと外れただけで簡単に踏み越えてしまうような細いもので、しかもいったん越えてしまったら最後、魔物に襟首をむんずとつかまれ、容易には帰らせてもらえないというキング作品の大半に共通するモチーフが、物語が単純であればあるほどくっきりと浮き彫りになるからではないだろうか。

この作品のもう一つのテーマ――環境音（サブオーディブル）みたいに、聞こえるか聞こえないかの音量で鳴り続けているサブモチーフ――は、〝家族〟だろう。離婚した父母、転校先になじめずにいる兄、そして年齢（とし）のわりにおとなびているトリシア。どこかぎくしゃくしていた家族が、トリシアの行方不明事件を経て、ちぎれかけていた絆を繕い直すきっかけを見つける。どれほどおそろしい怪物が出てこようと、超能力者のパワーが炸裂して体育館を壊し、あらゆるものを燃やし尽くそうと、キングの作品を読み終えたとき、穏やかで温かなものがかならず胸に残るのは、家族というバックボーンが物語を陰でしっかり支えているからではないかと思う。

一九七四年のデビュー作『キャリー』から五十年。スティーヴン・キングは、七十代後半にさしかかったいまも毎年一作のペースで新作を発表し続けている。二〇二四年六月現在の日本での最新作は『死者は嘘をつかない』（文春文庫）。ほか未邦訳長編に“Fairy Tale”、“Holly”の二作がある。これからもまだまだたくさんの作品を書いて、私たちを怖がらせ、結末で涙ぐませてくれるに違いない。

池田真紀子

二〇二四年初夏

本書は、二〇〇二年に刊行された『トム・ゴードンに恋した少女』（新潮社）を全面改稿したものです。

河出文庫版の刊行に際し、訳者あとがきを新たに追加しました。

トム・ゴードンに恋した少女

二〇二四年一〇月一〇日　初版印刷
二〇二四年一〇月二〇日　初版発行

著　者　スティーヴン・キング
訳　者　池田真紀子
発行者　小野寺優
発行所　株式会社河出書房新社
〒一六二-八五四四
東京都新宿区東五軒町二-一三
電話〇三-三四〇四-八六一一（編集）
〇三-三四〇四-一二〇一（営業）
https://www.kawade.co.jp/

ロゴ・表紙デザイン　粟津潔
本文フォーマット　佐々木暁
本文組版　株式会社創都
印刷・製本　TOPPANクロレ株式会社


Printed in Japan　ISBN978-4-309-46806-8

## 見知らぬ乗客

パトリシア・ハイスミス　白石朗〔訳〕　46453-4

妻との離婚を渇望するガイは、父親を憎む青年ブルーノに列車の中で出会い、提案される。ぼくはあなたの奥さんを殺し、あなたはぼくの親父を殺すのはどうでしょう？……ハイスミスの第一長編、新訳決定版。

## とうもろこしの乙女、あるいは七つの悪夢

ジョイス・キャロル・オーツ　栩木玲子〔訳〕　46459-6

金髪女子中学生の誘拐、双子の兄弟の葛藤、猫の魔力、美容整形の闇など、不穏な現実をスリリングに描く著者自選のホラー・ミステリ短篇集。世界幻想文学大賞、ブラム・ストーカー賞受賞。

## ダーク・ヴァネッサ　上

ケイト・エリザベス・ラッセル　中谷友紀子〔訳〕　46751-1

17年前、ヴァネッサは教師と「秘密の恋」をした。しかし#MeTooムーブメントのさなか、歪められた記憶の闇から残酷な真相が浮かび上がる——。世界32か国で翻訳された震撼の心理サスペンス。

## ダーク・ヴァネッサ　下

ケイト・エリザベス・ラッセル　中谷友紀子〔訳〕　46752-8

「あれがもし恋愛でなかったならば、私の人生はなんだったというの？」——かつて「恋」をした教師が性的虐待で訴えられ、ヴァネッサは記憶を辿りはじめる。暗い暴力と痛ましい回復をめぐる、衝撃作。

## 血みどろ臓物ハイスクール

キャシー・アッカー　渡辺佐智江〔訳〕　46484-8

少女ジェイニーの性をめぐる彷徨譚。詩、日記、戯曲、イラストなど多様な文体を駆使して紡ぎだされる重層的物語は、やがて神話的世界へ広がっていく。最終３章の配列を正した決定版！

## パワー

ナオミ・オルダーマン　安原和見〔訳〕　46782-5

ある日を境に世界中の女に強力な電流を放つ力が宿り、女が男を支配する社会が生まれた——。エマ・ワトソン、オバマ前大統領、ビル・ゲイツ推薦！